VERLAG
Kleine Fische

Die Mauer von Geraardsbergen ist ein düsterer Streckenabschnitt der Flandern Rundfahrt mit einer zwanzigprozentigen Steigung über uraltes Kopfsteinpflaster. Es ist das Schicksalsrennen des alternden Radstars Roger Vermeire, das er endlich gewinnen will.

„Und ich möchte, dass Du noch einmal mein guter Engel bist", schrieb Vermeire nach fast zehn Jahren des Schweigens an Julie, und bat sie zur Mauer von Geraardsbergen zu kommen, um ihm wie vor zehn Jahren bei der Tour de France Glück zu bringen.

Julie war achtzehn Jahre alt, als damals ihre Liebesgeschichte begann. Sie währte nur kurz, denn die Tortur auf der Landstraße und ein fast unmenschlicher Siegeswille haben Vermeire unfähig zu Liebe und Gemeinschaft gemacht. Julie aber hatte eine verschüttete Seite seiner Persönlichkeit erspürt und hielt unerschütterlich an ihrer Liebe fest. An der Mauer von Geraardsbergen ist sie überzeugt, dass sich ihre Liebe zu Roger erfüllen wird.

Der Roman erzählt nicht nur die dramatische Geschichte eines Radrennens, sondern auch eine Geschichte von der Jagd nach dem Glück, der Kraft der Sehnsucht, dem Glauben an sich selbst und der Einsamkeit auf dem Weg zu großen Zielen. Und wie Erfüllung und Illusion schließlich so dicht beieinander liegen, dass die Betroffenen selbst sie nicht mehr voneinander unterscheiden können.

Uwe Prieser wurde in Bremen geboren. Als Reporter bereiste er alle fünf Kontinente und veröffentlichte 1997 seinen ersten Roman „Yumikos Unschuld". Seine Reportagen wurden mehrfach ausgezeichnet, u. a. 1993 mit dem renommierten Egon-Erwin-Kisch-Preis.

Uwe Prieser

Die Mauer von Geraardsbergen

Für meine Mutter

Wir leben wie wir träumen – allein.

(Joseph Conrad, Herz der Finsternis)

Impressum

1. Auflage · Januar 2014

Inhaberin: Karin Raschke
Schöne Reihe 2
27305 Bruchhausen-Vilsen
Telefon 04252 93868-0
www.verlag-kleinefische.de

Lektorat: Imke Sörensen
Gestaltung: Harald Hemmje
Satz: Marion Groth
Umschlagfoto: Walter Schmitz, Hamburg
Druck: Druckhaus Humburg, Bremen

ISBN 978-3-9815666-1-1

Uwe Prieser

Die Mauer von Geraardsbergen

Roman

Prolog

Die Muur

Das Wetter war so schlimm, wie der Wetterbericht es vorhergesagt hatte. Nur für Augenblicke erstrahlte an diesem Tag die Sonne zwischen den tief hängenden Wolken, die schieferfarben und schwer von Regen dahin jagten, und tauchte das Land schon vormittags in ein unwirkliches Frühabendlicht.

Seit Menschengedenken war der erste Aprilsonntag der Tag der Flandern Rundfahrt, und so standen sie auch heute wie in jedem Jahr zu Hunderttausenden zwischen Sint-Niklaas im Norden, wo das Rennen gestartet wurde, und dem Ziel in Meerbeke an der zweihundertsechzig Kilometer langen Strecke. Zogen aus ihren Ortschaften, von denen man aus der Ferne nur die Kirchtürme zwischen den Hügeln sah, unter gebogenen Regenschirmen zur großen Chaussee. Eine Prozession, die auf dem niedrigen Horizont über den dunklen Rübenfeldern zu balancieren schien. Pilgerten zu den dramatischen Punkten der siebzehn Hellingen, die aus den Flusstälern von Schelde und Dender zu den bewaldeten Höhen hinaufstiegen. Steile Fahrwege mit Pflaster aus unbehauenem Granit, die vor hundert Jahren für Ochsenkarren mit eisengefassten Rädern in den lehmigen Boden geschlagen worden waren. Säumten die Bordsteine trister Ortsdurchfahrten, an deren Laternenpfähle an diesem Tag Wimpel gesteckt waren, und warteten im Wind, der knatternd in die Transparente über den Straßen fuhr, auf den großen Moment. Wenn die Rennfahrer kamen und der sausende Atem eines Dramas durch die grauen Doppelreihen ihrer geduckten, vorgartenlosen Fabrikhäuschen fegte.

Wie üblich am Tag der Flandern Rundfahrt waren die Frühmessen nur schwach besucht. Die meisten verschoben den Empfang der heiligen Hostie auf den Abendgottesdienst, um nichts von dem Rennen zu verpassen, und noch ehe es Mittag geworden war, hatten sich die zahllosen, über das ganze Land verstreuten Supporter Cafés gefüllt, wo die örtlichen Radsportclubs ihre Heimstatt hatten.

Es war und blieb einer der größten Tage des Jahres für Flandern. Nicht zuletzt für die mehr als einhundert Brauereien flämischen Lagerbiers, das seit dem Vormittag mit dem Beginn der Live-Übertragung des Belgischen Fernsehens aus den Zapfhähnen strömte und erst versiegen würde, wenn kurz nach fünf Uhr am Nachmittag das Rennen wieder einmal zu Ende war.

Es war nie ganz zu Ende. Eine Flandern Rundfahrt reichte in die nächste hinein. Rennen, die vor Jahrzehnten gefahren worden waren, rollten in der Erinnerung noch einmal ab und ihre Helden kehrten zurück, gehüllt in einen von Tradition und Legende gewobenen Schleier, auf dem sie mit den Helden des Tages ein gemeinsames Muster abgaben. Eine Fahne aus kostbarem flämischen Tuch, deren Glorie auch die Helden künftiger Flandern Rundfahrten umwehen würde, die zwischen Antwerpen und Brügge, Ichtegem und Denderleeuw noch geboren werden mussten.

An diesem 4. April waren nicht ganz zehn Jahre vergangen, seit sich durch einen Sturz auf einer Etappe der Tour de France die Wege von vier Menschen gekreuzt hatten, die niemals wieder zusammentreffen wollten. Nun standen sie erschüttert in dem bizarren Anstieg der Muur unter den gelben Bannern mit dem flämischen Löwen, die über den Köpfen der Menge im Regenlicht flatterten. Es war wenige Minuten vor fünf Uhr am Nachmittag.

Für jeden von ihnen hatte die Mauer von Geraardsbergen sechzehn Kilometer vor dem Ziel in Meerbeke ihre eigene Bedeutung. Die größte an diesem Tag wohl für Julie Meurant, obwohl sie erst vor zwölf Tagen zum ersten Mal von der Muur gehört hatte. Noch wichtiger als der Ort war für sie freilich der Tag selbst, denn dies sollte der Tag ihres Wiedersehens mit Roger sein. An diesem wichtigen Punkt unterschied sie sich von Roger Vermeire, obwohl er sie nach fast zehn Jahren des Schweigens gebeten hatte, an diesem Tag hierher zu kommen. Für ihn war die Muur ein Ort, zeitlos und schicksalshaft wie der Himmel, unter dem er geboren und aufgewachsen war. Und dem er ganz allein gegenüber stand.

Die Muur ist ein ausgedienter Pilgerpfad am Ortsrand von Geraardsbergen in den flämischen Ardennen, der sich krumm und schmal, gewölbt unter geborstenen und über die Jahrzehnte verrutschten Pflastersteinen den Oudenberg hinauf buckelt. Vorbei an verwitterten Kreuzwegstationen, bis er aus dem Hohlweg heraus springt und in einem kurzen Stich zum Marienkapellchen hinauf führt, das wie eine Dekoration des Ora et Labora auf dem Gipfel thront. Zweiundneunzig Meter über dem Marktplatz. Der Name der Gaststätte an dieser Ecke könnte nicht treffender sein. T' Hemelrijk – zum Himmelreich.

Niemand weiß mehr genau, wann und woher dieser Pfad seinen Namen bekam. Vielleicht von seinen groben Pflastersteinen aus bretonischem Granit, vielleicht von dem absurden, zwanzigprozentigen Steilstück durch den verwilderten Klostergarten. Auf jeden Fall gilt die Mauer von Geraardsbergen seit sie 1950 im 37. Jahr der Flandern Rundfahrt erstmals im Streckenplan auftauchte als eine Art Symbol für einige Tugenden, auf die sich Flamen gerne etwas zu Gute halten: Kampfgeist, Leidensfähigkeit und ein unbeugsamer Wille.

Zehn Jahre wurden es im Sommer, und keiner der Vier hatte den Sturz vergessen, der sich damals wenige Kilometer vor dem Etappenziel in Carpentras ereignete, zwei Tage bevor die Tour de France über den Gipfel des berüchtigten Mont Ventoux führte. Dabei war es ein ganz banaler Sturz gewesen, wie er sich im Verlauf einer Tour täglich ereignet. Julie war die einzige, die einen Wink des Lebens in ihm sah. Das war allerdings normal, sie war die jüngste.

Abends, auf dem Festplatz unter den mit Lichterketten geschmückten Platanen, sah der Reporter Yves Renard aus Paris in dem Zwischenfall lediglich die romantische Ouvertüre zu einer dieser Liebesgeschichten, die mit ihrem Anfang schon das beste hinter sich hatten. Falls sie überhaupt anfingen. Der Gestürzte selbst war vor allem erleichtert, dass ihm außer Schürfwunden an der Stirn und am linken Knie und Ellenbogen nichts passiert war. Im Übrigen war er auf die bevorstehenden schweren Bergetappen konzentriert. Damit entsprach seine Haltung genau dem, was von ihm als Rennfahrer erwartet wurde, eingeschlossen von ihm selbst. Ein halbes Jahr später wollte er schon nicht mehr wahrhaben, dass seine eigene Gefühlsregung die ganze Geschichte erst in

Gang gebracht hatte. Roger Vermeire gehörte nicht zu den Leuten, die sich groß mit Gefühlsregungen abgaben.

Allein Luc Lejeune war empfänglich für eine Schwingung, die zu der schlichten Erscheinung der jungen Frau, dem Ausdruck einer freudig-stillen, unbeirrbaren Erwartung auf ihrem Gesicht in einem beunruhigenden Gegensatz stand. Doch sein vages Vorgefühl, dass etwas Unwiderrufliches gerade begonnen hatte seinen Lauf zu nehmen, verflüchtigte sich schnell. Sie war ja beinahe noch ein Mädchen. Dazu Rogers Mädchen an diesem Abend, wie es aussah.

Wenn es jemanden gab, der sich als Freund von Roger Vermeire hätte bezeichnen können, so wäre es Luc Lejeune gewesen. Er war sein Masseur. Außerdem war er Musiker. Wenn er abends im Mannschaftsquartier den „Walsen voor Dromers“ spielte, blieb niemand ungerührt, nicht einmal Roger. Luc Lejeune war die Seele des flämischen Fabrik-Rennstalls Stella.

Roger hatte das Mädchen, nachdem die Rennfahrer Mannschaft für Mannschaft auf der erst in der vergangenen Nacht fertig gestellten Holztribüne erschienen waren, mit an den Tisch ihres Teams gebracht. Und Julie? Sie war eine unschuldige Seele, und das ließ sich auch an diesem ersten Aprilsonntag fast zehn Jahre später noch von ihr behaupten. Denn angenommen, sie wäre es nicht, wie hätte sie dann wohl an diesem Tag hierher kommen sollen?

SAMSTAG, 3. APRIL

Sint Niklaas

In der Nacht war heftiger Wind aufgekommen. Er rauschte in den sich biegenden Wipfeln der Pappeln und riss die letzten Blütenkätzchen und das frische Laub von den Zweigen. Roger Vermeire war davon aufgewacht, und als er jetzt den Hof hinter dem Hotel überquerte, spürte er die Kälte, die mit dem Wind gekommen war.

Er blieb stehen und sah prüfend zum Himmel. Eine Kirchturmuhr schlug halb Sechs. Direkt über ihm glommen Sterne matt durch die dünne Wolkendecke. Weiter im Osten war der Himmel blank und schwarz. Über einem Haus auf der anderen Straßenseite funkelte ein einzelner sehr heller Stern. Er betrachtete ihn und fragte sich, ob das wohl der Morgenstern sei.

Von Westen schob sich eine undurchdringliche Wetterfront herauf, tief hängendes Gewölk, in dem sich der Abglanz der noch schlafenden Stadt verlor. Wolkenfetzen trieben schnell vor der Front her auf das blanke Stück Himmel im Osten zu. Veränderten dabei ihre Form und schmolzen in die endlose Schwärze hinein. Er hielt die Nase in den Wind. Kalt, feucht, vom Meer her. „Wird Regen geben", sagte er leise.

Ein Milchwagen fuhr die Straße hinunter, verschwand und man hörte nur noch das sich entfernende Geräusch der in ihren Gestellen klappernden Flaschen auf der Ladefläche. Sämtliche nach hinten hinaus liegenden Fenster des Hotels waren noch dunkel. Auf ihren Scheiben vibrierte das Licht der Hoflaternen, durch das die Schatten von Pappeln wischten. Nur sein Fenster stand offen, lichtlos und schwarz. Der Wind hatte die Übergardinen heraus gezerrt, sodass sie sich bauschten und an das Mauerwerk schlugen. Schon als Junge hatte er sich bei geschlossenen Fenstern eingesperrt gefühlt.

Unter den bläulichen Lichtkreisen der Bogenlampen lief die Straße zur Stadt hinunter. Der Wind überzog sein Gesicht mit jener klammen Kälte, wie sie in Flandern häufig einem Wettersturz im Vorfrühling vorausging. Eine Weile stand er so vor der Dunkelheit der davonziehenden Nacht und sah die Straße hinunter. Leer, scharf umrissen, eindeutig, hätte die Straße eine Projektion seines Inneren sein können. Unter seinem Blick löste sie sich aus ihrem topographischen Zusammenhang. Sie konnte sich ebenso gut an irgendeinem anderen Ort befinden. An irgendeinem Ort, durch den er jemals gefahren war.

Orte und Straßen dieses Landes waren ihm vertrauter als irgendetwas sonst auf der Welt, Ding oder Lebewesen. Ausgenommen sein Rad. Mit seinem Rad hatte er sie schließlich Kilometer um Kilometer in sich selbst erbaut.

Er drehte sich herum, um seinen Weg zu dem langen, Wellblechanbau am Ende des Hofes fortzusetzen, wo die Mechaniker vor zwei Tagen ihre Werkstatt eingerichtet hatten und wo über Nacht die Räder untergebracht waren. Der Stern war bereits über die Dachmitte hinaus gewandert, traf auf den Rand eines Kamins und schmolz dort schnell zusammen. Verwundert dachte er, wie schnell die Erde sich dreht.

Der alte Willy hatte ihm in der Nacht, nachdem die Mechaniker ihre Arbeit an den Rennmaschinen beendet hatten, den Schlüssel zur Werkstatt vor die Zimmertür gelegt. Er drehte den Schlüssel im Schloss, drückte die Tür auf und atmete das vertraute Duftgemisch von Gummi, Terpentin, Kleber, Graphit, in Öl eingelegten Metallteilen ein. Die Rennmaschinen des Stella-Teams lehnten hintereinander aufgereiht an den beiden Längswänden.

Das kalkige Neonlicht nahm dem roten Spritzlack auf den Rohren seinen leuchtenden Glanz und ließ die Renn-räder als das erscheinen was sie tatsächlich waren, trotz Chrom und Lack, raffinierten Schaltsystemen und immer leichterem Material. Primitive Maschinen, die Kraft mit Hilfe einer Kette über Zahnkränze auf ein Antriebsrad übertrugen und dabei Bewegung erzeugten.

Willy int´ Ven hatte gestern Abend noch die 180 Millimeter Tretkurbeln montiert und das Rad für ihn im Bock stehen lassen. Er zog einen Schemel heran und hockte sich davor.

Ihm gefiel die Welt der Mechaniker. Er achtete sie und hielt sich gern in ihr auf. Aus dieser Welt reiner Mechanik waren Urteil und Irrtum verbannt, ebenso der Zufall und mit ihm auch das Pech und das Glück. Die Mechaniker kämpften wie er gegen die Macht des Zufalls, und wenn sie ihre Arbeit gut machten, konnten sie ihn besiegen. Wenn der Zufall durch eine der unvorstellbar vielen, stets unvorhersehbaren Rennsituationen dennoch die Oberhand behielt, so verloren sie nichts dabei. Im Gegensatz zu ihm. Dafür war das, was es für ihn zu gewinnen gab, viel größer.

Bei der Flandern Rundfahrt hatte ihm der Zufall in dreizehn Jahren stets im Weg gestanden. Er hatte keine Erklärung dafür. Vielleicht nahm er sie zu wichtig. Er hatte so viele große Rennen gewonnen, aber ausgerechnet die Flandern Rundfahrt, seine „Ronde van Vlaanderen", noch nicht. Ihm blieb nicht mehr viel Zeit.

Manchmal schien ihm, als ob das Rennen, das er wie kein anderes liebte, sich ihm verweigere. Dann hielt er es für möglich, dass im Zufall doch ein verborgener Sinn liegen könnte. Er dachte, dass er, wüsste er mehr von der Welt, diesen Sinn womöglich erkennen könnte, fragte sich jedoch sogleich, ob ihm das helfen würde.

Auf einem niedrigen Rollschrank lagen Werkzeug, Ölkännchen, Staubpinsel. Er zog ihn zu sich heran, griff nach einem in einem Terpentinglas stehenden Pinsel, wischte ihn an Zeitungspapier ab und begann, sorgfältig die Kette zu ölen, wo sie über die Zahnkränze der Schaltung lief. Ein sanfter Druck genügte, um die Kette weiterlaufen zu lassen. Sofort begann sich das Hinterrad zu drehen. Leicht und schnell, wie aus dem Nichts heraus.

Die Verlässlichkeit des Materials gehörte von jeher zu den Dingen, die Ruhe in sein Leben brachten. Ihn faszinierten die Errungenschaften der Mechanik. Sie waren praktisch und hilfreich. Und doch gab es für Radrennfahrer nur eine einzige Mechanik. Die Mechanik von stark und schwach. An der war ihre Existenz aufgehängt.

Nun lief die Kette über den kleinsten Zahnkranz, sodass er den Widerstand der großen Übersetzung im Handgelenk spürte. Ein Wind erhob sich zwischen den Speichen, fächelte die Haarsträhnen über seiner Stirn. Das Rad drehte sich jetzt so schnell, dass die Speichen das Licht in schattenhafte Segmente zerlegten. Schneller und schneller, bis es flirrend an einem Punkt auf den Speichen verharrte und es nicht mehr auszumachen war, ob sich das Rad vorwärts oder rückwärts drehte.

Ob sie kommen wird?

Zum ersten Mal, seit er ihr vor zweieinhalb Wochen geschrieben hatte, dachte er wieder an Julie. Davor hatte er mehr als neun Jahre nicht mehr an sie gedacht. Er erinnerte sich an die rasche, wilde Bewegung, mit der sie sich das rote Tuch vom Kopf gerissen hatte, um das Blut von seiner Platzwunde an der Schläfe zu tupfen. Ihr über ihn gebeugtes Gesicht war dunkel vor dem blendenden Himmel. Trotzdem sah er etwas darin, das er abends beim Empfang der Tour de France auf dem Rathausplatz sofort wiedererkannte. Etwas Klares, Entschlossenes. Dabei war es ein zartes Gesicht, das nur darauf zu warten schien, von etwas berührt zu werden.

Schwarzhaarige Frauen mit solchen blauen Augen siehst du nicht alle Tage, hatte Luc später im Hotel zu ihm gesagt, und da erst war ihm aufgegangen, dass sie ihm tatsächlich gefiel. Wenn er nach ihrer Trennung in all den Jahren auch nicht mehr an sie gedacht hatte, so hatte er sie doch immer geachtet. Julie wusste, was sie wollte, und sie war bereit, den Preis dafür zu zahlen.

Nur dass es das, was sie wollte, nicht gab. Liebe, das war für ihn nur wie eine plötzliche Verdichtung in einem Rennen, die alles in Aufruhr brachte. Wenn es vorbei war, war man allein und die ganze lange Straße lag immer noch vor einem. Nur dass man unnötig Kraft verpulvert hatte. Eingesetzt für einen Spurt, wo gar kein Ziel war, sondern bloß eine Prämie ausgesetzt war, um das Rennen interessanter zu machen. Wenn man die Kraft dann brauchte, hatte man sie nicht mehr.

Das Hinterrad drehte sich leer. Er erhob sich von seinem Schemel, löschte das Licht, um ins Hotel zurückzugehen. Auf dem Hof kam ihm grau und krummbeinig der alte Willy entgegen. Man sah ihm nicht an, wie schnell und wild er in seinen jungen Jahren gewesen war, als er

Paris – Tours gewonnen hatte, Etappen in der Tour de France. Roger Vermeire betrachtete seinen Chefmechaniker im Näherkommen wie eines der möglichen Bilder von sich selbst, das die Zukunft vielleicht eines Tages hervorbringen würde.

„Morg'n Willy."

„Salut Roger."

„Hab sie mir schon angesehn."

„Die Kurbeln? Dachte ich mir." Mit einer Kopfbewegung wies er zum Himmel, wo die Front weiter heraufzog. „Wird Regen geben."

„Manchmal gibt's auch bloß Wind, wenn so'ne Front hochkommt."

„Den haben wir ja schon. Wann willst du los?"

„Gegen halb Acht. Wim fährt mich runter."

„Ich mach schon mal das Rad auf dem Wagendach fest", sagte Willy.

Nachdem er auf seinem Zimmer gefrühstückt hatte, legte er sich auf das Bett, und wartete auf seinen Directeur Sportif Wim Verstappen. Beim letzten Training vor einem großen Rennen fuhr er immer allein, niemals mit der Mannschaft. Er versuchte, vollkommen abzuschalten, sich innerlich leer zu machen. Sein Körper wurde schwer, und nach einer Weile ganz leicht. Und da kehrte der Moment zurück, so klar, als wären statt der beinahe zehn Jahre nur zehn Minuten vergangen. Die Füße noch in den Pedalhaken, lag er am Straßenrand unter seinem Rad. Sie zog seinen Kopf in ihren Schoß hinauf, um ihm das Blut abzuwischen, und auf einmal, ganz kurz nur, hatte er den Wunsch, so liegen zu bleiben.

Er hatte in all den Jahren nicht mehr daran gedacht. Das erste Mal wieder in der Nacht vor dem Rennen in Harelbeke vor drei Wochen, als er nicht schlafen konnte.

Und als das Rennen am nächsten Tag zu Ende war, hatte er Wim in San Remo angerufen, wo die anderen Mailand – San Remo gefahren waren, und ihn gebeten, ihre Adresse ausfindig zu machen. Und dann hatte er ihr geschrieben.

Es klopfte, Wim steckte seinen Kopf durch die Tür.

Keine zehn Minuten später fuhren sie in einem der Mannschaftswagen die Straße vom Hotel hinab Richtung Autobahn. Wim saß am Steuer. Als sie auf die Hauptstraße kamen, erlosch die Straßenbeleuchtung. Vom schwer bewölkten Himmel drang ein Licht herab, das den Rauputzfassaden der Häuser beiderseits der Straße glich. Bald begegneten sie keinen Autos mehr. Das Land öffnete sich. Weideland, Wiesen, leicht abfallend. Nebelfelder über der Niederung, wo die Dender Richtung Geraardsbergen floss.

„Fährst du die langen Kurbeln"? fragte Wim. Er nickte. Wim nickte zurück. „Die bringen schon was", sagte er. „Sicher", sagte Roger. „Nur dass ich damit zweihundertsechzig Kilometer fahren muss." Wim pfiff eine Melodie leise durch die Zähne und bog auf eine schmale asphaltierte Straße durch die Felder ab.

„Die bringen schon was", sagte Wim noch einmal. „Ist einfach eine Frage der Biomechanik."

„Ich glaub nicht an Biomechanik", sagte Roger.

„Sondern?"

„An die Form."

„Ich auch. Die Form hast Du. Morgen Nachmittag winkst du der Kleinen mit dem Blumenstrauß vom Siegerpodest zu."

„Meinst du, sie kommt?"

„Und ob die kommt."

„Wieso bist du so sicher?"

„Ist das wichtig?“ fragte Wim. Roger antwortete nicht. Wim sah ihn an. Roger sagte: „Ich dachte einfach, sie soll noch mal an der Strecke stehen. Wie damals am Ventoux.“

Wim lachte leise über das Lenkrad hinweg. „Dein kleiner Glücksengel.“

„'n Glückengel könnte ich morgen schon brauchen. Hab ihr geschrieben, wo sie an der Muur stehen soll.“

„Die kommt. Kannst du Gift drauf nehmen“, sagte Wim. „So, wie sie am Telefon reagiert hat.“

„Was hat sie denn gesagt?“

„Gar nicht viel.“

Wim bremste und lenkte den Wagen auf den Seitenstreifen. Sie waren am Ort. Roger sah die von kahlen, dickköpfigen Weiden gesäumte Straße hinunter, wie sie sich zwischen Wiesen und Äckern hindurch wand auf den fernen Höhenzug zu. Wim hob das Rad aus seiner Halterung auf dem Dach. Das Vorderrad klappte zur Seite, und er musste den Oberkörper wegdrehen, um ihm auszuweichen. „Fährst du über den Koppenberg?“

„Jepp.“

„Gut. Spätestens danach wirst du wissen, wie es mit den langen Kurbeln geht. Gibt übrigens Regen.“

„Sieht so aus.“

„Hab um Sieben den Wetterbericht im Radio gehört. Kommt von Südwesten hoch. In Paris regnet es schon.“

„Dann sollen die sich warm anziehen“, sagte Roger. Wim lachte und gab ihm einen Klaps auf die Schulter. Roger stieg aufs Rad, hakte einen Fuß ins Pedal, Wim hielt das Rad am Lenker fest, und Roger hakte den anderen Fuß ins Pedal. Dann schob Wim ihn vom Seitenstreifen auf die Straße, gab ihm einen Schubs und sah ihm nach, wie er zwischen den Weiden immer kleiner wurde.

Roger Vermeire kam an den Fluss. Die Straße war schmal und rissig von Frostnarben. Eine Weile lief sie gerade am Ufer entlang. Eine Bekassine flog aus dem Nebel über einem Sumpfgebiet vor ihm auf. Dann bog die Straße vom Fluss weg. Inzwischen war es heller geworden. Die Wolken hingen schwer im Wind und erstickten die Sonne. Nach einiger Zeit bog er in eine schlecht gepflasterte Straße ein und fuhr weiter in Richtung der Hügel.

In diesem Jahr war der Frühling spät gekommen. Der Himmel war zu groß und das kaum ergrünte Land sah noch verloren aus. In der Woche vor Ostern war der Winter für ein paar Tage noch einmal zurückgekehrt.

Die Straße stieg zwischen Feldern zu dem dunklen Kamm der Wälder hinauf, die die Höhenrücken bedeckten. Er kam durch eine Ortschaft, dahinter wurde die Straße steiler und noch schlechter. Sie war hier mit unbehauenen Granitblöcken gepflastert. Die Äcker lagen schräg zum Himmel. Vom Pflug umbrochen, warteten sie auf Egge und Saat. Aufgerissen und entblößt, offenbarte sich die Erde als das, was sie war. Segen und Fluch zugleich. Wer die Kraft dazu hatte, konnte darüber bestimmen.

Ein kühler, nachwinterlicher Dunst stieg aus den Feldern. Die Straße war jetzt sehr steil. Die Ortschaft war kaum noch zu sehen. Ihre Dächer und Mauern versanken, dahinter weitete sich das Land und in der Ferne tauchte der Fluss wieder auf. Die Ebene verschwamm in einem alles verwehenden Grau. Nur der Kirchturm ragte hinter ihm noch über den Feldern auf, dann versank auch er zwischen dem kahlen Geäst der Bäume und traumgleich gebauschten Schlehdornwölkchen. Er fuhr über die Höhe. Im dichten Gehölz hing die Tagesdämmerung.

Es war noch zu kalt für Vogelgesang. Die Straße senkte sich wieder, durchschnitt blassgrünes, von Wasserlachen besätes Weideland. Er passierte die Gemäuer von Stallungen. Roter Ziegelstein, der Geruch von Hühnern und Schweinen, von Rüben. In der Ferne blühten Forsythien.

Sein Inneres war das reine Abbild des Landes. War der Druck aus seinem Körper auf die Pedale, der Widerstand des Straßenbelags, der über den Lenker in seine Hände und Arme bis in die Schultern hinein fuhr, das Geräusch und die scharfe Frische des Fahrtwinds. Alles getragen und bewegt in der gewichtlosen Balance des Rades.

Die Straßen, über die er fuhr, die Orte, durch die er kam, waren mit seinem Leben verschmolzen, sodass sie nicht abgelöst von dem Land als Einzelheiten in sein Bewusstsein traten. Sie waren da. Und er fuhr dahin zwischen Feldern, die Hügel hinauf, durchfuhr die von Licht und Dämmer durchwirkten Dome langer Pappelalleen als wäre er auf seinem Rad nur ein anderes Wesen des Landes. Dem welligen Land, der schweren Erde verwandter als ein Mensch es je sein könnte. Ein Wesen, dessen Same schon in dieses Land gesenkt worden war, als es noch im Entstehen war und das so, wie es war, bleiben würde, einerlei in welche Richtung sich das Leben der Menschen entwickeln würde.

Er konnte fahren, wohin er wollte. Heute wie gestern wie morgen. Doch er wollte nirgendwo hin. Orte kamen heran und blieben zurück. Die Straße führte immer weiter. Das war ihr eigentliches Ziel. Weiter. Immer wieder führte sie in den Rennen zu denselben Orten zurück. Die Orte änderten sich nie, doch die Rennen waren jedes Mal anders, und daran erkannte er, dass Orte nicht wichtig waren. Es war unwichtig, ob das Rennen in Brügge, Gent oder Meerbeke zu Ende ging. Man musste hinkommen.

Er war bald vierunddreißig Jahre alt. In fünfzehn Profijahren hatte er mehr Geld auf der Landstraße zusammengefahren, als er je ausgeben würde, denn er machte sich weder viel aus Geld, noch aus Luxus. Für andere allerdings war seine Pariser Wohnung der blanke Luxus. Sie zog sich über das gesamte Dachgeschoß eines Sechsfamilienhauses in der Avenue Mac Mahon hin; nur ein paar Minuten zu Fuß vom Etoile entfernt.

In Flandern hätte er für ein Drittel des Kaufpreises ein Landgut erwerben können. Bis an sein Lebensende würde sein Vater ihm nicht verzeihen, dass er es nicht getan hatte und nach Paris gezogen war. In diesem Jahr würde er nicht wie sonst an dem Dienstag zwischen Flandern Rundfahrt und Paris – Roubaix nach Hause fahren.

„Du achtest dein Land nicht“, sagte sein Vater wieder einmal, ohne ein Wort über das Rennen und sein Pech zu verlieren. Am Bosberg war ihm vorgestern ein Stück Holz in die Schaltung geflogen und hatte die Kette blockiert. Er verlor fast eine Minute. Es waren nur noch zwölf Kilometer bis zum Ziel, und als er die Spitzengruppe tausend Meter vor dem Zielstrich eingeholt hatte, sah er, dass van der Wiele und Larsson davon gefahren waren, und es war wieder nichts mit einem Sieg bei der „Ronde“.

Sein Vater stand vor ihm als warte er auf eine Erklärung. Er schwieg, und sein Vater sagte: „Dein Großvater und ich haben für dieses Land gekämpft, und du achtest es nicht.“

„Großvater“, sagte er und sah seinen Vater an. Der missverstand den Ausdruck von Verachtung auf seinem Gesicht. „Er ist auf unserem Land gestorben“, sagte sein Vater.

„Ich bin genauso ein Flame wie er“, sagte er. Er unterließ es bewusst zu sagen „wie du und er“.

„Du hast Flandern verlassen“, sagte sein Vater. „Ich hatte gehofft, ich hätte dich die Liebe zu unserem Land gelehrt.“

„Du hast mich gelehrt, auf dem Acker zu arbeiten und Kisten zu schleppen.“

„Damit ein Mann aus dir wird.“ In diesem Punkt gab er seinem Vater Recht. Auch wenn es nur um ihn als eine kostenlose Arbeitskraft gegangen war.

Seit Jahren übernachtete er nicht mehr im Haus seines Vaters, sondern fuhr zum Abendessen wieder ins Mannschaftshotel zurück. Wenn am Sonntagnachmittag die Flandern Rundfahrt zu Ende gegangen war, wurden Räder und Ausrüstung verladen, und das Team fuhr in ein Hotel an der Autobahn zwischen Brüssel und Gent. Von dort ging es am Mittwochmorgen zum Start von Gent – Wevelgem. Anschließend fuhren sie wieder ins Hotel zurück. Bei der Teambesprechung am Donnerstag gab Verstappen bekannt, wer am Sonntag fahren würde. Und am Freitag fuhren die für Paris – Roubaix Nominierten ins Hotel am nördlichen Stadtrand von Paris.

In den kleinen Ort bei Sint-Maria-Lierde kam er seit einigen Jahren stets mit dem grünen Jaguar von Verstappen. Sein Vater glaubte, er gehöre ihm. Er wusste, dass er das Auto hasste. Wie alles, was nach Luxus aussah und seinem Leben fremd war und größer. Und er konnte es nicht leiden, wenn die Kinder aus dem Ort kamen und sich ihre Nasen an den Scheiben des Jaguar platt drückten, um zu sehen, wie weit der Tacho reichte und um das Wurzelholz am Volant zu bestaunen.

Deshalb fuhr er den Jaguar nie auf den Hof, sondern ließ ihn auf der Straße stehen, wo die Kinder ihn ansehen konnten. Er warf seinem Vater vor, dass er neidisch auf fremde Leben sei, konfrontierte ihn jedoch nie mit diesem Vorwurf. Nicht aus Rücksichtnahme, sondern aus einem still triumphierenden Überlegenheitsgefühl heraus.

Jedes Jahr nahm er sich auf der Fahrt zu seinem Vater vor, dem sinnlosen Disput mit ihm aus dem Wege zu gehen, und jedes Mal trugen sie ihn auf dieselbe unversöhnliche Weise wieder aus.

Gefangen in einer Mechanik, in der Anklage, Enttäuschung, Verletzung und unbesänftigter Groll wie Zahnräder ineinander griffen und den Boden teilten, auf dem sie standen. Seit einigen Jahren änderte sich nicht einmal mehr das Stichwort, mit dem diese Mechanik in Gang gesetzt wurde.

Im vorigen Jahr hatte sein Vater ihn über den Hof geführt, ihm eine neue Egge, ein neues Pflanzgerät gezeigt, das er angeschafft hatte. Erklärt, wozu es gut war, was es gekostet habe und was es einbringen würde, und wie lange er damit arbeiten müsse, bis es sich amortisiert habe. Alles in einem Besitzerstolz, der auf befriedigten Neid beruhte. Dazu schwang in seiner Stimme ununterdrückbar und mit seinen fortschreitenden Erklärungen auch unüberhörbar der Vorwurf: Du tust nichts für den Hof. Ich hab alles bezahlt und du nichts. Ich bin hier, wo ich hingehöre, und du bist in Paris.

Unaufhaltsam lief die Dramaturgie ihres jährlichen Wiedersehens auf das Stichwort zu. Es schloss den Appell seines Vaters ab, sich auf sein Land zu besinnen und seinen Sohnespflichten auf dem Hof nachzukommen, seiner Bestimmung zu folgen, die ihm als einem Sohn Flanderns auferlegt sei und den vom ewigen Kreislauf ausgetretenen Spuren seiner Familie väterlicherseits zu folgen, bis sie eines Tages endlich wohlhabend wäre. Dies alles wurde schließlich zusammengefasst und artikuliert in der unausweichlichen Feststellung, die dieses Mal in dem Augenblick kam, als sie die Rübenhackmaschine begutachteten und wieder auf den ungefegten, schon damals, als er noch ein Junge war, stets verschmutzt erscheinenden Hof hinaus traten: „Du bist ein Vermeire."

„Ja", erwiderte er. „Ein Vermeire. Wir sind alle Vermeires. Meine Mutter war auch eine Vermeire, und sie hat sich tot geschuftet, weil du nicht einsehen wolltest, dass der Hof niemals so viel abwerfen wird, wie du verlangst." Ein Ausdruck empörter Gereiztheit erschien auf dem Gesicht seines Vaters.

„Ich weiß längst, woran sie gestorben ist. Tuberkulose. Und du hast sie noch aufs Feld geschickt."

„Sie war keine Vermeire", sagte sein Vater.

„Sie war keine Landarbeiterin", sagte er. „Die Arbeit war viel zu schwer für sie."

„Weil sie keine Vermeire war", sagte sein Vater. „Weshalb hast du sie dann geheiratet?" – „Ich wusste nicht … Ich hätte nicht …" – „Aber du hast ihr ein Kind gemacht."

Düster starrte sein Vater ihn an mit Augen, in denen er seine eigenen hätte entdecken können, wäre er in der Lage gewesen, seine eigenen Augen zu erkennen. Sie waren eher klein und standen eng neben der hohen Nasenwurzel. Augen von Jägern, von Wölfen. Nicht groß und weit auseinander stehend, wie sie sanftmütige Wesen oder Fluchttiere hatten.

Zwar hatten sie große, dunkle Pupillen, doch waren es Augen, die vom Sehnen verlassen worden waren und die dadurch den warmen Schimmer von Freude, Schmerz, Trauer eingebüßt hatten. Allerdings waren sie von großer Klarheit. Hart und blank wie Bachkiesel, und wie Bachkiesel am Grunde eines sonnendurchfluteten Gewässers konnten sie sehr schön sein, wenn das Licht auf sie traf. Es war immer das Licht der Tat, das in ihnen aufschien, niemals jenes der Sehnsucht.

„Ein Hof braucht einen Erben“, sagte sein Vater. „Ich habe den Hof von deinem Großvater geerbt.“ Das ist auch alles, was du von ihm geerbt hast, dachte er, wie an jenem Frühlingstag, als ein Zug deutscher Panzer die Straße herunter kam und ihren Acker passierte. „Der große französische General“, wie sein Großvater ihn höhnisch nannte, hatte die Aussöhnung mit den Deutschen betrieben, und nun kamen deutsche Soldaten als Gäste in ihre Garnisonen, machten Manöver auf ihrem Boden und kamen die Straße von Zottegem herunter, saßen helmlos auf ihren Panzern und winkten ihnen von dort oben zu.

Sein Vater stand aufrecht über den Furchen und winkte zurück. Sein Großvater aber würdigte die Fremden keines Blickes, sondern zog unversöhnt, den Pflug in den Fäusten, hinter seinem Ochsengespann, obwohl sie inzwischen einen alten Trecker besaßen, über das Land, das sein Land war und auf dem niemand etwas zu suchen hatte; schon gar keine Deutschen.

Ohne Achtung und Respekt betrachtete er die hagere, eckige Gestalt vor sich, das scharf durchfaltete Gesicht. Man erbt nicht bloß Land und Besitz, und darum bist du auch nicht Großvaters Erbe.

„Du musst mir nicht den Hof vererben, um ihn in der Familie zu halten“, sagte er. Der jüngere Bruder seines Vaters war vor über zwanzig Jahren nach Nieuwpoort gezogen und hatte sich dort einen Fischkutter gekauft. Die Familien hatten sich darüber entzweit. Dass einer von Johans Söhnen einmal seinen Hof bekäme, war eine der peinigendsten Vorstellungen für seinen Vater. Beinahe so schmerzhaft wie die von ihm hartnäckig verweigerte Anerkennung, dass sein eigener Sohn seinen Hof gar nicht brauchte, weil er als Radrennfahrer reich geworden war. Dass er den Hof nicht einmal dann schätzen würde, wenn er aus ihm eines Tages gemacht haben würde, worum er sich seit mehr als zwanzig Jahren vergeblich mühte.

Sein Vater wandte sich wortlos um und ging ins Haus zurück. Roger folgte ihm. Der den Hof umgebende Bretterzaun warf im Spätnachmittagslicht einen langen Schatten. Jetzt würden sie noch zusammen ein Bier trinken. („Jetzt trinken wir noch ein gutes flämisches Lagerbier", pflegte sein Vater zu sagen, sobald sie die Küche durchquerten.) Sie durchquerten sie, und er sagte es, und sie ließen sich an dem großen viereckigen Tisch aus massiver Eiche nieder, tranken ihr Bier und redeten über Tagespolitik, über den Stand der Flämischen Sache, über das Wetter und über den unbefriedigenden Gang der Welt.

Dann war es Zeit. „Tja", sagte er. „Tja", sagte sein Vater. „Ich fahr dann mal wieder", sagte er. „Wenn du musst", sagte sein Vater.

Er durchquerte den Hof, der grüne Jaguar stand hinter dem Zaun. Am Tor blieb er kurz stehen, wandte sich um. Sein Vater stand im Schatten des Türrahmens. Kurz winkten sie einander zu, eine linkische, schon halb wieder zurückgenommene Geste jenes hartnäckig verbleibenden Restes Zusammengehörigkeit. Ein jeder überzeugt, dass der andere ihn niemals verstehen würde.

Die Straße machte einen Bogen, und der Ort, in dem er aufgewachsen war, verschwand aus dem Rückspiegel. Dann stieg die Straße an, lief auf einen Punkt zu, an dem er stets langsam fuhr, weil er von dort über die Felder auf das kleine Rechteck des Friedhofs von Sint-Maria-Lierde hinunter sehen konnte. Dort wurde vor zweiundzwanzig Jahren seine Mutter begraben; noch keine vierunddreißig Jahre alt. Allerdings nicht im Familiengrab der Vermeires, denn sie war auf der falschen Seite des Flusses geboren worden. Wo die Dender Dendré hieß und wo sie Grammont sagten, wenn sie Geraardsbergen meinten.

Nur einmal war er an ihrem Grab gewesen. Beim Begräbnis seines Großvaters. Er brauchte nicht den Anblick des Grabes, um ihr kleines, gespensterhaftes Gesicht vor sich zu sehen, das jeden Tag mehr zwischen den Kissen zerschmolz. Und auch am Grab seines Großvaters war er niemals wieder gewesen. Der Friedhof war ein Ort für die Toten. Sein Großvater aber lebte in ihm und würde erst mit ihm eines Tages endgültig sterben.

Nun fuhr er über die Steengatsstraat. Keine fünf Minuten später rollte sein Rad auf das Kopfsteinpflaster, das zum Koppenberg führte. Der Koppenberg war morgen die fünfte von siebzehn Hellingen. Von dort waren es noch 73 Kilometer bis zum Ziel in Meerbeke. Ein sechshundert Meter langer Anstieg über ein Schüttelrost aus unbehauenen Felssteinen mit einer maximalen Steigung von 20 Prozent.

Das Kopfsteinpflaster war hier schlimmer als irgendwo sonst mit Ausnahme an der Muur. Jeden Augenblick konnte das Vorderrad von einer Rinne zwischen den Steinen herum gerissen werden, sodass man stürzte. Ein geringfügiges Versteuern auf dem gewölbten Pflaster, und man verlor den Schwung, musste vom Rad und zu Fuß bis zum Kamm hinauflaufen.

Er musterte den schmalen Randstreifen neben dem Pflaster zu Beginn der Steigung. Er schien wieder befahrbar zu sein. An einigen Stellen war er narbig aufgesprungen vom vergangenen Winter. Er fand die alten eingesunkenen Stellen im Pflaster wieder, die bei Regen wie eine Wanne voll Wasser liefen.

Er kam an eine niedrige Mauer, die einen Garten mit noch unerblühten Obstbäumen umschloss. Von hier sah man die Lücke, wo es zwischen den beiden Erdwällen hindurch in das zwanzigprozentige Steilstück ging. Dort wollte er morgen seinen Angriff platzieren.

Ein Junge lief durch den Garten. Er rief ihn heran und fragte, ob er für zehn Minuten auf sein Rad aufpassen wolle. Er müsse sich die Strecke ansehen.

„Ich kann Ihnen alles über den Koppenberg sagen", sagte der Junge. „Ich trainier hier jeden Tag. Ich komm noch nicht ganz rüber. Aber eines Tages schaff ich's." – „Klar", sagte er, „wenn du genug trainierst. Ich muss ihn mir aber trotzdem selber ansehen." Der Junge sah ihn an. „Ich fahr da nämlich morgen", sagte er. Jetzt starrte der Junge ihm offen ins Gesicht. „Mensch", sagte er, „ich glaube… bist du Roger Vermeire?" – „Jepp", sagte er. „Kann ich ein Autogramm kriegen?" – „Klar. Hast du 'n Stift?" Der Junge hatte keinen. „Darf ich dein Rad bis zu unserem Haus schieben"? fragte er. „Dann hol ich meine Mütze, und du kannst es mir auf die Mütze schreiben. Ich steig auch bestimmt nicht auf." – „In Ordnung."

Über die runden Granitköpfe des Pflasters stieg er weiter die Helling hinauf. Ein bisschen steif in den Beinen vom langen Rad fahren und etwas unbeholfen wegen der hartsohligen, mit Metallplättchen für die Pedalhaken beschlagenen Rennschuhe.

Die beiden etwa zwei Meter hohen Erdwälle, zwischen denen sich die Strecke hinaufwand, waren teils solide mit Gras überwachsen, teils war das Erdreich von Steinen und Gesträuch gebunden. Auf der linken Seite war unten ein etwa fünfzig Zentimeter breiter Streifen von nacktem Lehm, der sich einige Meter die Steigung hinaufzog. Wenn es morgen regnete, würde der Lehm als Schlamm auf das Pflaster gespült werden. Auf der rechten Seite war es kaum besser. Er blickte über das Pflaster zum Ende des Steilstücks hinauf. Der nüchterne Grimm in seinem Blick prallte von den Granitsteinen auf ihn zurück. Kurz hatte er das Gesicht seines Großvaters vor sich, wenn sie gemeinsam vor dem Fernseher saßen und das Rennen verfolgten. Die stolze, mitleidlose Vergnügtheit des Alten, wenn er sagte: „Wer hierher kommt, muss leiden." Ich muss morgen mit den ersten Sechs hier rein, dachte er. Dann fahr ich meinen Angriff genau durch die Mitte. Genau mitten über die gottverfluchten Steine.

Die metallbeschlagenen Sohlen seiner Rennschuhe scharrten auf dem Pflaster, als er über die Mitte des Hohlwegs seine Angriffslinie abging. Man musste verrückt sein, an einer solchen Stelle zu attackieren, wo jeder darauf bedacht war, sich so dicht wie möglich am Straßenrand zu halten, weil die Steine dort etwas regelmäßiger verlegt und ihre glatten, gewölbten Buckel tiefer in den Boden eingesunken waren. In der Mitte war das Pflaster wirklich schlimm, aber dort würde auch am wenigsten Schlamm liegen.

Kurz unterhalb der Höhe blieb er noch einmal stehen, um sich eine besonders schlechte Stelle im Pflaster einzuprägen. Roh und verweigernd lagen die Steine. Ihre gerundeten Oberflächen gaben dem Himmel einen stumpfen Widerschein zurück. Eingebettet von grasbewachsenen Erdwällen, von Gesträuch und Farnen ging ein seltsamer, vorzeitlicher Friede von den unbehauenen, hier gewölbten, dort abgesunkenen Felssteinen im Boden aus, die auf ein Stück schmalen Himmel wiesen, wo der Hohlweg zu Ende war. Bei Regenwetter kam der Wind hier meistens schräg von vorne, leicht abgeschwächt durch die Bäume.

Vorsichtig, um mit den glatten, harten Sohlen nicht auf dem Pflaster auszugleiten, stieg er den Weg wieder hinab. Unten wartete der Junge mit seinem Rad. Er hatte seine Rennfahrermütze in der Hand, reichte sie ihm zusammen mit einem Kugelschreiber. „Wie heißt du?", fragte er. „Ferdi", sagte der Junge. Und er schrieb auf den Mützenschirm: Viel Glück Ferdi. Roger Vermeire. Gab ihm Mütze und Kugelschreiber zurück und fragte, warum er nicht in der Schule sei, und der Junge antwortete, sie hätten heute nur drei Stunden gehabt.

„Dann gib mir mal mein Rad." Der Junge hielt es an Lenker und Sattel und schob es ihm beinahe andächtig hin. „Warte noch eine Minute", sagte der Junge, „ich renn schnell vor. Ich möchte sehen, wie du hochfährst." – „Gut", sagte er. „Ich muss sowieso erst noch bis zum Asphalt zurück, damit ich genug Dampf hab, wenn ich da oben rein fahr."

Ehe er im Sattel saß, war der Junge schon los gerannt. Er fuhr zum Anfang der Steigung hinunter und noch ein kleines Stück darüber hinaus, wo die Straße asphaltiert war. Wendete, holte tief Luft, packte den Lenker und trat in die Pedale mit hartem, ruckigen Antritt, Hintern über dem Sattel, den Kopf über den Lenker gebeugt. Und das Pflaster flog unter ihm rückwärts weg. Dann schüttelten ihn die Steine. Er zog am Lenker, stampfte die Pedale herum, hielt das Tempo so lange es die Steigung erlaubte. Die Erdwälle tauchten vor ihm auf, und er zog das Rad unter Schütteln und Stoßen so sanft wie möglich erst rechts, dann links in die Kurve hinein und lenkte zur

Mitte, wo das Pflaster schlimm war. Etwas dehnte sich in ihm, als wolle es aus ihm heraus. Es war jedoch in ihm gefangen, und so schuf es sich Raum in einer harten, erbitterten Anstrengung und riss den Augenblick heran, den er morgen an genau dieser Stelle erleben wollte.

In den Pedalen stehend stampfte er das Rad über die Steine dort hinauf, wo der Junge unter überhängendem, blühenden Schlehdorngebüsch am Streckenrand hüpfte, seine Mütze schwenkte und ihm etwas zurief. Kaum nahm er ihn wahr, er hatte ihn schon vergessen.

Nun dachte er nur noch an seinen kleinen, säbelbeinigen Großvater, wie er in seiner ramponierten Militäruniform hinter dem Pflug einherschritt, Soldatenlieder singend, und wie links und rechts die Erdbrocken flogen und dazwischen die Pflugscharen blitzten und sein Großvater durch die regnende Erde hindurch ging, den Pflug in den Fäusten und das Land, sein Land, pflügte, als schritte er unerschütterlich und reinsten Glaubens noch einmal längst geschlagenen Schlachten entgegen. Alberic Joseph Vermeire, Pionier-Korporal der „Chasseurs Ardennais“, Elitetruppe seiner Majestät des Königs von Belgien.

Jahre später begriff er die Behauptung seines Großvaters, die Flamen seien für den Radsport geschaffen, weil sie so viele Kriege erlebt hätten. „Nur die Besten kommen durch“, sagte der Alte. „Nur die Besten. Wie in der Natur.“ Und wenn sie vor dem Fernseher erlebten, wie sie bei der Flandern Rundfahrt in den Koppenberg hinein fuhren, kreischte seine hohe, altersbrüchige Stimme: „Die Selektion. Das ist die Selektion. Die Besten, nur die Besten!“

Die Steine tanzten in einem polternden, irrwitzigen Reigen unter ihm weg. Heckengesträuch und Bäume wischten vorbei. Dann war die Höhe erreicht. Der schmale Spalt, den er von unten gesehen hatte, tat sich vor ihm auf, und das Ende der Steigung schleuderte ihn mit seinem eigenen, plötzlich überschüssigen Schwung in die nun ebene, asphaltierte Straße hinein. Wie einen Körper, der für einen Moment scheinbar schwerelos wird, wenn er aus einem Kraftfeld von hoher atmosphärischer Dichte in ein anderes, leichter geladenes hinüber saust. Tief beugte er sich über das Rad. Die Kette flog über die Zahnkränze, bis die im Kreis der 180 mm langen Tretkurbeln die Pedale herum wirbelnden Füße in der Schwerelosigkeit wieder Halt fanden und ihm der Widerstand von der größeren Übersetzung in die Beine fuhr.

Er hielt die Trittfrequenz. Zäune, Telefonmasten, ein Husch. Kahles Wintergeäst flog vorbei und vorbei, und er fuhr dahin, wie gezogen von dem dunklen geraden Strich des Entwässerungsgrabens am Straßenrand. Jagte die schmale Straße entlang in einer selbstverständlichen, fließenden Bewegung, gesteuert von seinen Reflexen wie von einem Naturinstinkt. Eins geworden mit der ihn umgebenden, ihm Widerstand leistenden Natur ebenso wie mit der Maschinerie des Rennrads, sodass man sagen konnte, Natur und Technik seien über den menschlichen Willen und menschliche Leidenschaft Symbiose geworden.

Die ganze Zeit fuhr er am Limit. Ignorierte sein rasendes Herz, das das Blut durch die Adern peitschte, damit der im Blutstrom gebundene Sauerstoff unter einer nicht abreißenden Druckwelle in die Muskelzellen pulste. Beschäftigte sich nicht mit der Maschinerie in Nieren und Leber, die unter Hochdruck Stoffe zersetzte und produzierte. Wo, gereizt von den über das Netz der Nervenfasern geblitzten Informationen, das Adrenalin schäumend seine Wahrnehmung verengte und zugleich ungeheuer vertiefte.

Er fuhr über die kurvige Straße Richtung Maarkedal der nächsten Helling entgegen. Erreichte den Fuß vom Steenbeekdries. Verhielt dort nicht, sondern fuhr in das Kopfsteinpflaster hinein, das sich achthundert Meter den Hügel hinaufzog. Flog in die Steigung wie ein jagender Habicht, der mit jedem Flügelschlag schwerer wurde. Erst oben, als die Straße wieder eben wurde, richtete er sich im Sattel auf. Atmete tief durch den aufgerissenen Mund und das Land, das wirkliche Land, nicht das von seinem Willen geformte Land, erschien wieder vor seinen Augen, als müsste er es nur ruhig und tief genug einatmen, um darin zu sein und erlöst zu sein.

Paris

Julie Meurant stand am Fenster und sah zu, wie der Regen in die Pfützen auf den kleinen Platz gegenüber ihrem Haus fiel. Er rann in hellen Bahnen über ihr Gesicht, das auf der Fensterscheibe blass vor dem Grau der Morgendämmerung schwebte, rann über die Platanen, die den Platz umstanden, über die dunkelgrünen Bänke mit den gusseisernen Lehnen, die Metallsockel der Laternen mit den fünf Kugellampen. Jenseits des Platzes lief die Straße zwischen hohen Sandsteinfassaden mit grünen Fensterjalousien weiter bis zur Allee, die zur Porte Clignancourt führte, und sie hörte das leise Rauschen des einsetzenden Morgenverkehrs.

Auf dem Trottoir gegenüber ging eine Frau mit einem Regenschirm und einen Mops an einer roten Leine geradewegs in ihr Spiegelbild auf der Scheibe hinein. Übermütig öffnete sie den Mund, und ihr Spiegelbild verschluckte den Mops. Neben ihr stand der aufgeklappte Koffer unter dem Fenster.

Gestern Abend war sie erst gegen halb Zwölf von ihrer Schicht im Cafe Olympia nach Hause gekommen. Bis in die Nacht hinein hatte sie gepackt. Dabei nahm sie nur wenig Gepäck mit, doch es war so schwierig gewesen, sich zu entscheiden, was sie anziehen und was sie mitnehmen wollte. Sollte sie wieder wie ein junges Mädchen aussehen? Oder diesmal ganz anders, damenhafter, irgendwie pariserischer? Jedes Kleidungsstück, das sie einpacken wollte, betrachtete sie unschlüssig bei ausgestreckten Armen. Als wäre es ein Zeichen, hinter dem die Zukunft verborgen sein könnte. Kofferpacken war in dieser Nacht wie ein Spiel mit einem undeutbaren Orakelspruch.

Am Ende entschloss sie sich, doch das pinkfarbene Seidenkleid anzuziehen, das sie im Herbst vor neun Jahren in Rogers Kleiderschrank gehängt und nur ein einziges Mal noch herausgenommen hatte. Als sie fort ging, um nie zurückzukehren. Ihr Spiegelbild lächelte sanft durch den Regen.

Roger hatte ihr das Kleid damals nach der Tour de France geschenkt. Es war ein Sommerkleid, viel zu leicht für Anfang April. Doch in der Nacht hatte sie sich entschlossen, wieder so auszusehen wie damals. Zum Glück waren ihre Haare längst wieder nachgewachsen.

Im Olympia hatte sie vorsichtshalber eine Woche Urlaub genommen. Der kleine Platz lag still unter dem Regen. Acht Jahre lebte sie nun schon hier. Tatsächlich acht Jahre. Überrascht registrierte sie, dass sie das grüne Carré mit den Platanen mochte, dass die Laterne mit den Kugellampen, die Bank mit den geschwungenen Gusseisenlehnen etwas in ihr berührten. Etwas, das der Regung ähnlich war, wenn man sagte „zu Hause".

Es war nur ein kleines Apartment im fünften Stock eines fahrstuhllosen Altbaus im Norden des IX. Arrondissements. Es war März, als sie mit Luc damals hier eingezogen war. Sie waren aus dem Trainingslager in Antibes nach Paris zurückgekommen, und für einige Wochen hatten sie beide geglaubt, Roger niemals wiederzusehen.

Das Apartment sollte nur ein Übergang sein, bis Luc seine Massagepraxis in einem Geschäftshaus in der Nähe der Porte Clignancourt im Schwung gebracht hatte.

Ein halbes Jahr später hatte er sie verkauft, ohne ihr etwas davon zu sagen. „Du willst also gehen", sagte sie, als er es ihr schließlich mitteilte. Er sah sie an mit seinem traurigen Harmonikaspielergesicht und sagte: „Du bist doch schon lange fort." Und sie sah aus dem Fenster auf den kleinen Platz hinaus, sagte nichts und wunderte sich, dass schon wieder Oktober war.

Acht Jahre hatten die Uhrzeiger nicht mehr das Vorrücken der Zeit gemessen, sondern nur ihr Zurückbleiben hinter etwas, das der Zeit so weit voraus gelaufen war, dass die Uhr, abgesehen von ihrer Unverzichtbarkeit für die Organisation des täglichen Lebens, für sie jede Bedeutung verloren hatte. Bis an jenem Sonntag das Telefon klingelte und einen Augenblick ankündigte, wie sie ihn sich schon gewünscht hatte, als sie noch das kleine Mädchen war, das vom Bett aus dem efeuumrankten Fenster mit den Rüschengardinen auf den Berg hinaus sah: einen Augenblick, in dem etwas Unumkehrbares passierte, das ihr Leben verändern würde.

Sie nahm den Hörer ab: „Hallo." – „Sind Sie es Julie?" – Und als sie nicht gleich antwortete: „Hier ist Wim. Wim Verstappen." – „Oh", sagte sie.

Am Mittwoch darauf kam Rogers Brief.

„… und ich möchte, dass Du noch einmal mein guter Engel bist." Wieder und wieder las sie diesen Satz. Sonst gab es nicht viel in dem Brief zu lesen. Er war nur kurz. Nicht viel mehr als eine Wegbeschreibung. Umsteigen in Brüssel Midi, dann weiter mit dem Zug über Oudenaarde nach Geraardsbergen. Es verstand sich von selbst, dass er sie nicht vom Bahnhof abholen konnte.

Und er beschrieb ihr die Stelle, wo sie an der Muur stehen sollte. Hinter der Kurve an dem verwitterten Steinkreuz, dem ersten nach dem Steinwall auf der linken Seite, wenn man von unten kam. „Zieh etwas Warmes an und nimm einen Regenschirm mit", schrieb er noch.

Sie begann nicht, mit dem Brief durch das Zimmer zu tanzen. Weder zu lachen, zu singen, noch zornig zu werden wegen der verlorenen Jahre. Sie strich den Briefbogen glatt, faltete ihn zweimal und legte ihn auf die Anrichte, wo die Fotos von ihrem Vater und ihrer Mutter standen, und eines von ihrem Hof, der ihrer Familie nun nicht mehr gehörte. Sie tat dies in einer sie jäh umschließenden Stille und in der feierlichen Überzeugung, dass das Leben die nicht im Stich ließ, die in ihrem Herzen unerschütterlich waren.

Zieh etwas Warmes an und nimm einen Regenschirm mit. Leise lachend schüttelte sie den Kopf. Typisch Roger. Neun Jahre kein Wort und dann ein Brief ohne Erklärung, ohne irgendetwas von sich zu erzählen oder zu fragen, wie es ihr gehe. Aber: „Zieh etwas Warmes an und nimm einen Regenschirm mit." So war er, und das würde sich niemals ändern. Schon damals, als er ihr auf dem Rathausplatz in Carpentras zum ersten Mal gegenüberstand, so lang und hager mit seinem knochigen Gesicht, hatte sie es gewusst. „Roger Vermeire", sagte sie leise, „ich kenne dich."

Sie kannte ihn besser als er sich selbst. Er wollte es nicht glauben, damals in dem Restaurant am Boulevard St. Michel, als sie ihm zum ersten Mal ihren Widerstand entgegengesetzt hatte. Doch sie hatte Recht behalten.

Es war Oktober. Roger war von der Lombardei Rundfahrt zurückgekommen, dem letzten großen Rennen des

Jahres. An jenem Nachmittag suchten sie, bis es dunkel wurde, das Haus, in dem ihre Mutter damals wohnte. Sie war überzeugt, die Straße und das Haus zu finden, über dem ihre Mutter im vergangenen Herbst auf der Ansichtskarte das Kreuz gemacht und geschrieben hatte, in dem Haus unter dem Kreuz wohne sie jetzt. Eine Kirche auf der Karte hatte sie mit Hilfe eines Reiseführers als „Eglise St. Germain Des-Pres“ identifiziert, obwohl nicht viel von ihr zu sehen war, und neben dem Kreuz von ihrer Mutter befand sich ein unverwechselbares Gebäude mit einer blauen Kuppel. Roger hatte nur gelacht. Trotzdem fuhr er geduldig alle Straßen ab, die sie ihm vom Beifahrersitz, den Stadtplan auf den Knien, ansagte.

Immer wieder bat sie ihn zu halten, stieg aus und lief in eine Straße hinein, weil sie meinte, gerade eben das Gebäude mit der blauen Kuppel gesehen zu haben. Nach einigen Minuten kam sie zurück, und sie fuhren weiter. Julie aus dem geöffneten Seitenfenster gelehnt mit wehenden Haaren, ein beständiges Lächeln auf ihrem Gesicht. Die Straßen leuchteten für sie in einem Licht, das sie nicht hatten und das Roger niemals sehen würde. Sie bemerkte nicht, dass er immer schweigsamer wurde.

Es wurde dunkel. Schließlich gab sie die Suche auf. Roger hielt auf dem Parkplatz eines Bistros auf dem Boulevard St. Michel, stellte den Motor ab und öffnete die Wagentür. Auf einmal musste sie heulen. Schlug die Hände vor das Gesicht und weinte leise in ihre Handflächen hinein. „Hör auf“, sagte Roger. „Du musst es hinter dir lassen. Sie ist doch weggegangen. Wenn sie dich hätte sehen wollen, hätte sie ja längst wieder schreiben können.“

Sie aßen schweigsam. Saßen einander am Tisch gegenüber, beinahe wie Fremde. Jeder in seiner eigenen Welt.

„Warum?“ fragte Roger schließlich, als sie mit dem Essen fast fertig waren. Sie blickte von ihrem Teller auf: „Was meinst du?“

„Warum willst du deine Mutter unbedingt wiedersehen?“

Sie konnte es ihm nicht erklären. Für das, was sie fühlte, gab es keine Worte. Ihr Gefühl war zusammengesetzt aus dem Geruch von Molke und warmen Stroh, aus dem Schein der Nachttischlampe auf der Gardine vor ihrem Fenster sowie aus dem Klang, wenn ihre Mutter sich über ihr Bett beugte und zu ihr sagte: „Jetzt wollen wir schlafen.“

Noch einmal versuchte sie, es ihm zu erklären, brach abermals ab und sagte hilflos: „Sie hat mich doch immer zu Bett gebracht.“ Er sah sie an, wartete, doch es kam nichts mehr. „Ja, und?“ sagte er. „Sie war doch deine Mutter.“ Und das kleine, unscheinbare Wort drückte ihr die Kehle zu. War, war, war. Sie ist doch noch immer meine Mutter. Am liebsten hätte sie es herausgeschrieen. Doch sie sagte nichts. Sah ihn bloß an und die Tränen liefen ihr über die Wangen und tropften auf die Serviette neben dem Teller und in den Teller hinein.

Schweigend sah Roger sie über den Tisch hinweg an. Mit einem Blick so abgelöst und fern, als erblicke er statt Julie ein Gespenst des Kummers. Er wollte keine Gespenster mehr in seinem Leben. Die Gespenster hatte er auf der Landstraße unter seinen Rädern zu Staub und Schatten gefahren.

Er sah sie einfach nur an, mit leerem Blick und wehrte ihren Kummer ab. Und begriff nicht einmal das: Dass es für ihn etwas gab, das es abzuwehren galt, denn in der von ihm errichteten Realität existierte kein Kummer. Es gab bloß unterschiedliche Lebenslagen und Situationen, in denen man sich zurechtfinden und behaupten musste. Die man entweder ändern oder verteidigen musste.

„Wein doch nicht. Weinen bringt nichts.", sagte er schließlich über die Wasserkaraffe, die beiden leeren Gläser und die abgegessenen Teller hinweg. Sie schüttelte den Kopf. „Du machst es nur schlimmer." Sie schien ihn gar nicht zu hören. Als prallten seine Worte von dem Gravitationsfeld ihres Kummer ab und prallten auf ihn selbst zurück.

Er wurde zornig. Doch da war nichts, woran sich sein Zorn entladen konnte. Weder saß er auf seinem Rad, eine Straße unter sich, noch hatte er andere Rennfahrer gegen sich, er hatte nur ein schluchzendes Mädchen vor sich, das er nicht verstand und das ihn hilflos machte. „Hör auf", sagte er. „Sie ist nicht mehr da. So was passiert doch überall. Das ist ganz normal."

Es war normal. Damit ließ sich alles erklären. Ihre Mutter, erklärte er ihr, habe eben ein neues Leben gewollt. Das sei ihr gutes Recht. Eines Tages hätte sie selber ein neues Leben gewollt. Dann hätte sie ihre Mutter genauso verlassen. Sie schüttelte sich und versuchte etwas zu sagen. Ich habe meinen Vater nicht im Stich gelassen, wollte sie sagen, doch es quälte sie zu sehr, und sie konnte es nicht. Hielt ihm nur ihr gequältes Gesicht entgegen, damit er sie verstünde.

Er sah sie gar nicht mehr. Oder sah sie auf der anderen Seite des Tisches nicht anders, als er die Gestalt des Kellners mit dem Tablett wahrnahm, die gerade sein Blickfeld passierte, oder die im Raum verschwimmende Flucht der anderen Tische.

Eigentlich sprach er auch nicht mehr zu ihr, sondern hielt den Blick konzentriert über die Wasserkaraffe, die leeren Gläser, abgegessenen Teller hinweg auf einen imaginären Punkt oberhalb ihrer Schulter gerichtet, als käme, was er sagte, von dort zurück an sein Ohr. Als spräche er über jenen imaginären Punkt zu sich selbst.

Er hörte sich sagen, dass Menschen sich trennen und dass das normal sei, denn so müsse es zwangsläufig kommen. Denn das Leben sei lang und veränderlich. Jeder müsse seinen eigenen Weg gehen. Deshalb sei jeder allein. Aber deshalb habe auch jeder das Recht auf sein eigenes Leben. Jede Art von Bindung sei bloß eine Vereinbarung auf Zeit und zum gemeinsamen Nutzen. Egal, ob sie von der Natur oder von Menschen geschaffen worden sei. Wenn etwas nicht mehr nützlich sei, müsse es vergehen. Das sei ein Naturprinzip. In einem Profiteam funktioniere es genauso. Die Fahrer in seinem Team seien seine Verbündeten, alle anderen seien Gegner. Man könne sie jedoch austauschen. Man bezahle einen, der gestern noch Gegner war, und morgen sei er Verbündeter. So sei das Leben. Nur so könne es überhaupt funktionieren. Freundschaft und Liebe seien letztlich bloß Erfindungen, mit denen man das Leben erträglicher machen wolle. Mag sein, dass sie für manche so notwendig seien wie Schlaf, in dem sich der Organismus erhole. Mancher brauche mehr, mancher weniger Schlaf, aber selbst jene, die mehr brauchten, wären in ihrem Leben viel länger wach, als dass sie schliefen.

So redete er über die Wasserkaraffe, die leeren Gläser, die abgegessenen Teller hinweg zu ihr, die inzwischen aus seinem Bewusstsein herausgefallen war. Verdrängt von Gespenstern, die auf einer inneren Bilderflut über ein Stück Land dahin trieben, das ihm über alle Maßen vertraut war, vertrauter als ihm je lieb gewesen war, und wo jetzt nicht die Gestalt seines Großvaters erschien, sondern die eckige sperberhafte Kontur seines Vaters und jenes Gespenst zwischen den Kissen, das seine Mutter war. Das sich nur noch manchmal und immer seltener aus seiner schmerzerfüllten Abgeschiedenheit erhob, um ihm die Hand auf den Kopf zu legen. Das sich auch als Gespenst schon aufgelöst hatte, als er, noch keine dreizehn Jahre alt, statt in der Schule zu sein, unter den bitteren Augen seines Vaters den Rücken über dem Acker krümmte. Den Boden hackte, Kisten mit Rüben schleppte, während dabei aus Scham und Erschöpfung ein verzweifelter Zorn in ihm heranwuchs. Dieser Zorn sollte ihn niemals wieder verlassen. Nur dass es später kein verzweifelter Zorn mehr war, sondern ein fruchtbarer. Mit der aus diesem Zorn erwachsenen Kraft hatte er sich sein Leben erbaut.

Während er über die Wasserkaraffe, die leeren Gläser, die abgegessenen Teller hinweg in Julies Richtung sprach, wurde immer unklarer, ob das, was er sagte, ein Kommentar war zu der in ihm dahin stürmenden Bilderflut oder ob es von ihr hervorgebracht wurde. Es war auch einerlei, denn mit einem Mal war sein Redefluss wie abgeschnitten von der Flut der Bilder. Julies Gesicht hatte sich in sie hinein gedrängt. Plötzlich sah er sich selbst in Julies übergroßen Augen.

„Warum sagst du das?“ Es war mehr ein Atmen in Worten als ein gesprochener Satz. „Das glaubst du doch gar nicht.“

„Wieso nicht. Was denkst du denn?“ Sie schüttelte stumm den Kopf. „Nein“, sagte sie dann. „Nein. Nein. Nein.“ Er lachte. „So bist du nicht.“ Er lachte. „So bist du bloß geworden.“

„Was?! Du ... Du Kind!“

„Ja“ sagte sie. „Dein Herz ist ganz anders.“

„So? Wie denn?“ – „Es ist gut.“

Er starrte sie bloß an. „Was?! Mein Herz … Idiotisch. Mein Herz hat tausenddreihundert Kubikzentimeter, es schlägt achtunddreißig Mal in der Minute und bei Belastung zweihundert Mal und pumpt dabei pro Minute über fünfzig Liter Blut durch meinen Körper. Das ist mein Herz. Es ist nicht gut, es ist nicht schlecht. Es ist eine Maschine."

„Nein", sagte sie sanft und auf einmal so klar und nachdrücklich, dass er sie verwundert ansah. In ihrem Gesicht war die gleiche Unbeirrbarkeit wie in ihrer Stimme. Eine ruhige Entschiedenheit, wie man sie für große Entschlüsse benötigt. „Wenn du so etwas sagst, ist es bloß krank. Aber …" und nun klang es beinahe vergnügt: „… es wird wieder gesund werden." – „Es wird platzen", sagte er leise und zornig. Sie sah ihn an wie ein Kaninchen. „Es wird auseinander fliegen. Verstehst, du?" – „Aber warum denn"? fragte sie. – Sein Blick räumte den Tisch mit Wasserflasche, Gläsern, Tellern leer, räumte das Restaurant leer, bis Julie allein übrig geblieben war, und wie um auch sie abzuräumen, sagte er: „Weil ich es will."

Aber nun wollte er, dass sie nach Geraardsbergen käme und wieder an der Rennstrecke stünde. Wie damals am Mont Ventoux. Vergnügt sah sie in den Regen hinaus. Die alte Dame mit dem Mops kam zurück. Sie hatte jetzt eine Einkaufstüte in der Hand. Ich hab´s gewusst, dachte sie. Ich hab es immer gewusst. Auch damals, als er diese schrecklichen Dinge sagte und später, als er noch Schrecklicheres sagte. Ich kenne sein Herz. Und er nicht. Ein neuer Gedanke bewegte sie: Vielleicht kann man sein eigenes Herz gar nicht so gut kennen wie das von einem anderen, wenn er einem nur genug bedeutet.

Ihr Blick fiel auf den Koffer. Übermütig gab sie dem noch aufgeklappten Deckel einen Klaps, dass er zufiel. Eine Viertelstunde später saß sie im Taxi zur Gare de Nord. Um 10.32 Uhr fuhr ihr Zug nach Brüssel.

Der Zug stand schon am Bahnsteig bereit, als sie die Schalterhalle betrat. Außerhalb der Überdachung fiel der Regen durch die Lichthöfe der Lampen. Das Geflecht der Oberleitungen verlor sich im Dunst über den Geleisen. Sie trug nur einen flott geschnittenen Frühlingsmantel von den Galeries Lafayette und darunter das pinkfarbene Seidenkleid. Ihr war kalt. Ein Zug verließ gerade den Bahnhof, und sie sah ihm nach, bis die Waggons sich unter den in der Luft hängenden, roten und grünen Signallichtern langsam ineinander schoben. Sie ging zu ihrem Zug.

Vom Abteilfenster verfolgte sie, wie der rote Zeiger auf der Bahnhofsuhr ruckend seine Runden machte. Endlich schnappte der Minutenzeiger auf zwei Minuten nach halb. Der Express Paris – Brüssel setzte sich pünktlich in Bewegung. Nun fuhr sie abermals einem neuen Leben entgegen.

Damals war sie mit dem Nachtexpress von Avignon gefahren, erreichte Paris am frühen Sonntagmorgen, fand ihren Weg zum Velodrome in der Bois de Vincennes, wo am Nachmittag die Tour de France zu Ende ging. Dort traf sie Roger und das Stella-Team. Nach Carpentras war sie nur noch zweimal zurückgefahren. Einmal um ihre Sachen zu holen. Das zweite Mal, um ihren Vater zu begraben.

Bald blieben die Siedlungen der Vorstädte zurück. Das Land öffnete sich. Der Himmel wurde heller. Papa, dachte sie, ach Papa.

Am Morgen des Tages, der ihr Leben für immer verändern sollte, stand Julie Meurant zu Hause an der Tür zum Wohnzimmer und blickte auf den zornig rot angelaufenen Nacken ihres Vaters. Vor ihm türmten sich Schubladen und Schachteln auf dem Tisch, die er vergeblich nach seinen Kriegsverdienstmedaillen durchsucht hatte, eine Tapferkeitsmedaille und ein Verwundetenabzeichen, die er für seinen Einsatz im Wald von Soissons gegen die auf Paris vorrückenden deutschen Panzer erhalten hatte.

„Weggeworfen", sagte er. Sein schwerer Schädel schwang hin und her. „Sie hat sie weggeworfen." Er hieb mit der Faust auf die Tischplatte, dass die Schubladen und Schachteln einen Satz machten und die oberste herunterfiel, in das auf die Tischdecke gekippte Durcheinander aus den anderen Schubladen hinein. Wie sie diese zornige Linie seiner Schultern und den rot angelaufenen Nacken als Kind gefürchtet hatte! Er wandte sich zu ihr herum, und da trat dieser Ausdruck von Verlorenheit in sein Gesicht, der Jahre später, nachdem ihr Vater längst gestorben war, ihr manchmal noch in Träumen erschien. „Diese … Diese …"

Sie duckte sich innerlich, um von dem Wort nicht getroffen zu werden, das nun kommen musste, doch er sagte es nicht. Trotzdem spürte sie die Verletzung. Und in dem leeren Raum in ihr, der schon bereit für ihre Empörung über die Beschimpfung ihrer Mutter war, fühlte sie ihre eigene Bitterkeit aufsteigen.

Später am Vormittag fand sie die Medaillen in einem Kasten mit abgelegten Manschettenknöpfen, Krawattennadeln und Pinzetten. Rechzeitig genug, sodass er mit den Verdienstmedaillen am Revers seines Sonntagsanzugs nach dem Mittagessen zum Empfang der Tour de France nach Carpentras hinunterfahren konnte.

Seit zehn Uhr war die Straße von Montelimar für den öffentlichen Verkehr gesperrt. Zwischen 16.14 und 16.48 Uhr, den Eckdaten der Marschtabelle für die höchste und die niedrigste Durchschnittsgeschwindigkeit auf dieser Etappe, kam das Feld der Tour de France die N 938 herunter. Am Abend sollte es einen Empfang der Tour auf dem Platz vor dem Rathaus geben, denn morgen war Ruhetag, und am darauf folgenden Tag führte die Etappe die Fahrer von Carpentras über den Mont Ventoux. Einen kahlen, unter der Sonne gleißenden Granitkegel, der mit seinen 1 907 Metern aus dem nur wenig über Meereshöhe liegenden hügeligen Land der Vaucluse aufragte wie ein bizarrer Irrtum der Natur. „Mein Berg", sagte Julie. Denn er war ihr vertraut, so lange sie denken konnte. Täglich hatte sie ihn von ihrem Bett im Kinderzimmer hinter ihrem Fenster aufragen sehen.

Keine fünf Stunden später verband sich dieser Tag für alle noch kommenden Jahre mit einem kleinen, zerbrechlichen Klirren, das schnell zu Ende war. Sie hatte nur eine geringfügige Unregelmäßigkeit in dem flirrenden Luftstrom wahrgenommen. Dann kippte er schräg aus dem vorbeisausenden Fahrerfeld heraus. Rutschte unter diesem hellen, klirrenden Geräusch über das Pflaster – und da lag er plötzlich beinahe zu ihren Füßen am Bordstein. Den Oberkörper sonderbar über das verbogene Vorderrad gekrümmt, weil seine Füße noch an die Pedale festgehakt waren.

Sie machte zwei schnelle Schritte. Schon hockte sie am Bordstein und zog seinen blutenden Kopf vom Pflaster in ihren Schoß hinauf. Sie hatte noch das rote Tuch auf dem Kopf, das ihre Haare zurückhielt, denn sie war aus dem Stall an die Straße gelaufen, um die Rennfahrer vorbeifahren zu sehen. Nun riss sie es sich vom Kopf und tupfte das Blut von seiner Stirn. Ihre Haare fielen über sein Gesicht. Ein paar Strähnen wischten über die Wunde, die sie gerade abgewischt hatte und färbten sich rot. Etwas, das sie noch nicht kannte, gab ihr einen Stich.

Ein Auto stoppte mit kreischenden Bremsen. Männer sprangen heraus, schrieen etwas und packten ihn unter den Achseln und richteten ihn auf. Sie hockte noch am Bordstein und beobachtete, wie er von den Armen gestützt ein paar steife Schritte auf die Straße hinaus machte. Jemand hatte eines der auf dem Autodach montierten Räder herunter gerissen. Sie schoben es ihm unter den Hintern, und verdutzt sah sie zu, wie sie ihn zu zweit anschoben, wie seine Beine maschinenhaft in die Pedale traten und sein Oberkörper im Takt dazu über dem Rad von einer Seite auf die andere pendelte. Schon war er um die Biegung am Ende ihrer Mauer verschwunden.

Die Straße war wieder leer. Julie erhob sich, strich über ihren Rock und sah die Straße hinunter, als hätte sie eine Erscheinung gehabt.

Abends fuhr sie mit dem Fahrrad dieselbe Straße hinunter nach Carpentras. Sie wollte auf das Fest gehen, das die Stadt zu Ehren der Tour de France gab. Charlotte hatte ihr davon erzählt.

Sie erkannte ihn sofort, als er mit seiner Mannschaft auf dem Podium erschien. Im Traininganzug sah er etwas anders aus, doch der Anzug war von demselben Blau und Weiß wie sein Trikot gewesen war, außerdem stand Stella darauf. Jetzt fiel ihr auch ein, woher sie den Namen kannte. Von den Bierflaschen ihres Vaters. Es war ein belgisches Bier. Bier brauen ist das einzige, was die können, sagte ihr Vater über die Belgier.

Der erste Fahrer des Teams trat vor, winkte kurz in die Menge und trat wieder zurück. Der Mann mit dem Mikrophon kündigte den nächsten Rennfahrer an: „Roger Vermeire." Er trat vor. So hieß er also. „Roger Vermeire", sagte sie leise, „ich kenne dich."

Dann war die Vorstellung vorbei. Die Teams der Rennfahrer hatten sich für einen Imbiss an die für sie vorbereiteten Tische unter den Kastanien gesetzt. Plötzlich stand er vor ihr. „Hallo", sagte er. Er war größer als sie ihn vom Nachmittag in Erinnerung hatte. Mehr als einen Kopf größer als sie und sehr hager. „Guten Abend", sagte sie.

„Ich wollte mich bei Ihnen bedanken." Das kam ihr ein bisschen förmlich vor. Außerdem fand sie ihn zu ernst für einen Festabend, doch das konnte von seiner Hagerkeit kommen.

„Ich heiße Julie", sagte sie. „Julie Meurant."

„Julie", wiederholte er. Er kann ja sogar lächeln, dachte sie. „Julie, Sie haben mir heute Glück gebracht." Wieder hörte sie das kurze, zerbrechliche Klirren auf dem Pflaster. Als sie ihn wieder ansah, fand sie ihn immer noch zu groß und zu ernst.

Ein Rechteck Mullverband klebte an seiner Stirn neben der Schläfe, darunter war die Haut von Jod tabakgelb verfärbt. Sie griff nach ihren Haarspitzen. Zuhause hatte sie sich das Haar noch hochstecken wollen, weil sie das eleganter fand, doch dann hatte sie gar nicht mehr daran gedacht.

„Ich hab mich ja noch gar nicht vorgestellt."

Sie musste lachen. „Roger Vermeire", sagte sie und bekam plötzlich Oberwasser.

Viele Rennfahrer gingen bereits fort. Andere saßen noch an den Mannschaftstischen unter den Platanen. Fernsehteams mit mobilen Kameras und Reporter waren unterwegs. Auf dem Podium spielte jetzt die Kapelle der

Ehrenlegion. Auf dem Platz davor hatten sie angefangen zu tanzen. Sie sah hinüber und entdeckte Charlotte. Kurz stellte sie sich vor, sie würden zusammen dort tanzen.

„Kommen Sie“, sagte er, „ muss Sie mal unsern Leuten vorstellen.“ Er führte sie zu einem mit Gläsern und Papptellern bedeckten Tisch, an dem vielleicht ein Dutzend Männer saß, darunter jedoch nur noch drei in Rennfahrerkleidung. Er stellte sie vor. „Mein guter Engel“, sagte er. „Sie heißt Julie.“

„Und nächsten Monat heißt sie Auguste“, sagte einer mit einer schmalen Brille, der, obwohl sportlich, nicht wie ein Rennfahrer aussah. „Auf den dürfen Sie nicht hören“, sagte Roger. „Der ist Reporter; und dann noch aus Paris.“ Der Mann erhob sich halb von der Bank und deutete eine ironische Verbeugung an: „Yves Renard.“

Roger ging mit ihr von einem zum anderen. Ein baumlanger Kerl mit einem Silberreif am Handgelenk schüttelte ihr tüchtig die Hand. „n´ Abend Glücksengel. Willkommen. Am besten bleibst du gleich bis Paris bei uns.“ Das war Wim Verstappen, der Directeur Sportif.

„Luc“, rief Verstappen, „spiel doch mal was für unseren Glücksengel.“ Als sie ihn erblickte, wusste, sie, dass er sie die ganze Zeit angesehen hatte. Beinahe hätte sie nach Rogers Arm gegriffen, sie bemerkte es gerade noch. Bis zu ihm war Roger mit dem Vorstellen noch nicht vorgedrungen.

„Ja“, riefen ein paar von den anderen am Tisch. „Spiel was, Luc.“ – „Den Walsen“, rief einer. „Den Walsen“, riefen nun alle.

„Das ist Luc“, sagte Roger. „Unser Masseur. Wenn Luc dich massiert, bist du hinterher ein neuer Mensch.“ Luc lachte wie ein alt gewordener Junge und nickte ihr über den Tisch hinweg zu. Sie setzten sich auf die Bank an den Tisch. Bis auf den Reporter waren es alles Belgier. Sie wunderte sich über ihr gutes Französisch. Ihr Vater hatte erzählt, Belgier könnten gar nicht Französisch und wenn, dann hörte es sich schauderhaft an.

Jemand schob ihr ein leeres Glas hin, ein anderer schenkte ihr aus einer Flasche Wein ein. Sie hätte lieber wie Roger Mineralwasser getrunken. Luc fing zu spielen an.

An den Nachbartischen wurde es still. Einige erhoben sich dort, kamen herüber und hörten zu. Luc spielte und sang dazu, den Kopf schräg über die Harmonika gebeugt, als sei er in einen Dialog mit ihr vertieft, an dem niemand sonst teilhatte. Unter der schwarzen Arbeitermütze quoll sein dunkelbraunes Haar hervor, das an den gelockten Enden grau zu werden begann.

Sie verstand nicht, was er sang. Es war wohl Flämisch. In der Melodie lag etwas Schwermütiges, wie ein Bedauern über irgendetwas, das verloren gegangen war, doch die Erinnerung daran war so bewegend, dass sie ein starkes Gefühl erzeugte. Man konnte nicht sagen, ob es eine glückliche oder eine traurige Melodie war. Sie wandte den Kopf zu Roger, doch er bemerkte es nicht.

Sie sah wieder zu Luc hinüber. Manchmal streifte sein lautloses Lachen über den Rand der Harmonika hinweg die Runde, während seine Hände das Instrument zu einer neuen Welle auseinander zogen. Dann trat ein altersloses Selbst aus ihm hervor, in das er durch sein Harmonikaspiel aufgelöst schien.

Als sie nach Hause fahren wollte, musste sie erst ihr Fahrrad suchen. Es begann zu regnen. Endlich Regen. Sie hielt ihr Gesicht in den Regen und fühlte sich auf einmal so leicht, dass ihr beinahe die Tränen kamen. Sie bemerkte es und fand sich dumm.

Später konnte sie nicht einschlafen. Hinter der zurückgezogenen Gardine lag der Berg verschwommen unter dem Regen. Wie sollte sie ihrem Vater beibringen, dass sie übermorgen statt aufs Feld zu gehen auf den Berg gehen wollte? Luc Lejeune hatte die Idee gehabt. Sie hatte Roger angesehen. „Du kannst mir da oben einen Schwamm mit Eiswasser über den Nacken ausdrücken", sagte Roger.

Vor dem hellen Sommernachtshimmel fiel der Regen wie ein aus Silbergarn gewobener Schleier zur Erde. Dünner, feiner Landregen. Sie wusste, dass er noch in der Nacht wieder aufhören würde. Der Mistral würde noch auf sich warten lassen, und wenn sie übermorgen über den Berg mussten, würde es so heiß und sonnig sein, wie den ganzen Juli schon.

„Warst du schon mal in Paris", hatte Roger vorhin gefragt. Sie wollte schon nicken, dann blieb sie doch lieber bei der Wahrheit. Ihr „nein" war so schroff und abweisend, dass Roger fragte, was sie denn gegen Paris habe. „Nichts", antwortete sie, immer noch abweisend. „Ist ′ne tolle Stadt", sagte er. Sie zuckte mit den Schultern, machte eine knappe, eckige Kopfbewegung und strich sich das Haar nach hinten. Für die Länge eines dummen Gedankens sah sie sich plötzlich in Paris. Sie hatte sich ein pinkfarbenes Kleid gekauft. Aus Seide und so leicht, dass beim Gehen der Saum um ihre Knie schwang. Roger sagte „Paris, Paris" und lachte. Er legte seine Hand auf ihre geschlossene Faust. Sie wollte sie wegziehen, er merkte es und gab sie frei. Auf einmal fühlte sie sich schutzlos und unglücklich.

Jetzt im Bett ärgerte sie sich über sich selbst. Sie wollte nicht mehr daran denken. Dann bemerkte sie, dass sie doch daran denken wollte, obwohl sie gleichzeitig nicht daran denken wollte. Es machte sie ganz konfus. Sie beugte sich zum Nachtschränkchen neben ihrem Bett hinüber, und nach langer Zeit holte sie wieder die Ansichtskarte heraus, die ganz zuunterst in der Schublade lag, unter ihren Taschentüchern.

Der Schein der Hoflaterne warf einen blendenden Strich über den gebogenen Karton. Sie drehte die Karte so, dass sie Notre Dame sehen konnte. Und dann sah sie nur noch, was sie so sehr schmerzte, dass sie es hasste. Das Kreuz, das ihre Mutter mit Kugelschreiber auf der Karte gemacht hatte.

Ihre Mutter lebte jetzt in Paris. Ihre Mutter war im vergangenen Oktober, gleich nachdem die letzten Äpfel von den Feldern geholt worden waren, nach Paris gegangen. Ihre Mutter kam nicht mehr zurück.

Sie hörte, wie der Regen mit einem dünnen Geräusch auf die Schindeln des Vordachs fiel. Ihre Mutter roch nach Molke und warmem Stroh, wenn sie sich über sie beugte und sagte, nun wollen wir schlafen. Und wenn sie wieder erwachte, war ein neuer Tag angebrochen. Sie hatte immer gedacht, es käme nur von der Müdigkeit und der Hitze, dass ihre Mutter in den vergangenen Jahren manchmal so abwesend aussah, besonders wenn der Sommer wieder einmal zu Ende ging. Als wäre Abwesenheit ein Schutz gegen Müdigkeit. Sie verstand ja die Müdigkeit ihrer Mutter. Sie war selbst in diese Müdigkeit hineingewachsen durch die beständige Wiederkehr der Aufgaben und Pflichten auf dem Hof, die so regelmäßig kamen und gingen und wiederkamen, als würden sie auf den Zeigern einer riesenhaften Uhr im Kreis herumgetragen, sodass zwar die Jahreszeiten kamen und gingen, es aber trotzdem so war, als verginge überhaupt keine Zeit, weil diese Uhr nicht die Zeit selbst maß, sondern nur ihre ermüdenden Übergänge von Tagen, Wochen, Monaten. Monotone Übergänge von Pflicht zu Pflicht, in denen lediglich Temperaturen, Gerüche und Licht wechselten, je nachdem ob das Korn hereingeholt wurde oder die Äpfel, die Felder geräumt oder aufgebrochen wurden. Und morgens wie abends mussten Rinder und Hühner versorgt werden. Doch ihre Mutter roch immer nach Molke und warmem Stroh, bis zuletzt, auch wenn sie nicht mehr zu ihr sagte, jetzt wollen wir schlafen.

Sie hörte den Regen nicht mehr oder wenn sie ihn doch noch hörte, so nahm sie ihn nicht als etwas wahr, das draußen auf die Dachschindeln fiel, sondern als etwas, das in ihr selber war. Mit dem Ärmel ihres Nachthemds wischte sie sich über die Augen. „Bitte verstehe mich", hatte ihre Mutter noch auf die Rückseite der Karte geschrieben und dass sich dort, wo sie das Kreuz gemacht habe, ihre neue Wohnung befände.

Sie wollte sie nicht verstehen. Verstehen hieß verzeihen. Wie konnte sie ihrer Mutter die Abwesenheit verzeihen, wenn sie sie hasste. Ich hasse sie, hasse sie, hasse sie, knirschte es in manchen Nächten zwischen ihren Zähnen, bis sie erschrocken innehielt. Nein, nicht meine Mutter. Ich hasse meine Mutter nicht. Dabei kam eine Bitterkeit in ihr hoch, die sie wünschen machte, sie hasse sie doch. Doch sie hasste sie nicht und ihre Bitterkeit schwand. Genauer gesagt, ihre Bitterkeit brachte einen Vorsatz hervor, durch den sie sich in eine Haltung verwandeln konnte, in der etwas Tröstliches, ja beinahe Erhabenes lag. Niemals würde sie das tun, einfach weggehen und ihren Vater im Stich lassen.

Die Monate vergingen. Der Schmerz blieb. Hatte sich nur zurückgezogen in eine Distanz. Manchmal fragte sie sich, ob sie wohl mit ihrem Vater verheiratet sein wollte, dem nichts über den Hof ging, den er in der fünften Generation bewirtschaftete. Genauso war es doch. Nichts ging ihrem Vater über den Hof, außer dem Land und seinem Ertrag. Dann sah sie, dass sie ganz anders war als ihr Vater, der in der ununterbrochenen Wiederkehr gleich bleibender Aufgaben und Pflichten nicht Monotonie und Enge, sondern das Geschenk der Ewigkeit erlebte.

Nun lag sie auf ihrem Bett und hörte, wie der Regen auf die Dachschindeln fiel. Durch das geöffnete Fenster hörte sie die kranke Kuh im Stall an ihre Kette stoßen. Zwischen den Wolken sah hin und wieder kurz der Mond hervor und ließ die Bergkuppe erglänzen. Sie versuchte, die schmale Passstraße zu entdecken, die sie übermorgen in der Frühe dort hinaufsteigen würde. Ganz allein, nur mit ihrem Schatten. So sollte Roger auch den Berg hinauffahren, leicht wie ein Schatten. Sie lachte in ihr Kopfkissen. Und dann würde sie seinen Schatten fangen.

Am Morgen des übernächsten Tages fuhr sie kurz nach fünf Uhr unter dem Gesang der Grasmücken mit ihrem Fahrrad durch das Tor, ein Stück die Straße nach Montelimar hinauf, bis zur Ecke, wo die schmale, von Apfelbäumen gesäumte Allee durch die Hügel führte, in den Wald am Fuß des Bergmassivs hinein.

Ihr Vater hatte zuerst nicht begriffen, was sie wollte, doch dann war er sofort einverstanden. Er hatte ihr sogar erklärt, wie sie sich verhalten sollte, wenn die Rennfahrer den Berg heraufkämen. So ausführlich und liebevoll, dass sie ihm gegen ihren Vorsatz beinahe von Roger erzählt hätte.

Als sie etwa vierzehn Jahre alt war, durfte sie an einem Abend während der Tour de France einmal fast bis Mitternacht aufbleiben, weil sie sich mit ihrem Vater einen Film über Fausto Coppi ansehen sollte. Coppi war ein

Gott, behauptete ihr Vater. Hinterher erinnerte sie sich noch lange daran, wie Coppi ganz allein, weit vor allen anderen zwischen gezackten Felsengipfeln hindurch eine von Schneefeldern gesäumte Passstraße aus Schotter und Geröll hinauffuhr. Klein und unwirklich, wie eine Figur in einem Zeichentrickfilm, die auf einem lächerlichen Fahrrad geradewegs in den Himmel strampeln wollte. Auf einmal sprang das Bild um, und sie sah sein Gesicht. Schmal und knochig mit tiefen Schatten auf den Wangen. Die dunklen Augen glänzten fiebrig in ihren Höhlen, das schwarze Haar hing ihm in die Stirn. Die vorspringende Nase war in einer Grimasse des Schmerzes kraus gezogen und bog sich zu dem gequälten Mund hinab. Es schien tatsächlich das Gesicht eines Heiligen zu sein, das unter einer fanatischen Anstrengung vom selbst auferlegten Schmerz erleuchtet war.

Ein paar Tage später sagte ihr Vater nach dem Mittagessen zu ihr, alle großen Rennfahrer seien Bauernsöhne. Alle aus unserem Boden gewachsen, unserer Erde. Wie das Korn, aus dem sie das Brot machten. Sie seien Gewächse unseres Bodens, und sie sei eine Bauerntochter. Eines Tages werde er sie einem Rennfahrer zur Frau geben. Sie würden reich sein und ein Gut in der Bretagne haben mit Weizenfeldern bis zum Meer. Nur in der Bretagne gäbe es Mädchen wie sie, die schwarzes Haar und blaue Augen haben. Sie hatte sie von ihrer Mutter.

Fünf Tage nach der Etappe über den Mont Ventoux fand Julie eine Postkarte in dem Briefkasten neben dem zweiflügeligen Eisentor, auf der das komplette Stella-Team im Rennfahrertrikot mit seinen Rennmaschinen posierte. Roger stand links außen, eine Hand am Lenker, die andere auf den Sattel gestützt. Es gefiel ihr, dass er auch auf dem Foto so ernst und hager aussah wie auf dem

Festplatz unter den Platanen. Er hatte ihr die Karte nach der letzten Alpenetappe aus Briancon geschickt. Er wolle sie zur Tourabschlussfeier des Teams nach Paris einladen. Sie könne von Avignon fliegen, ihr Ticket werde bezahlt. Sie nahm den Zug.

Es war so nett von ihrem Vater gewesen, dass er ihr fünf Tage frei gegeben hatte. Wenn du schon mal in Paris bist, hatte er gesagt. Von Roger hatte sie ihm nichts erzählt.

Roger hatte sie zum Bahnhof gebracht, als sie zurückfahren musste. Sie stand am geöffneten Abteilfenster und wartete die ganze Zeit darauf, dass er nach ihrer Hand greifen würde. Doch er stand bloß da und wusste nicht, was er sagen sollte und sah immerzu auf die Bahnsteiguhr. Dann schlugen alle Türen zu. Es gab einen Stoss von den Puffern. Sie konnte nichts sagen. Der Zug setzte sich in Bewegung, und da sagte er: „Komm bald zurück, Engel." Immer nannte er sie Engel, fast nie Julie. Sie mochte das. Manchmal allerdings hatte sie sich gewünscht, ihren Namen aus seinem Mund zu hören.

Es war eine lange Fahrt zurück nach Avignon und von dort mit dem Bus weiter nach Carpentras. Es wurde schon dämmrig, als sie endlich in die lange, von Apfelbäumen gesäumte Chaussee einbog, die zu ihrem Hof führte. Im Abendtau hing der Dunst von Rindern und trockenem Gras.

Es war ein Glück, dass gerade Ende Juli war. Die Zeit, in der der Sommer am höchsten stand und die Felder nach dem Heranreifen und vor dem Ausgereiftsein für kurze Zeit in eine sommersatte Ruhe sanken. Dass er genau dort gestürzt war, wo sie gestanden hatte, war ebenfalls ein glücklicher Zufall gewesen. Überhaupt, dass die Tour de France in diesem Jahr über die Straße von Montelimar nach Carpentras gekommen war und dass Louise, ihre kranke Kuh, an jenem Nachmittag auf einmal ganz sanft und ruhig wurde, sodass sie sie für ein paar Minuten unangebunden im Stall lassen konnte, um an die Straße hinaus zu laufen, als die Rennfahrer kamen.

Sie zählte noch ein paar Zufälle zusammen, obwohl die Summe für sie bereits feststand: Bestimmung. Ihr Vater hatte es ihr ja schon prophezeit, als sie erst fünfzehn Jahre alt war. Nun war es tatsächlich ein Rennfahrer. Gleich würde sie zu Hause ihren Vater umarmen und sagen: „Papa, es ist genau so gekommen, wie du gesagt hast!"

„Ein Belgier", sagte ihr Vater dumpf, nachdem sie es ihm erzählt hatte. „Ein Belgier!" Julie erklärte ihm etwas, doch Louison Meurant hörte seiner Tochter gar nicht mehr zu. Seine Tochter und ein Belgier! Er stand, die breite, behaarte Hand auf das hundert Jahre alte schwarzbraune Buffett mit den geschnitzten Trauben gestützt, das sein Großvater selbst gebaut hatte und schüttelte seinen großen, schweren Schädel.

„Papa", sagte sie uneingeschüchtert, „ du hast immer gesagt, dass ich einen guten Rennfahrer heiraten soll."

„Dass ich dich einem von unserem Land zur Frau geben würde", sagte ihr Vater.

„Ich hab ihn mir ja gar nicht ausgesucht", sagte sie. „Das Leben hat ihn mir ausgesucht." Sie begann, ihm die Zufälle aufzuzählen.

„Das Leben", wiederholte er. „Das Leben. Du redest schon wie deine Mutter."

„Mama würde mich verstehen", sagte sie. In ihrer Enttäuschung trotzig und heftiger, als sie wollte. Ihr Vater sah sie an. Die ganze Zeit hatte er irgendwohin durch die Stube geblickt, als suche er Halt in dem Generationen alten Mobiliar aus irgendeinem dunklen Holz aus den

Kolonien, doch nun blickte er Julie direkt an. Auf einmal sank die dumpfe Ablehnung in seinen Zügen zusammen zu einem Ausdruck düsterer, stumm gewordener Verlassenheit. Wie alt er geworden ist, dachte sie überrascht, als wäre ihr Vater in den wenigen Tagen, die sie in Paris gewesen war, um ein Jahrzehnt gealtert. Er war auch vorher für sie nicht jung gewesen. Nicht, als sie zu einer jungen Frau heranwuchs, und auch nicht davor, als sie noch ein Kind war.

Julie betrachtete seinen fleischigen Schädel mit dem struppigen grauen Haarkranz, seine leicht vorstehenden, glanzlosen Augen, das fordernde, freudlose Kinn. Sie nahm auch seinen harten, strähnigen Hals wahr, den Ansatz seines Nackens, der kurz und wuchtig aus den schweren Schultern stieg. Nacken und Schultern hart, stark und unbeugsam, als müssten sie jetzt all das stützen, was dem in seiner Ausdruckslosigkeit beinahe formlosen Kopf zu schwer geworden war.

Seine Lippen bewegten sich. Sie beugte sich vor. Alles, was an ihm alt geworden war, seit ihre Mutter fortgegangen war, sprang sie plötzlich an. Ihre Mutter kam ihr auf einmal wie seine Tochter vor. Etwas drängte sie, die wenigen Schritte zu ihm zu gehen, ihm ihre Hand auf den Arm zu legen und zu sagen: Papa, ach Papa. Sie konnte es nicht. Eine lähmende Traurigkeit nahm von ihr Besitz, aus der sie sich nicht lösen konnte. Ihr war nicht bewusst, dass sie soeben einen Blick in die innere Vereinsamung ihres Vaters warf. Außerdem war sie zu jung, um zu wissen, dass diese Vereinsamung zweier Verlassener die tiefste Verbindung war, die jemals zwischen ihr und ihrem Vater bestanden hatte.

„Diese Belgier“, wiederholte er in einer Art dumpfem Autismus.

„Aber was hast du gegen die Belgier“, rief sie. „Die haben die Deutschen durchgelassen“, sagte er. Sie wartete, dass er ihr etwas erklären würde. „Beide Male sind die durch Belgien in unser Land marschiert.“ Seine Gedanken schienen abzuirren. Plötzlich sah er sie mit festem Blick an und sagte: „Auf einen Belgier kannst du dich nie verlassen.“

„Er ist doch Rennfahrer“, entgegnete sie. „Und er spricht Französisch, wie ein Franzose. Und außerdem wohnt er in Paris.“

„Ein Belgier“, sagte ihr Vater. Sie wusste nicht, was sie noch vorbringen sollte. „Er ist sogar unter die ersten Zehn gekommen, obwohl es seine erste Tour de France war“, sagte sie. „Du kennst ihn doch bestimmt.“ Ihr Vater nickte. Er gab zu, dass Belgier gute Radrennfahrer seien. „Verdammt gute sogar. Diese verfluchten Hunde.“

Ihre Augen glänzten, ihr Gesicht war ganz rot geworden. „Coppi ist auch kein Franzose. Und den hättest du mich heiraten lassen.“ Ihr Vater blickte sie an als wäre sie noch ein kleines Mädchen. „Coppi war ein Gott.“ Sie sagte, sie wolle keinen Gott. Sie wolle Roger Vermeire.

„Ich will keinen Belgier auf meinem Hof“, sagte ihr Vater.

Sie bückte sich, nahm den kleinen Handkoffer auf, den sie mitten in der Wohnstube abgestellt hatte und schritt durch die Tür, um zu ihrem Zimmer hinaufzugehen. Auf der Treppe begriff sie plötzlich, dass sie niemals wieder auf ihrem Hof leben würde.

In der Nacht schlief sie nicht. Lud Kummer und Verzweiflung voller Zorn abwechselnd auf ihren Vater und auf ihre Mutter ab. Bis die Morgendämmerung sie erlöste. Sie lag auf dem Rücken in ihrem Kissen und hörte auf die vertrauten Geräusche von Maschinen und Tieren.

Hinter ihrem Fenster schimmerte die kahle Kuppe ihres Berges schwach im Frühlicht. Sie lag noch eine Weile da und sah zu, wie sich der Himmel veränderte.

Als sie in die Küche hinunterkam, hatte sie ein schlechtes Gewissen, weil es so spät war. Ihr Vater war schon draußen bei der Arbeit. Er hatte ihr einen Zettel hinterlassen. Wenn sie mit den Tieren fertig sei, solle sie zu den Oliven hinaus fahren.

An diesem Morgen verbrachte sie eine lange Zeit mit dem Füttern. Hockte sich hin und ließ die Gänse aus ihrer Hand fressen. Sie liebte ihre Gänse bereits, als sie noch ein kleines Mädchen war. Niemals hatte sie Angst vor ihnen gehabt. Ihre hornigen, breiten Schnäbel scharrten bei der Suche nach Futter in ihrem Handteller. Einige ließen sich von ihr sogar den Hals kraulen.

Eine ganze Weile hockte sie im von der Morgensonne schon warmen Gras, ließ die Gänse aus ihren Handflächen fressen und redete leise zu ihnen. Erzählte ihnen, wie gern sie sie immer gehabt habe, wie schön ihr Gefieder sei und ihre schlanken Hälse, dass ihre Stimmen nicht hässlich seien, sondern dass sie sich jeden Tag an ihnen gefreut habe, wenn sie sie hörte. Wie schade es sei, dass Gänse und Menschen sich als Geschöpfe niemals näher kommen könnten und dass sie nun fortgehen, sie jedoch nicht vergessen würde.

Beim Abendbrot wollte ihr Vater wissen, ob sie inzwischen wieder vernünftig geworden sei. Noch einmal versuchte sie, ihn für Roger zu gewinnen. Erzählte, dass Rogers Vater und Großvater ebenfalls Bauern seien. Verschwieg allerdings, dass Roger seinen Vater hasste und niemals Bauer sein wollte. Es half sowieso nichts. Schließlich rang sie ihm die Zustimmung ab, noch einmal zu ihm zu fahren. Sie habe es versprochen.

Er sah sie an. „Dann fahr gleich morgen.“ Ihr Atem setzte aus. Sie nickte stumm. „Aber keine Woche“, sagte ihr Vater. Halb unwirsch, halb zufrieden, weil er sie offensichtlich zur Vernunft gebracht hatte. „Nein“, sagte sie und sah von ihm weg. Sie wünschte, ihr Inneres würde von ihr ebenfalls wegsehen, sodass es nicht sähe, wie sie am Tisch saß, elend vor Scham und Schuld und Schmerz über ihren Betrug.

Es war schon beinahe sieben Uhr, als sie am anderen Morgen erwachte. Ihr Vater war schon bei den Arbeitern in der Olivenplantage. Ihre Schritte hallten durch das Haus. Unbewusst bewegte sie sich ganz leise. Als schlummere etwas in ihr, das keinesfalls geweckt werden durfte. Sie war erleichtert, dass sie ihrem Vater nicht mehr gegenübertreten musste.

Ihr Handkoffer stand noch halb ausgepackt neben ihrem Bett. Es war noch Platz darin, und sie packte einige notwendige Dinge dazu ein. Kleidung, Wäsche, Toilettensachen. Sie wollte nicht viel mitnehmen.

Um kurz nach Eins fuhr ein Bus von Carpentras nach Avignon. Dort würde sie den Abendzug erreichen. Sie schloss die Schublade ihres Nachtschränkchens und legte die Ansichtskarte von Paris, die ihre Mutter geschickt hatte, zwischen ihre drei Lieblingsbücher in den Koffer. Drückte die Türen der Kommode ins Schloss, schob die Schubladen zu, schloss die Türen des Kleiderschranks. An der Schwelle sah sie noch einmal in ihr Zimmer zurück. Ihr Bett war gemacht. Das kleine Kissen zum Einschlafen lehnte in der Ecke zwischen Bett und Wand über ihrem Kopfkissen. Es war alles bereit. Zum Weggehen, zum Wiederkommen.

Sie sagte sich, dass ihr Vater es irgendwann verstehen würde. Wenn Roger im nächsten Jahr wieder eine gute

Tour de France führe, würden sie ihn zur Tourabschlussfeier des Teams einladen, wie Roger sie in diesem Jahr eingeladen hatte. Sie malte es sich aus. Sie wurde immer zuversichtlicher. In Paris würde sie auch das Haus finden, in dem ihre Mutter wohnte, und dann würden sie sie zu sich in Rogers Wohnung einladen. Eines Tages wäre vielleicht auch ihr Vater da, und sie wären alle wieder zusammen.

Das Bild verschwand. Sie seufzte. Sie musste noch den Brief an ihren Vater schreiben.

Den ersten Brief zerriss sie. Er kam ihr vor wie von einem Kind geschrieben. Sie zerriss auch den zweiten Brief. Er kam ihr vor, als hätte ihn ihre Mutter geschrieben. Auf einmal wusste sie gar nicht mehr, was sie überhaupt schreiben wollte. Dann schrieb sie einfach und schlicht. Schrieb, dass sie jetzt erwachsen sei und dass es nicht leicht sei. Sie sei jedoch überzeugt, dass dies ihr Weg sei und dass sie ihm folgen müsse. Zum Schluss bat sie ihn um Verzeihung und schrieb, dass sie immer seine Tochter Julie sei.

Sie ging noch einmal in ihr Zimmer hinauf, um ihren Koffer zu holen. Trat ans Fenster. Die Felder, die seit Generationen den Meurants gehörten, stiegen sanft zum Fuß des Mont Ventoux hinauf. Sie hatte erwartet unglücklich zu sein, und registrierte, dass sie es nicht war. Der Augenblick war so mächtig, dass er alles erdrückte, was sie hätte empfinden und denken können.

Es war ein hellgelber Sommertag mit viel Veilchenblau. Die Kornfelder knisterten vor Hitze, wenn ein Lufthauch durch ihre Halme strich. Kleine weiße Wolken zogen über den Himmel dahin. Wie sie den Sommer liebte! Obwohl sie im Sommer oft müde war von der Arbeit, den langen Tagen. Im Winter hatte sie viel mehr

Zeit für sich. Dann stapelte sie manchmal nicht nur das Holz an der Rückwand des Rinderstalls, sondern hackte es auch mit der Axt, obwohl das Jacques Aufgabe war. Es machte ihr sogar Spaß. Sie war stolz darauf, dass sie die dicken Kloben klein hacken konnte.

Manchmal wurde es im Winter nachts so kalt, dass die Fensterscheiben am Morgen dick von Eisblumen überfroren waren. Als sie ein Kind war, hauchte sie kleine Seen in die Scheibe hinein, auf deren Grund ihre Welt wieder zum Vorschein kam, unwirklich und fremd unter dem Reif, und zwischen den Eisblumen neu und fern. So wurde ihr, lange bevor sie an Liebe dachte, die Sehnsucht vertraut.

Sie zupfte die Gardine zurecht und ging. Durchquerte die Diele, wo der hohe Kachelofen stand, in den einst ihr Kinderbett gewandert war, ging an dem Wäscheschrank aus Eiche vorbei, der Kommode, dem geschmiedeten Schirmständer bei der Haustür. Als sie auf den Hof hinaus trat, blieb sie kurz stehen und hörte auf das Geschnatter der Gänse.

Einen Augenblick ruhte ihre Hand auf der Klinke des hohen, zweiflügeligen Eisentors, dann drückte sie sie herunter. Die Sonne stand hoch. Die Apfelbäume warfen kurze, tiefe Schatten. Sie ging unter den Apfelbäumen die Straße hinunter, als schritte sie gleichzeitig in ihre Kindheit hinein und aus ihr heraus. Weiter unten, wo die Straße hinter dem Kühlhaus einen Linksschwenk machte, stand, seit sie denken konnte, ein Wegweiser, auf dem Avignon stand und etwas kleiner darunter Carpentras. Sie kam an dem Hof von Charlottes Familie vorbei. Charlotte wusste nicht, dass sie gestern zurückgekommen war. Sie hatte schon die Weiden der Leblancs und der Rivieres passiert und schritt gerade an dem roten

Ziegelbau des Kühlhauses entlang, als ihr einfiel, dass sie nun in ihr neues Leben ging.

Erst drei Jahre später kam sie an einem Wintertag zurück. Auf dem Amt in Carpentras wurde ihr die Sterbeurkunde ihres Vaters ausgehändigt. Dort erfuhr sie auch, dass ihre Mutter sich schon vor eineinhalb Jahren von ihrem Vater hatte scheiden lassen. Seitdem war sie verschwunden.

Lange Zeit hatte sie gehofft, dass ihr Vater ihr verzeihen würde. In jedem ihrer Briefe schrieb sie von Roger. Das war nicht schwierig, denn sie hatte in der kurzen Zeit genug von ihm und seinem Rennfahrerleben begriffen, um sich kurze plausible Geschichten auszudenken. Sie brachte es nicht fertig, ihrem Vater mitzuteilen, dass sie jetzt alleine in Paris lebte und dass Roger sie nicht mehr wollte.

Ihr Vater hatte nie zurückgeschrieben. Von seinem Schlaganfall erfuhr sie durch die Behörden. Das war Anfang Oktober. Im Olympia konnte sie nicht gleich Urlaub bekommen. Der behandelnde Arzt vom Krankenhaus erklärte ihr am Telefon, ihr Vater würde sie im Augenblick sowieso nicht erkennen. Im November hatte sie einmal kurz mit ihm telefoniert. Er sprach mit ihr wie mit einer fremden Person. Der Arzt erklärte ihr später, bei ihrem Vater sei im Kopf nicht mehr alles ganz richtig. Sie wollte es nicht glauben. Zu Weihnachten wollte sie ein paar freie Tage nehmen, zu ihm fahren und einige Tage mit ihm zu Hause verbringen. Und auf einmal war er tot.

Überraschenderweise gab es ein Testament. Als der Notar es am Tag nach ihrer Ankunft öffnete, stellte sich heraus, dass ihr Vater seinen gesamten Besitz einem berühmten Radrennfahrer vermacht hatte, der schon längst gestorben war. Natürlich wurde es für ungültig erklärt.

Sie übernahm nur das Familienkonto, einige Sachen, die sie an ihre Eltern und an ihre Kindheit erinnerten und überließ Hof, Vieh und Ländereien der Meurants der Kirchengemeinde zu einem Preis, der eher als eine Stiftung zu bezeichnen war als ein Verkauf.

Das Foto von dem Kirchenfenster trug sie stets in ihrer Umhängetasche bei sich, zusammen mit drei anderen Fotos, von denen sie sich niemals trennen würde. Der Bischof selbst hatte es ihr geschickt, nachdem das 40 x 60 Zentimeter große Glasbild in den Bleirahmen des Kirchenfensters am Seitenschiff eingesetzt worden war. Die Gemeinde hatte es zum Dank von einem Glasmaler in Nimes anfertigen lassen. An unteren Rand war der Hof, dahinter wellten sich die weizengelben Felder, über die sich der Mont Ventoux in den tiefblauen Himmel zum Familienwappen der Meurants erhob. „Wenn du durch das Fenster siehst, denkst du immer, draußen scheint die Sonne", schrieb Charlotte einmal, „sogar wenn es regnet. Und dabei ist es die Nordseite."

Julie hatte das Gefühl für die Zeit verloren. Hinter dem Abteilfenster flog das Land vorbei. Das Land flog an ihren offenen Augen vorbei. Flaches Land unter tiefem Himmel. Tief und leer trotz der Wolken. Strommasten wanderten gemächlich über das Land und zogen ihre Drähte durch den Himmel. Manchmal verdichteten sich die Drähte zu einem Geflecht. Wenig später schoben sich die kantigen Umrisse von Fabriken heran, hohe schlanke Schornsteine aus dunklem Ziegelstein.

Es regnete nicht mehr. In Fahrtrichtung lag das Land in dem hellgrauen Mittagslicht eines bewölkten Vorfrühlingstages. Hinter ihr war es unter dunklen Wolken versunken. Sie schienen das schlechte Wetter hinter sich zurückgelassen zu haben. Durch das vorbei fliegende Land sah sie der Zukunft entgegen. Sie würden nach Carpentras fahren, Roger und sie, und sie würde ihm den Hof zeigen, auf dem sie aufgewachsen war. Und auf den Mont Ventoux würden sie steigen. Die Vorstellung machte sie ein wenig traurig, weil Hof und Land nicht mehr ihrer Familie gehörten, Papa tot und ihre Mutter verschollen war.

Sie griff nach ihrer Umhängetasche, um das Foto von dem Kirchenfenster hervorzuholen, das ihr der Bischof geschickt hatte. Fasste hinein und fühlte etwas Metallisches an ihrer Hand. Sie zog es heraus und wunderte sich, dass sie ihn noch hatte. Dass sie ihn überhaupt jemals besessen hatte. Den Wohnungsschlüssel von Yves Renard. Er kam ihr wie ein Gegenstand aus einem anderen Leben vor.

Seit jenem Sonntagmorgen vor zwei Wochen hatte sie ihn nicht mehr gesehen. Sie war nach Hause gegangen, eine Stunde später kam der Anruf von Verstappen, und ihr Leben war wieder einmal verändert. Sie rief Yves Renard an und sagte ihm, dass sie nicht mehr kommen werde und er sie bitte auch nicht anrufen möge. Sie hatte ihm nichts erklärt.

Zum ersten Mal seit zwei Wochen dachte sie wieder an ihn. Und da fiel ihr ein, dass Renard ebenfalls morgen bei der Flandern Rundfahrt dabei sein würde. Er schrieb Rogers Biografie, die im Juli zu seiner zehnten Tour de France erscheinen sollte. Sie hatte sich überhaupt nicht dafür interessiert, doch als sie jetzt daran dachte, erschrak sie. Sie hatten oft über Roger gesprochen, und jetzt erschrak sie bei dem Gedanken daran, was sie Renard alles erzählt haben könnte.

TGV Paris – Brüssel

Im hinteren Zugteil, wo sich, getrennt durch den Wagen des Bordrestaurants, die Abteile der 1. Klasse befanden, öffnete der Reporter Yves Renard seine Tasche, um das zu Dreivierteln fertige Manuskript seiner Biografie von Roger Vermeire herauszuholen. Er wollte noch einmal den Anfang mit der Muur lesen.

Die Flandern Rundfahrt gehörte zu Renards Lieblingsrennen. Er liebte die klassischen Frühjahrsrennen durch Belgien und Nordfrankreich. Gent – Wevelgem, Paris – Roubaix, Fléche Wallone, Lüttich – Bastogne – Lüttich. Obwohl er ihre Welt niemals kennengelernt hatte, begriff er doch, dass diese Rennen zu den Menschen gehörten, die hier in den Kohlegruben und Stahlwerken arbeiteten, den schweren Boden bestellten. Seit jeher rangen sie dem lehmigen Boden in harter Arbeit ein Leben ab und formten dabei das Land, wie sie selbst von ihm geformt worden waren.

Sie bewunderten und liebten ihre Radrennfahrer. Wenn die großen Radrennen über die Landstraßen rollten, sahen sie ihre eigenen Träume und ihren Stolz in ein Drama verwandelt. Erkannten in den Leiden der Rennfahrer Größe und Vergeblichkeit des Daseins und dass das eine untrennbar ein Teil des anderen war. Und weil sie, wie die meisten Rennfahrer auch, der Vergeblichkeit viel näher waren, wurden sie durch ihre Anteilnahme zu Schicksalsgenossen.

Kurz hatte er die engen, im Regen wie Silberdraht glänzenden Durchgangsstraßen der kleinen flämischen Ortschaften vor Augen, ihre schmalen Trottoirs, die gefährlichen Ecken, wo die Straße rechtwinklig abknickte, das flache Land mit seinen im April noch nahezu kahlen Pappelalleen, den windigen Himmel. Bei Regen waren diese Rennen die Hölle.

Das traf noch nicht einmal den Kern, weil sie auch bei Sonnenschein die Hölle waren. Dann trieb der Wind Staubschwaden über Äcker und Landstraßen. Staub wurde vom Luftstrom des dahin jagenden Fahrerfelds von Steinen und Feldwegen gewischt. Staub stieg vom Boden auf, formte sich zu langen, rauchigen Spiralen, in denen eine kupferfarbene Sonne hing. Und die Kolonne der Rennfahrer geisterte durch die Staubfahnen wie eine Armee, die sich unter dem bereits in Auflösung begriffenen Banner der Vergänglichkeit im Land verlor.

Viele Rennfahrer kannte Yves Renard persönlich. Er verstand sie, weil er ihre Welt kannte und wusste, wie sie darin lebten. Was sie von ihr erwarteten, erhofften, und was sie dafür taten, um es zu bekommen. Was es sie kostete und wie sie den Preis bewerteten, den sie zu zahlen hatten. Was sie dann tatsächlich bekamen. Und auch, was nicht.

Es war nett von Verstappen, dass er ihn dieses Mal im Mannschaftswagen mitfahren ließ. Dort bekam man die Erregung und die Hektik des Rennens viel unmittelbarer mit. Nach der Flandern Rundfahrt würde er beim Team bleiben und bis Paris – Roubaix am nächsten Sonntag mit Roger abends im Hotel seine Biografie durchgehen. Roger Vermeire hatte die Karriere gemacht, die man sich von ihm versprach, als er gleich bei seiner ersten Tour de France unter die ersten Zehn gefahren war. Die Tour de France gewonnen, Paris – Nizza, die Tour de Suisse, Etappen in der Spanien Rundfahrt, Lüttich – Bastogne – Lüttich, den Fléche Wallone, Paris – Roubaix, die Weltmeisterschaft. Eine eindrucksvolle Liste.

Ob er nun endlich auch sein Heimatrennen Flandern Rundfahrt gewinnen würde? Für das Buch wäre es gut. Viel Zeit hast du nicht mehr, mein Alter, dachte Renard. Dieses Jahr noch, vielleicht noch das nächste.

Er blätterte durch die Manuskriptseiten, bis er das Kapitel über die Muur gefunden hatte und las: „Wenn im Radsport das Herz Flanderns schlägt, und dort schlägt es gewiss, dann ist die Flandern Rundfahrt dieses Herzens Herz. Und an keiner Stelle schlägt es so wild wie an der Muur, vierzig Kilometer westlich von Brüssel in den flämischen Ardennen. Nicht weit davon, in einem kleinen Ort bei Sint-Maria Lierde, wurde Roger Vermeire geboren."

Er las das Kapitel zu Ende, steckte es wieder in die Mappe und dachte darüber nach, was er noch in Rogers Biografie erzählen wollte. Ohne Julie hätte er von Rogers Hass und Liebe zu dem Land, in dem er aufgewachsen war, niemals erfahren. Roger hatte niemals auch nur eine Andeutung darüber gemacht. Durch das, was Julie ihm erzählte, begriff er auch, dass Rogers Konflikt mit seinem Land ein ungelöster Konflikt mit sich selber war.

Julie wollte das nicht wahrhaben. „Du hast einfach ein zu romantisches Bild von ihm", hatte er ihr vorgehalten. „Ich kenne ihn", entgegnete sie. „Wenn du ihn länger gekannt hättest, würdest du ihn anders sehen", sagte er. „Ich kenne ihn", wiederholte sie. „Die paar Monate." – „Lange genug", sagte sie. Tatsächlich hatte sie zu seinem Erstaunen in den wenigen Monaten mit ihm damals etwas von Vermeire erkannt, dem weder er noch sonst jemand in all den Jahren auf die Spur gekommen war.

Seit zwei Wochen hatte sie sich nicht mehr bei ihm blicken lassen. Was sie wohl gerade machte? Wozu überhaupt dieses Theater? Ihm war sonnenklar, weshalb sie begonnen hatte, mit ihm zu schlafen. Weil sie einsam war. Ihre Einsamkeit und ihr Kummer hatten es ihm leicht gemacht, sie ins Bett zu kriegen. Anfangs hatte er Skrupel, weil er ihren Kummer ausnutzte. Doch ihre Beziehung war moralisch im Gleichgewicht. Er erzählte ihr von Roger, von seinen Rennen und brachte ihr damit etwas von dem Leben, das sie nicht oder zu kurze Zeit gelebt hatte. Und sie brachte ihm dafür eine bislang verborgen gebliebene Seite des Mannes nahe, der ihr dieses Leben verweigerte.

Im Bett war sie eine Wucht, und das war, wenn er sich den ersten Abend mit ihr ins Gedächtnis rief, sogar eine noch größere Überraschung als ihr nach all den Jahren in Paris wieder zu begegnen. An jenem Vormittag im August im Café Olympia am Chatelet, wo sie an seinen Tisch trat. Als Kellnerin.

Sie sah noch genauso aus wie vor neun Jahren. Vielleicht ein bisschen schmaler im Gesicht und die Mundpartie fester. Nicht mehr dieser verträumte Zug. Dadurch war das ganze Gesicht straffer und war doch noch immer das Gesicht eines jungen Mädchens. Sie musste inzwischen Siebenundzwanzig oder Achtundzwanzig sein.

Vermeire war verrückt, so ein Mädchen sausen zu lassen. Hatte längst seine Millionen zusammen gestrampelt, aus denen er sich noch nicht einmal groß etwas machte, und hobelte sich immer noch Jahr für Jahr im Rennsattel die Eier ab, statt sie abzuholen, die in all den Jahren nur auf ihn gewartet hatte.

Er sah auf die Uhr. Noch eine knappe Stunde bis Brüssel Midi. Er konnte in Ruhe das Band mit dem Verstappen-Interview noch einmal durchhören, holte den Recorder aus der Tasche und steckte sich die Stöpsel in die Ohren. Ein schlechtes Gefühl flog ihn an. Ach was, sagte er leise und drückte auf play. Das Band lief an, und er hörte sich fragen. „Wim, wenn du den Rennfahrer Roger Vermeire, nur den Rennfahrer, nicht den Menschen, mit drei Adjektiven beschreiben solltest, welche wären das?"

Wim Verstappen: „Man kann das nicht trennen. Der Rennfahrer, das ist der ganze Mensch. Oder anders ausgedrückt: Wenn der Mensch nicht ganz und gar Rennfahrer ist, mit allem, was er hat und ist und …

„… und sein will?"

„… und sein will, genau. Also ganz und gar, dann schafft er es nicht. Dann wird er vielleicht ein guter Helfer im Team. Vielleicht gewinnt er auch mal ein Rennen, aber er wird niemals ein großer Rennfahrer."

„Bedeutet das, dass es für ihn neben dem Radsport kein anderes Leben geben kann?"

Verstappen: „Damit wir uns richtig verstehen: Wir reden nicht vom Durchschnittsrennfahrer. Für den gibt es auch ein Leben nebenher. Aber nicht für Roger."

„Aber für Coppi gab es ein Leben nebenher."

Verstappen: „Coppi war auf dem Rennrad ein Genie. Roger ist kein Genie. Coppis Körper funktionierte wie Einsteins Gehirn. Eine hochintelligente, außergewöhnlich leistungsfähige Ökonomie, die dazu noch über Intuition verfügte. Bei Roger läuft alles über Willenskraft und Leidenschaft. Und über den Zorn, der in ihm steckt.

„Zorn?" – Verstappen: „Mit Radsport hat das nichts zu tun. Es ist ein Zorn auf das Leben, auf die ganze Welt. Aber das kannst du nicht schreiben."

„Und im Rennen befreit er sich davon?"

Verstappen: „Darum ist er in der Lage, sich mehr zu quälen als andere. Roger ist einer, der bereit ist auf dem Rennrad zu sterben."

„Kann ich das als Zitat von dir verwenden?"

Verstappen: „Sicher. Warum nicht. Viele sind so. Fast alle sind so am Anfang, wenn sie noch davon träumen, die Flandern Rundfahrt zum Beispiel zu gewinnen oder Paris – Roubaix. Nein, warte, es ist noch ein wenig anders: Fast alle wollen so sein, und am Anfang glauben sie auch, dass sie es sind. Doch diese letzte Konsequenz haben nur wenige. Und wenn sie dann noch das Talent haben, dann können sie tatsächlich groß werden. Bei den meisten verfliegt das, wenn die Träume aufhören und die Ziele realistischer werden. Sie sind dann immer noch gute Rennfahrer und können auch noch bis zur Erschöpfung fahren..."

„Aber nicht mehr darüber hinaus."

Verstappen: „Das ist der Punkt. Die totale Erschöpfung fängt ja erst an dem Punkt an, wo du über sie hinausgehen musst. In den großen Rennen muss jeder hundert Prozent geben. Aber mit hundert Prozent gewinnst du nicht. Du musst darüber hinaus. Wer das nicht kann, der soll sich eine andere Sportart suchen. In ihm brennt nicht dieses heilige Feuer, das dich verbrennt und dich reinigt."

Renards Gesicht verzog sich zu einem Lächeln, weil er sich auf dem Band lauthals lachen und dann sagen hörte: „Ich wusste gar nicht, dass du eine philosophische Ader hast. Die Reinigung im heiligen Feuer – das musst du mal Roger erzählen."

Verstappen: „Das brauche ich ihm nicht zu erzählen, weil er es ja hat. Er braucht gar nicht darüber nachzudenken.

„Verstehe. Aber ich möchte noch einmal auf die drei Adjektive zurückkommen. Wir haben doch eine Stunde Zeit, oder?"

Verstappen: „Klar. Noch mehr, wenn du es brauchst. Der Dottore kommt nur irgendwann noch vorbei. Aber vielleicht sind wir dann ja schon durch. Also weiter, schieß los."

„Wie gesagt, die drei Adjektive, mit denen du Roger charakterisieren würdest."

Auf dem Band gab es ein helles „Klapp", gefolgt von einem Schwall von Geräuschen.

„Ah, Dottore! Da bist du ja schon. Komm rein. Wir haben gerade von dir gesprochen", hörte er Verstappen nun sagen. „Nein, komm rein. Renard und ich machen hinterher weiter. Yves, lass uns mal zehn Minuten allein. Lass deine Klamotten doch hier, wir machen gleich weiter."

Dann hörte er sich selbst: „Kann ich meine Jacke hier hängen lassen?" Und Verstappen: „Lass sie über der Stuhllehne hängen."

Nun gab es ein Scharren auf dem Band (der Stuhl), dann ein leises, gleitendes Geräusch, das er vorgestern beim ersten Hören nicht gleich hatte definieren können, und dann hörte er wieder seine eigene Stimme, jedoch seltsam gedämpft, als spräche er hinter einem Vorhang: „Dottore, haben Sie am Nachmittag vielleicht eine Viertelstunde für mich?" – „Ist wegen Rogers Biografie", hörte er Verstappen sagen, der nun ebenfalls hinter dem Vorhang sprach, und Doktor Fabiani antwortete etwas, das er auf dem Band nicht verstehen konnte, weil es so gedämpft und nicht zu ihm hin gesprochen war.

Wieder dieses Scharren auf dem Band, dann hörte er eine Tür klappen und dann wieder die Stimme des Teamarztes Francesco Fabiani. Und wie vor zwei Tagen, als er das Band an seinem Schreibtisch zum ersten Mal durchgehört hatte, schüttelte er den Kopf. Immer noch fassungslos.

„Er hätte die Etappe über den Turchino Pass gar nicht erst fahren dürfen", sagte Fabiani. – „Du weißt selber, dass er musste", entgegnete Verstappen. „Er wusste es auch. Im übrigen wollte er nicht aussteigen." – „Du meinst, er sollte nicht aussteigen." – „Er wollte nicht. Fast das komplette Stella-Direktorium war da, um den Vertrag mit den Engländern zum Abschluss zu bringen", erklärte Verstappen. – „Wenn ich dabei gewesen wäre, hätte ich ihm den Start verboten." – „Den Teufel hättest du", sagte Verstappen. Sie schwiegen. Dann wieder Verstappen: „Also, wie ist es?" – „Es ist so, wie ich gesagt habe." Fabiani hob zu einer Erklärung an. Renard konzentrierte sich auf die medizinischen Fachbegriffe. „Aortaklappe", „Sprengung der Herzkammer und der Ventile als Folge einer fiebrigen Harnleiterentzündung".

„Ich will wissen, ob er noch eine Entzündung in seinem Körper hat oder nicht", sagte Verstappen. „Nein", antwortete Fabiani. „Also worüber reden wir dann?" sagte Verstappen. „Über das Risiko." – „Du bist der Arzt." – Renard konzentrierte sich auf die darauf folgende Erklärung des Dottore, die er noch nicht vollständig verstanden hatte und grinste, als er jetzt Verstappen sagen hörte: „Und was heißt das nun im Klartext?" – „Dass ich es nicht mit der notwendigen Sicherheit einschätzen kann", sagte Fabiani. „Ich kann ein anderes Risiko ganz genau abschätzen", sagte Verstappen, „nämlich wenn er nicht fährt. Es hat sechs Nullen. Der Vertrag mit den Engländern ist noch nicht unterschrieben. Einer von uns muss in Meerbeke auf dem Podest stehen. Möglichst ganz oben. Roger."

Eine Weile hörte Renard nur das Geräusch der sich drehenden Spule. „Er muss fahren", sagte Verstappen aus der Stille heraus. „Ich kann für nichts garantieren", sagte der Arzt. „Er muss gewinnen, verdammt." – „Das ist etwas anderes", sagte Fabiani. „Kannst du ihm nicht helfen", fragte Verstappen. „Ich kann ihm schon helfen, aber ich kann für nichts garantieren." – „Du kannst ihm helfen", sagte Verstappen. „Schön. Das genügt mir." Auf dem Band kam nichts mehr. Dann sagte Verstappen: „Außerdem will er es unbedingt gewinnen. Du weißt, dass dies sein Rennen ist, und es hat ihm in all den Jahren nichts als verdammtes Scheißpech gebracht. Er muss einfach noch einmal eine Chance haben." – „Ich bin kein Zauberer", sagte Fabiani. Verstappen: „Er ist jetzt Vierunddreißig. Jede Flandern Rundfahrt kann seine letzte sein." – „Möglicherweise kann jede Helling seine letzte sein", erwiderte der Arzt. – „Bitte keine Dramatisierung", sagte Verstappen. „Ich möchte deine nüchterne Einschätzung." – „Das ist meine nüchterne Einschätzung." – „Sag das noch mal", sagte Verstappen. „Was soll das heißen, jede Helling?" – „Im maximalen Belastungsbereich ist sein Herz immer noch anfällig, und in den Hellingen geht der Puls auf zweihundert und darüber hinaus." – Du hast doch gerade gesagt, dass du ihm helfen kannst." – Ja, schon", sagte Fabiani. „Na also", sagte Verstappen. – „Du hörst nur, was du hören willst", sagte Fabiani. „Nein. Ich muss nur zwischen verschiedenen Möglichkeiten entscheiden." Der Arzt sagte nichts. „Also, was machen wir?" fragte Verstappen. – „Ich kann ihm schon helfen", wiederholte Fabiani. „Aber ich übernehme keine Verantwortung." – „Ich nehme das zur Kenntnis", erwiderte Verstappen.

Das Band schnarrte, dann hörte er ein Quietschen, andere Geräusche, durch die er Fabianis Stimme seinen Namen rufen hörte. Etwas klappte (die Tür, dachte er), die Geräusche waren weg, und er hörte, wie Verstappen fragte: „Willst du einen Kaffee?“ Klappern auf dem Band. Verstappen hatte eine Tasse Kaffee vor ihn hingestellt. „Als Directeur sollst du für alles verantwortlich sein“, sagte Verstappen und seufzte. „Bin ich der liebe Gott? Ist der Kaffee okay? Gut, lass uns weitermachen.“ Nun hörte er sich selber sagen: „Wo hab ich denn den Recorder gelassen?“ Geräusche. Leises Lachen von Verstappen, dann ein raues, reibendes Geräusch und abermals seine Stimme; jetzt wieder laut und klar. „Ich hab ihn.“

An dieser Stelle verzog sich sein Gesicht wie vorgestern zu einer triumphierenden Grimasse. Er hatte den Recorder in die Tasche seines über der Stuhllehne hängenden Jacketts gesteckt und vergessen ihn auszuschalten. Und nun hatte er dieses Gespräch auf dem Band.

„Wo waren wir stehen geblieben“, fragte Verstappen, nun ebenfalls klar und deutlich zu verstehen, weil der Recorder wieder direkt vor ihm auf dem Tisch lag.

Renard drückte die Stopp-Taste, nahm die Ohrstöpsel heraus und starrte aus dem Abteilfenster in das vorbeisausende Land. Die Frage, was er jetzt machen sollte, kehrte zurück. Dabei hatte er sie doch vorgestern bereits mit einem von Rogers Standardsätzen beantwortet: Jeder ist für sich selbst verantwortlich. Der Zug hatte bereits die Vororte von Brüssel erreicht. Er ließ das Band zurücklaufen und verstaute den Recorder in seiner Tasche.

Nachdem er das Band zum ersten Mal durchgehört hatte, wollte er sofort seinen Freund Lucien anrufen, der der verantwortliche Sportredakteur bei „Het Laatste

Nieuws“ in Brüssel war. Es würde einen Skandal geben. Doch als er es daraufhin noch einmal durchhörte, kamen ihm die Aussagen vom Dottore etwas flau vor. Außerdem würden sie sagen, dass er das alles aus einem falschen Zusammenhang heraus verstanden und abwegige Schlüsse daraus gezogen habe. Er kannte das doch. Diese Typen wanden sich immer heraus. Sie würden zu den zehn Minuten, die er auf dem Tonband hatte, eine Geschichte erfinden, die so plausibel war, dass er am Ende als Depp und als Nestbeschmutzer dastehen würde.

Und Roger würde ihn, wenn sie ihn nach seiner Veröffentlichung tatsächlich nicht starten ließen, bis an das Ende seiner Tage hassen.

Pünktlich um 13.17 Uhr lief der Express von Paris in Brüssel Midi ein. Yves Renard stieg aus dem Zug. Er hatte nur wenige Meter bis zum Abgang vom Bahnsteig zu gehen, sodass er schon auf der Treppe verschwunden war, ehe Julie vom vorderen Zugteil ebenfalls die Treppe hinunterstieg. In der Bahnhofshalle wurde Renard von seinem Freund Lucien von der Brüsseler Zeitung in Empfang genommen. Sie saßen bereits im Auto und fuhren nach Sint Niklaas zum Stella-Team, als Julie noch den Fahrkartenschalter suchte, um ihr Ticket nach Geraardsbergen zu lösen.

Sint Niklaas

Roger Vermeire kehrte spät von seiner Trainingsfahrt ins Hotel zurück. Vor dem gemeinsamen Mittagessen blieb gerade noch Zeit, sich von Philippe zwanzig Minuten massieren zu lassen. Nun war er entspannt und ein bisschen müde. Am liebsten hätte er später alleine gegessen oder sich im Bademantel an den Tisch gesetzt. Doch das war nicht einmal ihm als Kapitän erlaubt. Verstappen verlangte auch in Äußerlichkeiten Disziplin. Er sagte, wer nachlässig lebt, der trainiert auch nachlässig. Disziplin begänne im Kleinen, und da höre sie auch als erstes auf.

Zu den Mahlzeiten, Teambesprechungen, Trainingsausfahrten hatte jeder in dem blauen Trainingsanzug des Teams mit dem Schriftzug von Stella auf der Brust und auf dem Rücken zu erscheinen. Trotz der Massage war Rogers Organismus noch nicht ganz zur Ruhe gekommen, als Salat, Hühnerbrust, Steak, Spaghetti, Gemüse aufgetragen wurden.

Nach dem Essen ging er in sein Zimmer hinauf, legte sich aufs Bett, faltete das Kopfkissen einmal längs in der Mitte, damit sein Kopf nicht zu niedrig lag, legte wegen der Blutzirkulation die Füße auf die Trainingstasche am Fußende und nahm das Regenversprechen des Himmels und die vor seinem Fenster wehenden Pappelspitzen als letztes Bild in einen kurzen, erholsamen Schlaf.

Seine Fähigkeit, sich vollkommen zu entspannen und dabei seinen ans Geschundenwerden gewöhnten, tierhaft in beständiger Kampfbereitschaft an das Alarmsystem der Nerven angeschlossenen Organismus in einen bodenlosen Ruhezustand zu entlassen, war die friedliche Seite einer kreatürlichen Eigenschaft, die er besaß. Ihre andere Seite war, diesem Organismus bis zur Selbstaufgabe in kriegerischer Gefolgschaft zu dienen. Beides befähigte ihn, über lange Zeit extreme körperliche und mentale Belastungen auszuhalten.

Eine halbe Stunde später erwachte er frisch, wie von innen erneuert. Als sei er auf der Sinuskurve um eine Achse, die Traum und Wirklichkeit trennte, an einen jener Orte gelangt, die bei seinen großen Rennen plötzlich wie eine Luftspiegelung vor ihm erschienen, und von denen er später sagte, er sei mit seinem Kopf an einen Ort gelangt, wo er mit den Beinen noch niemals gewesen war.

Er sah aus dem Fenster. Es regnete immer noch nicht. Um 15.30 Uhr war Teambesprechung. Er blieb noch auf dem Bett liegen und konzentrierte sich auf das Gefühl in seinen Beinen. Doch auch das brachte ihm nicht die gewünschte Gewissheit darüber, ob er für das Rennen die längeren Tretkurbeln nehmen sollte. Luc hätte es gewusst, dachte er. Vorhin nach der Massage hätte er genau gewusst, ob ich sie nehmen kann.

Luc war jetzt Musiker. Einer der Mechaniker hatte es ihm erzählt. Er hatte Luc vor einem Jahr im Café Tourmalet einmal abends spielen gehört. Das Tourmalet gehörte Sylvere Maes. Maes hatte zweimal die Tour gewonnen aber nicht die Flandern Rundfahrt. Trotzdem war er einer der Großen. Wenn Luc geblieben wäre, hätte ich die Tour auch zweimal gewonnen, dachte er aus dem Fenster hinaus sehend und auf den Regen wartend. Und die Flandern Rundfahrt sowieso.

Vor zwölf Jahren war er wie zerbrochen aus der Fléche Wallone heraus gekommen. Drei Mal mussten sie die neunzehnprozentige Steigung zur Festung von Huy hinauffahren. Jedes Mal hatte er dort angegriffen, weil er unbedingt gewinnen wollte. Nach dem zweiten Mal war er schon kaputt gewesen, trotzdem griff er auf der letzten Schleife weiter an. Es war wie eine Kriegserklärung des Willens an den Körper, und als er schließlich das letzte Mal zur Festung hinauffuhr und gegen die Italiener seinen Spurt lancierte, waren beide, Körper und Wille, besiegt.

Vier Tage später mussten sie Lüttich – Bastogne – Lüttich fahren. Noch am selben Abend bat er Verstappen, in Lüttich nicht starten zu müssen, weil er absolut leer sei. Du fährst, sagte Verstappen. Drei Tage lang hasste er ihn dafür. Bis zum Rennen massierte Luc ihn jeden Tag zweimal eine volle Stunde lang, und als sie am Sonntag in die ersten Steigungen der Ardennen hineinfuhren, spürte er eine Mühelosigkeit und Elastizität in seiner Muskulatur, als könne er sie auch dann noch belasten, wenn sein Herz schon auseinanderflog.

Dabei war sein Herz in jenen Anfangsjahren leistungsfähiger gewesen als seine noch nicht voll entwickelte Beinmuskulatur. Nur Luc brachte so etwas fertig. Und immer wusste er genau, in welcher körperlichen Verfassung er sich befand und was im Training gerade gut und was nicht gut für ihn war. Damals hatte er in Lüttich als unbekannter Jungprofi seinen ersten Klassiker gewonnen.

Zweimal hatte Verstappen versucht, Luc zu Stella zurückzuholen. Das erste Mal gleich im folgenden Herbst, nachdem Gras über die Sache mit Julie in Antibes gewachsen war. Er war Luc damals nicht böse gewesen. Bloß ein bisschen gekränkt zuerst. Eine Weile hatte er noch mit einer gewissen grimmigen Befriedigung an die beiden gedacht. Dass sie in einer Welt lebten, die nicht die seine war, und dass sie für seine Welt nicht geschaffen waren. Letztlich war er froh, dass er so gut aus der Sache mit Julie herausgekommen war. Nur dass Luc nicht mehr im Team war.

Jetzt tingelte er also mit seiner Harmonika durch die Supporter Cafés. Vielleicht könnte er ein großer Musiker sein. Er hätte aufs Konservatorium gehen können und versuchen, alles aus sich herauszuholen. Er hatte es nie versucht. Warum nicht? Weil ihm etwas fehlte. Als Rennfahrer hatte ihm auch etwas gefehlt. Aber als Masseur war er genial. Ohne Luc, dachte er, wäre die Sache mit Julie nie passiert. Es war seine Idee gewesen, sie nach Paris einzuladen, damals nach der Etappe über den Ventoux.

Ausgelaugt, aber zufrieden lag er nach dem Ventoux im Mannschaftshotel auf der Massagepritsche. Lucs Hände bearbeiteten seine Beine. Klopften das verhärtete Gewebe, um es wieder weich zu machen, strichen die Verspannungen aus der Muskulatur. Mit dem Druck seiner Fingerspitzen öffnete er die blockierten Kapillaren, dehnte die Muskelfasern und machte sie wieder aufnahmefähig. Er spürte, wie sich unter dem einströmenden Sauerstoff die von der Erschöpfung verursachten Verholzungen in der Muskulatur glätteten und das Gewebe allmählich wieder elastisch und voller wurde.

„Nick ruhig ein bisschen ein", sagte Luc. Er atmete das Aroma von Fichtennadelextrakt, Menthol und Kampfer ein, überließ sich dem Druck von Lucs Händen und dem wohltuenden Brennen des Massagemittels auf seiner Haut. Sein Herz schlug schon wieder ruhig. Ein dunkles Pulsen aus einer Quelle, die verlässlich und unerschöpflich war. Noch für lange Zeit.

„Eines Tages hole ich mir das Gelbe und bring es nach Paris."

„Sicher", antwortete Luc. Roger sagte nichts mehr. „Du bist gar nicht so weit davon weg", sagte Luc.

„Ich bin aber noch nicht da."

„Rom wurde auch nicht an einem Tag erbaut. Immerhin bist du gut über den Ventoux gekommen."

Zufrieden legte er den Kopf auf die Unterarme, schloss die Augen und rief sich die entscheidende Situation drei Kilometer unterhalb des Gipfels in Erinnerung. Contesti hatte das Gelbe Trikot attackierte. Ihre Gruppe flog auseinander, als wäre eine Granate zwischen ihnen explodiert. Er sah, dass Verschueren kaputt war. Den konnte er abhaken. Er war zwar sein Kapitän, doch er musste an diesem Tag nicht auf ihn warten, um ihn an seinem Hinterrad den Berg hinaufzuschleppen. Verstappen hatte ihn davon befreit. Lefevre zögerte einen Moment mit dem Nachsetzen, dann beschleunigte er. Sie hatten noch fünf Serpentinen zum Gipfel. Sein Blick klammerte sich an Lefevres Rücken, an sein vom Schweiß dunkel gewordenes gelbes Trikot. Es entfernte sich. Zentimeterweise glitt es von ihm weg. Er erhöhte den Druck auf die Pedale, doch es entfernte sich weiter. Dann hielt er es, und dann entfernte es sich wieder. Langsam, langsam glitt es von ihm weg. Irgendwie war Verschueren plötzlich an Lefevres Seite gekommen. Nun entfernten sich beide von ihm. Noch tiefer beugte er sich über den Lenker. Er sah nichts mehr, bis auf die Hinterräder der beiden, die in einem zeitlupenhaften Alptraum Zentimeter um Zentimeter von ihm weg rollten und dabei die Luft verbrannten, sodass er statt Sauerstoff nur glühende Asche in die Lungen bekam. Alles andere waren gebogene Schatten am Straßenrand, an denen sich die Silhouetten anderer Rennfahrer entlang schoben. An ihm vorbei, der Radumdrehung für Radumdrehung zurückfiel, in einer qualvollen Zerdehnung der Zeit. Und er hasste sie. Hasste Verschueren und Lefevre, die von ihm weg fuhren, hasste Contesti da vorne und hasste niemanden so wie sich selbst.

Jetzt müsste sie kommen. Ein Schwamm mit Eiswasser. Noch fünf Scheißserpentinen. Wo steht die denn? Und gerade als er in der Verzweiflung über seine Schwäche auf sie wütend zu werden begann, spürte er das eiskalte Wasser im Nacken. Im Nacken, auf dem Hals und den Rücken hinunter. Eiskalt, frisch, schmerzlindernd, belebend. Wie ein Peitschenhieb auf seine verdämmernde Widerstandskraft. Sein Körper bäumte sich auf über dem Rahmen, seine Füße rissen die Pedale herum, herum, herum. Wie in Hypnose starrte er auf das Teerband der Straße, auf dem sich der enge Horizont seines Blicks voranschob. Herum, herum, herum. Bis sich nach einer Zeit von unerträglicher Massivität die Hinterräder von Lefevre und Verschueren Zentimeter um Zentimeter in diesen Horizont hineindrehten. Er hatte sie wieder.

„Sie hat genau an der richtigen Stelle gestanden", sagte er.

„Wer? Die Kleine?"

„Genau. Ich war gerade dabei zu platzen, und dann kam sie mit ihrem Wasser."

Luc Lejeune erinnerte sich an die irgendwie erstarrte Gestalt, die mit einer Thermoskanne und einem Schwamm am Berghang gestanden hatte.

„Sie hat genau an der richtigen Stelle gestanden. Als hätt sie's geahnt. Kannst du dir das vorstellen?"

„Eigentlich nicht", sagte Luc. Woher weißt du, dass sie es war? Ich meine, hast du sie erkannt?"

Roger Vermeire dachte darüber gar nicht nach. Er hatte ganz klar ihr Gesicht vor Augen, wie es über ihn gebeugt war. Es war dunkel und der Himmel blendete ihn und es spielte keine Rolle, dass das zwei Tage vorher gewesen war. „Die war echt mein guter Engel."

„Leg dich jetzt auf den Bauch", sagte Luc. Er drehte sich auf den Bauch, bettete das Kinn auf die verschränkten Oberarme und wartete auf Lucs Hände.

Luc bearbeitete nun die Beuger seiner Oberschenkelmuskulatur. Danach strich er die Verspannungen aus den verhärteten Waden. „Du hast den Ventoux gut überstanden", sagte er. „Mach dir keine Sorgen wegen der Alpen. Du wirst auch gut über den Galibier kommen."

„Der ist ne ganze Ecke höher. Und da oben ist es saukalt. Soll geschneit haben."

„Hab ich gehört. Dafür ist es da oben nicht so heiß. Entspann dich. Ja. Gut. So."

„Ich hätte auf dem verfluchten letzten Stück glatt 'ne Minute verlieren können."

„Zweieinhalb."

„Pfffft."

„Lad sie doch nächste Woche nach Paris ein", sagte Luc.

„Wen? Spinnst du?"

„Zweimal hat sie dir jetzt schon Glück gebracht."

„Ah und beim dritten Mal kommt das große Glück."

„Genau."
Roger sagte nichts.
Luc strich einen Muskelstrang glatt: „Warum denn nicht?"
„Was soll ich denn mit ´nem Mädchen", sagte Roger.
„Das weiß man nie, ehe man es nicht hat."
„Einen Scheiß weiß man", sagte Roger. „Komm, entspann dich noch mal", sagte Luc. „Ist mir doch egal, was du machst. Wir sind gleich fertig. Gleich bist du wieder weich wie´n Baby."
„Scheiß drauf", sagte Roger. „Wenn ich mal ficken will, geh ich in´n Puff."
„So geht es auch", antwortete Luc.
So geht´s eben nicht, dachte Roger. So schon mal gar nicht. „Diese Nutten", sagte er, „mit ihrem Nuttenverstand. Die denken, die kennen die Männer."
Luc verrieb noch eine dickflüssige Milch über Rogers Beine. Klopfte ihm auf die Oberschenkel und sagte: „Bleib noch zehn Minuten liegen. Lass es einziehen. Muss noch zu Eddy und Jos."
„Wie geht´s Rob?"
„Dem gehts auch wieder gut. Alles in Ordnung. Ihr kommt alle gut über die Alpen."
Und sie kamen gut über die Alpen und am Ende war er gleich bei seiner ersten Tour de France Sechster geworden. Bei den Nachtour-Kriterien, als sie quer durch Frankreich von einem Rennen zum anderen zogen, um Geld zu verdienen, hatten sie sich jedes Mal über Julies erschrockenes Gesicht amüsiert, wenn er nach 80 Kilometern vom Rad stieg und das Rennen aufgab. Sie wollte einfach nicht kapieren, dass es nur noch darum ging, sich den Leuten zu zeigen. Dafür bekamen sie in diesen Rennen nach der Tour ihr Geld.

Alle im Team mochten Julie. Wenn sie nach dem gemeinsamen Abendessen noch an dem langen, für das Stella-Team reservierten Tisch zusammensaßen und Luc auf der Harmonika spielte, sollte sie sich jedes Mal ein Lied wünschen. Er spielte es, und sie sang dazu mit ihrer angerauten Altstimme, die nicht unbedingt schön war, doch zu ihren schwarzen Haaren und den blauen Augen passte.

In den Nächten lernte er etwas kennen, von dem er noch nichts gewusst hatte. Von dem er nicht einmal geahnt hatte, dass so etwas überhaupt existierte. Julie war darin so zu Hause, wie er in den Radrennen zu Hause war. Sie bewegte sich vollkommen sicher darin, ohne Scheu und Scham. Mit einer Selbstverständlichkeit, die sie ihm um Lebensjahre zu entrücken schien, sodass sie ihm fremd wurde. Versuchte er ihr zu folgen, spürte er, wie er sich selber fremd wurde, ausgesetzt einem anderen, der schemenhaft aus ihm hervortrat und den er aus irgendeinem Grund verachtete.

Es wurde Dezember. Er wurde immer unruhiger, weil er wie jedes Jahr den anderen voraus alleine ins alljährliche Trainingslager an die Costa del Sol fahren wollte. Julie war jeden Tag in Paris unterwegs und machte Weihnachtseinkäufe.

„Wo wollen wir Weihnachten feiern?" fragte Julie eines Morgens beim Frühstück. „Wieso Weihnachten?", fragte er. Sie sah ihn an und wartete, dass er noch etwas sagen würde, und er sagte, er feiere nicht Weihnachten. Schon seit Jahren nicht mehr. An Weihnachten wäre er immer schon im Trainingslager in Spanien. „Aber das geht doch nicht", sagte sie.

Er mochte sie nicht ansehen, wenn sie dieses unglückliche Gesicht machte. Sie sah ihn stumm an, und er blickte auf die Tischdecke und betrachtete das Muster. Julie hatte sie bei Samaritaine gekauft, nachdem sie festgestellt hatte, dass er überhaupt keine Tischdecken besaß. Er hatte sich darüber gewundert, dass Tischdecken so teuer waren, musste jedoch zugeben, dass sie schön war. Allerdings aß er genauso gerne nur von dem rohen Holz. „Aber doch nicht jeden Tag", entgegnete sie.

Das war eine der Veränderungen, die sie in sein Leben gebracht hatte. Veränderungen, die darin bestanden, dass sie Entscheidungen übernahm, die seinen Alltag berührten. Ehe sie kam, hatte er sie gar nicht als mögliche Entscheidungen registriert.

Am nächsten Morgen kam mit der Post die Einladung zur Weihnachtsfeier des neuen französischen Co-Sponsors, dessen Firmenname in der nächsten Saison auf ihren Renntrikots erscheinen würde. Vor der Brust, klein unter dem Schriftzug von Stella, und am Rücken unterhalb der Startnummer.

Er rief Verstappen in Brüssel an. Wim wollte ihm die Teilnahme nicht vorschreiben, meinte jedoch, es würde einen guten Eindruck machen, wenn das komplette Team bei den Franzosen aufkreuzte.

Anschließend telefonierte er mit Luc. Luc sagte, dass er auf jeden Fall hin müsse, weil er auf der Feier Harmonika spielen sollte. „Feier doch mal", sagte Luc. „Bring Julie mit, und wir machen uns einen vergnügten Abend mit Tannenbaum und Weihnachtsliedern. Außerdem kann es fürs Geschäft nur gut sein."

Die Weihnachtsfeier fand in einem kleinen Chalet nahe der Bois de Boulogne statt. Elf der fünfzehn bei Stella unter Vertrag stehenden Rennfahrer waren erschienen. Einer hatte wegen Grippe, ein anderer wegen einer Familienfeier abgesagt. Verschueren und de Jonghe fuhren beim Sechstagerennen in Gent. Verstappen stellte die Fahrer der Geschäftsleitung vor. Als Roger an der Reihe war, sagte er: „Unser Co-Kapitän“.

Trotzdem war er an dem Abend nicht mit sich im Reinen. Er ärgerte sich darüber, dass Julie sich so fröhlich mit Leuten unterhielt, die er gar nicht kennenlernen wollte. Nach dem Essen fing Luc an, Harmonika zu spielen. Schließlich saßen sie alle zusammen an Tischen, die um einen Christbaum mit künstlichen Kerzen gruppiert waren und sangen Weihnachtslieder. Julie kannte alle Texte. Hin und wieder sah sie ihn strahlend von der Seite an. Er summte einigermaßen die Melodien mit und tat so, als könnte er die Texte nicht auswendig.

Die meisten kannten nur wenige Weihnachtslieder. Schließlich sangen sie alle zusammen „Sur le pont d'Avignon“. Er fühlte sich schrecklich.

Die Franzosen waren begeistert von Lucs Harmonikaspiel. Einmal spielte er ein Lied, das niemand kannte, außer Julie. Sie sang dazu. Alle applaudierten, und jemand sagte, sie könnten zusammen auftreten.

Es war schon nach zwei Uhr, als es endlich zum Aufbruch kam. Verstappen und Luc und einige Rennfahrer fuhren mit zwei Taxis zu einem Airport-Hotel, um am nächsten Morgen nach Brüssel zurück zu fliegen. Julie und er fuhren allein im Taxi nach Hause.

Es war eine sternenklare Nacht. Bald würde es endlich den ersten Frost geben. Er kurbelte die Scheibe ein Stück herunter und sog die kalte, klare Nachtluft ein. Julie kuschelte sich unter seinen Arm. „Ist dir kalt?“ fragte er. Nein, sie fröre nicht. Wenig später kurbelte er die Scheibe wieder hoch, ohne zu wissen, warum.

„Warum ist Luc eigentlich kein Rennfahrer geworden, wo er Radrennen doch so liebt“, fragte Julie. „Guck dir mal sein Gesicht an“, sagte er. „Mit so einem tragischen, genusssüchtigen Mund gewinnst du niemals Paris – Roubaix.“ Nach einer Weile sagte sie: „Aber ich mag es, wenn er Harmonika spielt.“ – „Ja“, sagte er.

Als sie auf der Avenue de la Grande Armeé zum Etoile hinauffuhren, war die Beleuchtung des Triumphbogens schon abgeschaltet. Es war nach halb Drei. Er überlegte, wann er das letzte Mal so spät nach Hause gekommen war. Es war noch nicht lange her. Er konnte sich nicht erinnern, dass er, ehe sie kam, jemals so spät ins Bett gegangen war.

Zuhause ging Julie gleich ins Bad. Er dachte daran, dass sie gleich ins Bett gehen und miteinander schlafen würden. Sie war noch im Bad, als er sich bereits umgezogen hatte. Er klopfte, öffnete die Tür. Sie lächelte ihm aus dem Spiegel zu. Ihr Kinn schwebend über Tuben mit Badegel und Shampoo und kleinen Fläschchen. Plötzlich veränderte sich ihr Gesicht, weil sie ihn im Spiegel in seiner Rennfahrermontur sah.

„Ich muss noch fahren“, sagte er. „Um diese Zeit? Aber warum denn?“

„Weil ich sonst verrückt werde.“

Er nahm ihren Blick mit, als er die Badezimmertür schloss. Wenige Minuten später fuhr er durch das Licht der Straßenbeleuchtung die Avenue Klebér hinunter, Richtung Trocadero. Ihr Gesicht eben im Spiegel. Erstaunt, vertrauensvoll. Für sie war alles schön. Nichts machte ihr Sorgen. Er fuhr schnell. Der Fahrtwind nahm ihm einen Fluch von den Lippen. Einmal schlug er mit der Faust auf den Lenker.

Hinter der Place Trocadero gelangte er auf die Zeitfahrstrecke von Versailles, auf der einige Male die letzte Touretappe ausgetragen worden war, seit die Tour de

France nicht mehr im Velodrome des Stade Vincennes, sondern auf den Champs Elysées zu Ende ging. Die Straße lief am Seineufer entlang. Wie ein schwarzer Ölfilm strömte der Fluss träge Fäden ziehend dahin. Er fand seinen Rhythmus. Allmählich wurde er ruhig. Keine Dreiviertelstunde später lag Versailles hinter ihm. Er fuhr weiter Richtung Rambouillet. Die Gegend wurde einsamer. Der Himmel stand voller Sterne. Er hätte Handschuhe anziehen sollen.

Er vergaß Julie, die Weihnachtsfeier. Seine Füße fühlten sich an wie Eisklumpen. Am Ballen taub und hart wie ein Brett, wenn er den Druck auf die Pedale verstärkte.

In Rambouillet kehrte er um und fuhr dieselbe Strecke nach Paris zurück. Es war kurz nach sechs Uhr, als er mit dem geschulterten Rad die Stufen in den Keller des Hauses hinunterstieg. Mit dem Lift fuhr er zu seiner Wohnung im Dachgeschoß hinauf. Er hatte nicht den leisesten Schimmer, wie sie reagieren würde, und er hatte nicht vor, irgendetwas zu erklären.

Sie saß in der Wohnung, als habe sie ihn erwartet. Sie hatte Frühstück vorbereitet. Croissants aufgewärmt und eine Kanne Rum-Tee gekocht, den er gerne trank wegen des Aromas. Er fragte sie, wieso sie denn Frühstück gemacht habe. Sie antwortete, sie habe gedacht, dass er jetzt wohl bald kommen werde.

Er setzte sich und zog als erstes die Schuhe aus. Seine Füße waren eiskalt. Als er barfuß durch die Wohnung ging, um sich einen anderen Trainingsanzug anzuziehen, kam es ihm vor, als wären die steifen Ledersohlen noch an seinen Fußsohlen fest gefroren. Sie schenkte ihm Tee ein. Er sah sie an und wartete darauf, dass sie zu fragen begänne, doch sie fragte nichts, setzte sich zu ihm und goss sich ebenfalls Tee ein.

Freundlich und sanft erzählte sie, was sie am Vormittag vorhatte. Er nickte zu allem. Zwischendurch sah er sie an. Er war ihr wohlgesonnen, da war nichts, was er ihr hätte vorwerfen können. Ein Gefühl der Ausweglosigkeit überkam ihn, das er noch nicht kannte. Und dann dachte er: Luc. Dass Luc sie ihm vielleicht abnehmen könnte. Bei Luc wäre sie gut aufgehoben.

Und dann war sie tatsächlich mit ihm weggegangen. Damals in Antibes. Luc hatte sie gehabt. Er schüttelte den Kopf und sah aus dem Fenster. Es sah so aus, als würde der Regen nicht mehr lange auf sich warten lassen. In zwanzig Minuten war Teambesprechung. Er schüttelte noch einmal den Kopf. Über sich selbst. Über die lächerliche Eifersucht, die er gerade empfand.

Fünf Minuten später stand er am Ende der Hotelauffahrt an der Straße und beobachtete den Himmel.

„Gibt Regen“, sagte jemand in etwas seltsamem Französisch. Er drehte sich um. „Bon Giorno, Carlo.”

Carlo Belli, der Kapitän vom italienischen Molani-Team war beinahe eine Art Freund für ihn. Bei seinem Toursieg war Belli mit nur 2:16 Minuten Rückstand auf ihn Zweiter geworden. Als er beim Aufstieg zum Ziel der vorletzten Alpen-Etappe in Orciers-Merlette stürzte, hatte Carlo Belli ihn nicht angegriffen. Im Gegensatz zu den Franzosen, die sofort attackierten. Belli aber fuhr ruhig weiter und ließ die anderen ziehen. Als er wieder zu ihm aufgeschlossen hatte, jagten sie gemeinsam den Franzosen nach, teilten sich die Führungsarbeit, ohne dem anderen einen Pedaltritt zu viel zuzumuten. Bei der Pressekonferenz wurde Belli gefragt, warum er seine Chance nicht genutzt hatte, Vermeire zu distanzieren und vielleicht das gelbe Trikot zu übernehmen. Weil er

Roger Vermeire als Rennfahrer zu sehr achte, um auf diese Weise gegen ihn die Tour zu gewinnen, hatte er geantwortet.

„Wie geht's?“ fragte Vermeire. „Ich mag den Regen nicht“, antwortete Belli. Gemeinsam betrachteten sie den Himmel. „Für dich wird das morgen schwer“, sagte Belli. „Alle achten auf dich. Ich hab's leicht. Ich muss nicht gewinnen. Außerdem fahr ich einfach an deinem Hinterrad.“ – „Und ich an deinem“, erwiderte Vermeire. Sie lachten.

„Muss rein“, sagte Vermeire, „Teambesprechung.“

„Falls wir uns nicht mehr sprechen, viel Glück.“

„Danke. Dir auch.“

Das Team saß bereits komplett am Tisch, als er hereinkam. Die Mechaniker und Masseure saßen in ihren blauen Mannschaftsoveralls am unteren Ende, Teamarzt Fabiani saß im Anzug mit Schlips und Kragen zwischen den Masseuren und dem stellvertretenden sportlichen Leiter Rik de Linde, ebenfalls im Anzug mit Schlips und Kragen. Die Rennfahrer saßen in Trainingskleidung an der oberen Tischhälfte. Vermeire setzte sich auf den frei gelassenen Platz ganz oben an der Ecke.

Ihm gegenüber saß Frans Peeters, sein Leutnant. Er war dreiundzwanzig Jahre alt und begann gerade sein drittes Profijahr. Er sollte sein Nachfolger werden. Verstappen hoffte, Peters in den Jahren nach Vermeire zu einem Gegengewicht zu Jeff Vermeulen vom flämischen Konkurrenz-Team Solo aufzubauen.

So lange Vermeire der Chef war, hatte Peeters keine Chance, einen Klassiker zu gewinnen. Das war die Spielregel. Es gab noch eine andere Spielregel, die jeder lernen musste: Wenn einer dich nicht nach vorne kommen lassen will, fahr an ihm vorbei.

„Gibt Regen“, sagte Peeters über den Tisch hinweg in die Runde. „Ja. Gibt'n Sauwetter.“ – „So'n Wetter gehört bei Radrennen verboten“, meinte Reensenbrink. – „An den Hellingen wird das morgen schön scheppern“, sagte jemand weiter unten am Tisch. „Die scheißglatten Steine“ – „Und der Schlamm.“ – „Und die Löcher.“ – „Bei Regen ist es eine gottverfluchte Lotterie.“

Vermeire beteiligte sich nicht an der Diskussion. Er sah zwischen den Köpfen von Peeters und Reensenbrink aus dem Fenster. Ausdruckslos und unzugänglich, als säße er an einem ganz anderen Tisch. Eine negative Energie ging von ihm aus. Er sah aus wie ein Stein, der darauf wartete, ins Rollen gebracht zu werden.

„Bei solchem Wetter wird ein Rennen reine Glücksache“, bekräftigte Roesen. „Was meinst du, Roger?“ – „Nicht ganz“, sagte Vermeire. Damit war die Wetterdiskussion beendet.

Wim Verstappen betrat den Raum. Er blieb gleich hinter seinem Stuhl stehen.

„Männer“, sagte Verstappen. „Bei dem Wetter gibt das morgen ein Schlachtfest.“ Er genoss die Wirkung, die das Wort Schlachtfest hinterließ und fuhr fort: „Ich möchte nicht einen von euch morgen bei den Schafen sehen.“

Nach dieser Eröffnung ging Verstappen die Strecke durch, Gefahrenpunkte, eine umgebaute Verkehrsinsel, eine neue Ortsumgehung bei Kortrijk, um den Kreisverkehr zu vermeiden, an dem es im vergangenen Jahr den Massensturz gegeben hatte. „Den Zustand der Pflasterstrecken habt ihr gestern gesehen. Morgen wird das alles schlimm werden. Hundertdreizehn Kilometer vor dem Ziel fangen die Hellingen an. Bei dem Wetter gibt das ein Gemetzel, weil es jetzt noch wichtiger wird, ganz vorne da rein zu kommen. Wir werden uns also frühzeitig nach vorne orientieren. Hinter Zwalm, das ist zwanzig Kilometer vorher, will ich kein Stella-Trikot mehr in der hinteren Hälfte des Feldes sehen.“

Roger betrachtete Fabiani, der etwas weiter unten auf der anderen Seite des Tisches saß. Fabiani sah vor sich hin. Ob er mir die Wahrheit gesagt hat? dachte Roger. Am Vormittag hatte der Teamarzt alle Fahrer noch einmal kurz untersucht. Blutdruck, Puls, Herz und Lunge abgehört, die Leber abgetastet. Dann hatte er ihm zwei Tabletten gegeben, die er heute vor dem Schlafengehen einnehmen sollte. Hatte ihm ihre Wirkungsweise erklärt, die chemische Reaktionskette dargelegt, als wäre er ebenfalls Arzt und nicht Rennfahrer. Ich kann aber doch voll fahren hatte er gefragt, weil in Fabianis Erklärung etwas von Blutdruckabfall vorkam. Du kannst, sagte Fabiani. Die Tabletten würden praktisch nur die Einstellung seiner Maschine optimieren.

Als er Fabiani jetzt dort sitzen sah, fiel ihm ein, dass er vergessen hatte, ihn zu fragen, ob die Entzündung von Paris – Nizza vollständig aus seinem Körper verschwunden sei. Eine dämliche Harnleiterentzündung. Wie bekam man so etwas überhaupt und wieso hatte das etwas mit seinem Herzen zu tun? Die Entzündung war wohl weg. Fabiani hatte jedenfalls nichts gesagt.

Verstappen hatte den jüngsten Wetterbericht des Seewetteramts Antwerpen eingeholt. „In zwei Stunden erreicht die Regenfront Flandern. Soll die ganze Nacht regnen. Wir kriegen also morgen eine ziemliche Schweinerei auf den Straßen. Wie es aussieht, haben wir den Wind auf den ersten achtzig Kilometern entweder von vorne oder schräg von vorne. Dazu Regen. Das bedeutet: Bis die Hellingen kommen, wird es im Feld wahrscheinlich ziemlich ruhig bleiben.“

Nun begann er seinen Schlachtplan darzulegen und die Rollen im Team zu verteilen. Ferdi Roesen, der ein guter Zeitfahrer war und alleine über lange Zeit hohes Tempo fahren konnte, spielte eine Schlüsselrolle. Hinter Waregem nach Rennkilometer 94 sollte er attackieren und möglichst alleine vom Feld abspringen.

„Dann sind es noch knapp fünfzig Kilometer bis zur ersten Helling und hundertsechzig bis Meerbeke", erklärte Verstappen. „Vielleicht fahren zwei, drei andere mit, schätze jedoch, dass man dich in dem Sauwetter schön allein fahren lassen wird, Ferdi." Roesen zog eine Grimasse und sagte: „Himmelfahrtskommando." – „Nicht ganz", widersprach Verstappen. „Aber die anderen sollen es ruhig so sehen. Du fährst voll auf Angriff. Bis zum Molenberg kannst du zehn Minuten auf das Feld holen. Wenn ein, zwei kleinere Gruppen dazwischen liegen sollten, macht das nichts. Es wird keine Gruppe mit irgendeinem Favoriten geben, egal wer es ist, in der Roger nicht mitfährt. Dafür zu sorgen, ist der Job von euch anderen."

Und wieder zu Roesen: „Nach dem Koppenberg hast du wahrscheinlich nur noch fünf Minuten. Dann lässt du es langsamer angehen und erholst dich, bis sie dich haben, damit du möglichst noch bis zur Muur mitfahren kannst, falls Roger Defekt haben sollte und dein Rad braucht."

Der Plan sah vor, dass Roger am Koppenberg eine entscheidende Attacke fuhr, die das Feld sprengte und eine kleine Spitzengruppe von möglichst nicht mehr als acht bis zehn Fahrern schuf. Danach waren es noch dreiundsiebzig Kilometer bis Meerbeke. Wenn diese Gruppe Roesen einholte, hätte Roger in ihm einen zusätzlichen Helfer in der Spitzengruppe. Normalerweise würde

Roesen bei Rogers Angriff am Koppenberg abgehängt werden und wäre als Helfer verloren.

„Und wenn ich am Koppenberg immer noch zehn Minuten hab?“ fragte Roesen. „Fährst du erst mal weiter“, sagte Verstappen. „Dann bist du schon tot“, warf Peeters ein. Vermeire sagte nichts. „Wenn du über den Eikenberg bist und immer noch neun Minuten hast, hast du freie Fahrt“, sagte Verstappen. „Ist das okay, Roger?“ – „Okay.“ – „Damit ich nicht missverstanden werde“, sagte Verstappen, „dies ist Rogers Rennen. Wenn Roger dir alleine nachkommt, wartest du, bis er bei dir ist, egal wie viel Vorsprung du hast.“

„Jetzt zu dir, Gerry.“ Gerry van der Waele war erst vor einem Jahr vom französischen Rennstall Lucky Jeux zu Stella gewechselt. Er war früher Querfeldeinrennen gefahren, ein ruppiger Kerl, der auf engen Straßen seine Ellenbogen gebrauchen konnte und wie ein Akrobat in die knappsten Lücken hineinfuhr.

Für seinen Kapitän war er entweder Rammbock oder Mauer auf dem Rad. Niemand konnte so wie er Roger nach einem Defekt ans Hinterrad nehmen und ihn, wenn der Seitenstreifen unbefahrbar war, durch das eng gestaffelte Fahrerfeld hindurch wieder nach vorne boxen.

„Gerry“, erklärte Verstappen, „ist morgen der zweitwichtigste Mann im Team. Das bedeutet, wenn er Defekt hat oder platt fährt, bekommt er von einem von euch das Rad, und zwar von dem, der ihm am nächsten ist.“ Und zu Gerry: „Du bleibst morgen ausschließlich bei Roger, du schirmst ihn ab, hältst ihm das Vorderrad frei, du bist einfach immer da, falls etwas passiert. Egal wie das Rennen läuft, du bleibst bei Roger. Regenumhang, Getränke und so weiter besorgen die anderen.“ – „Und wenn ich pissen muss?“ fragte van der Waele. „Dann piss ihm von mir aus ins Rad, aber bleib an seiner Seite, bis es in den Koppenberg geht. Sollte Roger ausfallen, entscheide ich nach der Rennkonstellation wer seine Rolle übernimmt." Das war eine verdeckte Spitze gegen Peeters, der Hinweis, dass er morgen keine eigenen Ambitionen zu haben hätte.

Nun gab Verstappen das Wort an Vermeire. Der erläuterte seinen Plan und bezeichnete die Stelle, an der er attackieren wollte. Die beiden Erdwälle am Eingang des Steilstücks brauchte er niemandem zu beschreiben. „Ich würd nicht über die Steine in der Mitte fahren", meinte Peeters. „Lieber am Rand, trotz dem Schlamm. In der Mitte sind die Steine ′ne Katastrophe." – „Gerade drum", sagte Vermeire.

„Danke Roger", sagte Verstappen und erklärte weiter die taktische Marschroute: „Hinterm Kwaremont macht die Strecke einen Knick nach Norden, ihr fahrt dann voraussichtlich mit Rückenwind. Seht zu, dass ihr euch rechtzeitig vorne einreiht, immer zwei Leute vor Roger und dann wird vor dem Wind Tempo gefahren, dass kein Mensch vor dem Paterberg mehr attackieren kann. Spätestens am Paterberg gibt es die erste Selektion. Ich will drei von euch noch bei Roger sehen, wenn es sieben Kilometer später in den Koppenberg geht. Also reißt euch den Arsch auf."

„Und wenn′s am Koppenberg nicht klappt?" fragte Peeters. Vermeire blickte an Peeters′ Ohr vorbei nach draußen, wo der Wind am jungen Pappellaub riss. Das hätt′ste gern, du kleiner Scheißer, dachte er. „Darauf komme ich jetzt", sagte Verstappen. „Angenommen, Roger kommt nicht weg oder Vermeulen, Belli, Niedstam, Broscart zum Beispiel kommen alle mit …" – „Dann bin ich ja nicht weggekommen", sagte Vermeire dazwischen.

„... dann“, fuhr Verstappen fort, „kommt dein Job, Frans. Du attackierst hinter dem Eikenberg, Helling Acht, und zwar sowie ihr oben seid. Wenn das Kopfsteinpflaster aufhört, fährst du sofort los. Höchstwahrscheinlich setzt niemand nach, weil alle denken, du bereitest nur Rogers nächste Attacke vor. Doch du fährst mit allem, was du hast. Bis zum Boigneberg sind es nur vier Kilometer, den fährst du hoch, als ob da oben das Rennen für dich zu Ende wäre. Du kannst nicht einen Augenblick nachlassen. Der Boigneberg ist schwerer, als er aussieht. Die ersten dreihundert Meter sind steil, über zwölf Prozent, und dann zieht er sich und zieht sich. Da kann man mehr Zeit holen oder verlieren, als man sich träumen lässt. Roger tut hinten nichts und wartet ab.

Wenn es keine organisierte Verfolgung gibt, kannst du oben am Boigneberg schon fast eine Minute haben. Und du fährst weiter mit allem was du hast. Über den Foreest und weiter über den Steenberg,. Du musst bis zum Leberg kommen. Da ist das Pflaster so schlecht, dass ein Einzelner besser hochkommt als eine Gruppe. Die ganze Zeit fährst du am Limit. Spätestens am Leberg müssen sie annehmen, dass wir sie verladen haben und gar nicht Rogers Karte spielen. Sie werden also kommen. Sie haben gar keine Wahl, und Roger fährt schön am Hinterrad mit und schont sich, und wenn sie dich haben, haben wir zwei Mann in der Spitze, mit Ferdi vielleicht sogar drei. Ihr bleibt so lange zusammen, wie es irgend geht. An der Muur muss Roger es dann sowieso alleine machen.“

„Vier Hellingen, über zwanzig Kilometer“, sagte Peeters, „wenn ich die allein die ganze Zeit voll fahre, bin ich oben am Leberg tot.“

„Du wirst es überleben“, sagte Verstappen. „Und jetzt noch ein Schlusswort zur Lage: Ihr wisst wahrscheinlich, dass der Vertrag mit den Engländern, die ab Juli die Mehrheitsanteile an Stella besitzen werden, noch nicht unterschrieben ist. Denen geht Radsport sonstwo vorbei. Die nehmen unser Team bloß, um in Belgien auf den Markt zu kommen. Im Grunde interessieren sie sich nur für die Formel Eins. Bei Paris – Nizza haben wir ihnen nicht gerade eine Galavorstellung geboten. Was ich sagen will: Morgen muss ein Stella-Trikot bei der Siegerehrung im Fernsehen zu sehen sein. Das war´s, Männer. Viel Glück!"

Sie standen auf und verließen den Raum. Roger ging als Letzter hinaus. Wim Verstappen legte ihm die Hand auf die Schulter. „Wie fühlst du dich?" – „Gut", sagte Roger. „Ich werde dafür sorgen, dass sie sich morgen für dich den Arsch aufreißen", sagte Verstappen.

„Hast du ja schon getan."

Auf dem Hof hinter dem Hotel hatten die Mechaniker eine Plane wie ein Dach vor die Stella-Wagen gespannt. Falls es regnen sollte, konnten sie unter der Plane weiter an den Rädern arbeiten. Roger ging über den Hof, um den Mechanikern bei der Arbeit zuzusehen und Willy zu sagen, dass er die 180 mm Kurbeln montiert lassen sollte.

„Gut", sagte Willy. „Ich hätte die an deiner Stelle auch genommen. Wie ging es denn heute damit beim Training?"

„Ganz gut. Zuerst ein bisschen ungewohnt. Aber gut."

„Und die Beine hinterher?"

„Auch gut." Willy nickte. „In einer Stunde ist deine Maschine fix und fertig. Will den Steuersatz noch etwas nachjustieren."

Ein leise klopfendes Geräusch kam von der Plane über ihren Köpfen. Sie sahen auf. Der Regen war da. Ohne

Eile ging Roger Vermeire durch den Regen über den Hof ins Hotel zurück.

Der Regen brachte eine frühe Dämmerung. In seinem Zimmer machte er es sich im Sessel bequem, legte die Beine hoch aufs Bett und las die letzte Ausgabe der L` Equipe. Yves Renard hatte darin einen Artikel über das Leben der Domestiken in einem Profi-Team geschrieben. Im all den Jahren war sein Verhältnis zu Reportern distanziert geblieben. Er verabscheute die übliche Duzerei, bloß weil einer mal ordentlich über einen geschrieben hatte. Doch Renard war in Ordnung. Andere waren wahrscheinlich auch in Ordnung, aber er kannte sie nicht näher. Er las wenig Zeitung. Yves Renard wusste jedenfalls, wovon er schrieb. Nur dass er es nicht selbst erlebt hatte. Das machte einen Unterschied, der sie immer trennen würde.

In dem Artikel über das Domestiken-Leben war Ferdi Roesen sein Kronzeuge. Er lachte leise, als er las, was Ferdi über sein Leben sagte. Wenn Renard wüsste, welche Rolle Ferdi morgen im Rennen spielen soll.

Er las den ganzen Radsportteil der L´ Equipe, legte die Zeitung aufs Bett und sah, ohne etwas zu denken, eine Weile aus dem Fenster. Unablässig fiel der Regen. Ein streifiger Schleier, dessen Gewebe an Helligkeit zunahm, je tiefer sein Zimmer in die Abenddämmerung sank. Er schloss die Augen und konzentrierte sich darauf, nichts zu denken. Und da fiel ihm ein, dass Julie morgen nach dem Rennen immer noch da sein würde. Er konnte sie ja schlecht an der Muur stehen lassen. Irgendwie musste sie nach Meerbeke kommen. Jemand musste sie hinbringen.

Er zerbrach sich den Kopf darüber. Jeder im Team hatte morgen mehr als genug zu tun. Vielleicht kommt sie ja gar nicht, dachte er ohne Überzeugung. Und dann hatte er plötzlich die Lösung. Sie war ganz unkompliziert. Wim würde sie im Materialwagen mitnehmen. Ich sag ihm die Stelle, an der sie steht. Er weiß ja, wie sie aussieht, und dann pickt er sie im Vorbeifahren einfach auf. Aber Renard fuhr ja dieses Mal im Mannschaftswagen mit. Na, dachte er, müssen sie eben auf den letzten sechzehn Kilometer hinten ein bisschen zusammenrücken. Es war ihm nicht recht, dass Renard ihr Wiedersehen mitbekam. Er würde ihm sagen müssen, dass dies nichts für die Biografie sei.

Eine halbe Stunde später schritt er zufrieden mit seiner Lösung die Treppe zum gemeinsamen Abendessen des Teams hinunter. Ist ja beinahe wie damals. Fehlt bloß noch Luc.

Ehe er schlafen ging, stand er am Fenster und sah in den Regen hinaus. Der Wind stand fast frontal gegen das Fenster, so dass er es nur abklappen konnte. Er hörte ihn in den Pappeln rauschen. Der Regen fiel schräg in die Wasserlachen, die sich inzwischen auf dem Hof gebildet hatten. Sein Atem machte einen Nebelfleck auf der Scheibe. Der Fleck schmolz zusammen und dehnte sich wieder aus. Schmolz zusammen, dehnte sich aus. Als wäre er das Abbild seines Herzschlags. Sein Herz schlug lautlos, ein Hauch, beinahe als wäre es gar nicht da.

Es schlug, wie es immer geschlagen hatte. Er konnte keinen Unterschied an seinem Herzschlag feststellen. Und doch war dieser Unterschied Realität. Er hatte es selbst gesehen. In der Praxis bei dem Kardiologen in Brüssel, als er von Paris – Nizza zurückgekommen war. Auf einem Bildschirm, der sein Herz in Bewegung zeigte. Es sah sehr kreatürlich aus. Eine Kreatur ohne Kopf, die keinem ihm bekannten Lebewesen ähnelte. Es war jetzt nicht mehr ganz dasselbe Herz und damit war es für ihn, als wäre es gar nicht sein richtiges Herz. Sein richtiges Herz war eine Maschine, die er bedenkenlos, so lange er es aushielt, unter Hochdruck arbeiten lassen konnte und deren Laufzeit gemessen an einer Rennfahrerkarriere beinahe unendlich war.

Henk Heeshuis und Jelle Stam waren im vergangenen Jahr beim Training an Herzversagen gestorben. Vom Rad gefallen und tot, keine dreißig Jahr alt. Beide vom selben Team. Heeshuis und Stam waren keine gute Erinnerung. Man machte sich seine Gedanken über die Ursache, wenn einer von ihnen so früh starb und noch mehr, wenn zwei aus demselben Team starben. Niemand sagte laut, was er dachte. Niemand hatte Beweise, und wer welche hatte, behielt es für sich. Immerhin war Herzversagen noch besser als Darmkrebs, an dem Pablo Torres gestorben war. Oder als Magenkrebs wie bei Charles Delecour und Leif Mortensen.

Wenn einer von ihnen an einer solchen Sorte Krebs gestorben war, wusste man, warum. Man sprach nicht darüber. Doch jeder wusste es. Jeder wusste es von der Angst, die ihn in seinem Unterbewusstsein stets begleitete. Und wenn wieder einmal jemand aus ihren Reihen oder einer von den Alten, deren Namen man noch kannte, an einer solchen oder ähnlichen Krankheit gestorben oder erkrankt war, hatten die Ärzte in sämtlichen Teams wieder eine Menge Gespräche zu führen. Falls sie gefragt wurden. Falls nicht Masseure und Pfleger den Job erledigten.

Einige starben und andere nicht. Stimmt nicht, korrigierte er sich. Sterben würden sie alle. Die Frage ist nur, wann und was man bis dahin aus seinem Leben gemacht hat. Seinem Großvater war der Tod zuletzt egal gewesen. Als er begriff, dass er kam, nahm er ihn wie etwas längst

Überfälliges. Ich habe nie gedacht, dass ich dreißig Jahre alt werden würde, sagte er immer, wenn er ihm davon erzählte, wie er als Pionier-Korporal der „Chausseurs Ardennais“ Kanalbrücken gesprengt, deutsche Panzer in Brand gesteckt hatte, mit aufgepflanztem Bajonett schreiend über die aufgerissene Erde gerannt war. Ich habe am Morgen nie gedacht, dass ich am Abend noch am Leben sein würde. Und dann überlebte er noch einen Krieg. Diesmal als Mitglied der Partisanenarmee, weil er zu alt für die regulären Truppen geworden war.

Wenn er später, als der Krieg längst zu Ende war, im Frühling hinter den beiden Ochsen wie vor fünfzig Jahren sein Stück Land pflügte, in der alten ramponierten Uniformjacke der „Chausseurs Ardennais“, die Mütze schief über das linke Ohr gezogen und Soldatenlieder sang, dann gab er das Bild eines Kämpfers ab, der auch in der Niederlage unbesiegt blieb, ganz einfach weil er niemals aufhören würde zu kämpfen.

Und dann klappte er plötzlich innerhalb weniger Wochen vollständig zusammen. Und niemand erntete mehr die Birnen hinter dem Haus, die dunkelgelb wurden und schließlich braun geworden unter dem Gesumm todgeweihter Wespen verfaulten und so wenig noch wie Birnen aussahen, wie sein Großvater am Ende sich selber glich.

Klein und krumm und graugesichtig lag er die letzten Wochen auf seinem Bett, wortlos gegen die Zimmerwände stierend, als wolle er aus ihren Mauern Erinnerungen saugen, mit denen er seinen verfallenen Körper wieder aufrichten könnte. Es war ein Verrat.

Als sie ihn an jenem herrlich leuchtenden Oktobermorgen begruben, hatte er einen Moment lang die Vision, dies sei ein Morgen auf irgendeinem der Schlachtfelder

Flanderns und nicht auf dem Kirchhof von Sint-Maria Lierde, denn ein solcher Tod hätte besser zu seinem Großvater gepasst als jenes hilflose, schwindsüchtige Verdämmern. Halb ohnmächtig vor Schmerz und Zorn stand er am Grab und murmelte, ich werd es rächen. Ohne zu wissen, was es zu rächen gab und an wem.

Einfach, weil sein Großvater so gestorben war. Dass er, der alles überlebt hatte und unerschütterlich geblieben war, am Ende so hatte werden müssen. Etwas passierte mit einem, und hinterher glich man sich selbst nicht mehr.

Der Wind hatte sich gelegt. Der Regen fiel nun beinahe senkrecht durch das Geäst der Pappeln. Es war stockdunkel geworden. Er wollte kein Licht im Zimmer. Wenn er sich konzentrierte, meinte er die einzelnen Regentropfen vor dem dunklen Hintergrund der Pappeln erkennen zu können. Es regnete nicht mehr so stark, doch es war ein Regen, der dauern würde. Er dachte an das morgige Rennen. Durch seine Gedanken fiel gleichmäßig rauschend der Regen zur Erde.

SONNTAG, 4. APRIL

6.05 Uhr, Hotel Brabant

Es war gerade sechs Uhr vorbei. In einer sanften Aufwärtskurve, wie sie typisch ist für an tiefe körperliche Erschöpfungszustände gewöhnte Menschen, glitt er aus dem Schlaf, in den schon das Geräusch des Regens und das Plank-Plank kleiner Hämmer eindrangen.

Er unterschied den hellen Klang von Hammerschlägen auf Sattelrohre und Radgestänge von dem stumpfen Schlaggeräusch, wenn die kleinen Hartgummiblöcke mit einem Hammerstiel zwischen die Bremszangen getrieben wurden. Dazwischen das Schlurren von Ketten, die über Zahnkränze liefen, das Klicken der Schaltungen. Gestern Abend hatten die Mechaniker der drei Teams, die im Hotel Brabant vor dem Rennen abgestiegen waren, die Rennmaschinen noch ins Hotel auf die Korridore gebracht. Im Laufe der Nacht sollte es bis auf vier Grad abkühlen. Schneeschauer waren angesagt.

Nach dem Frühstück kehrte er noch einmal aufs Zimmer zurück. Beine hochlegen wegen der Blutzirkulation und ruhen, Energie sammeln. Um neun Uhr ging es zum Einschreibe-Zeremoniell auf dem Rathausplatz, wo das Rennen gestartet wurde.

‚Er lag auf dem Bett, atmete tief aus dem Bauch heraus und entspannte sich. Er dachte nun nicht mehr an das

Rennen. So kurz vor dem Start machte es keinen Sinn, noch an das Rennen zu denken. In Kürze würden sämtliche Gedanken ungültig werden. Vom Bett aus verfolgte er die schrägen Bahnen der Regentropfen auf der Fensterscheibe.

Eine Regenböe trieb einen nasskalten Luftzug durch den Spalt des abgeklappten Fensters herein und traf auf sein Gesicht. Mit dem Wetter hatte er dieses Mal jedenfalls Glück. Ihm kam der Gedanke, dass ein einziges Mal Glück ein unabsehbares Maß an Pech leicht aufwiegen konnte.

Worauf es ankam, war durchhalten. Wenn man immer wieder Pech hatte, den Missgeschicken jedoch widerstand und nicht verzweifelte, machte einen das Pech mit der Zeit beinahe unabhängig vom Glück. Erfüllungen konnte man auch ohne Glück haben. Er liebte jede der dreizehn „Ronden", die er gefahren war und darin lag trotz des Pechs, das ihm mindestens zweimal den Sieg aus der Hand geschlagen hatte, auch ein Glück.

Zweimal hatte er in Meerbeke als Dritter auf dem Siegerpodest gestanden und musste den verfluchten Blumenstrauß schwenken. Er stellte sich vor, wie er heute Nachmittag ganz oben stehen würde. Plötzlich sah er zum ersten Mal konkret der Tatsache ins Gesicht, dass er Julie in ein paar Stunden wiedersehen würde. Auch gestern noch, als er mit Wim darüber gesprochen hatte, wie er sie von der Strecke mitnehmen könnte, war sie für ihn lediglich ein Punkt im Rennen gewesen.

Er sah ihr Gesicht schon vor sich, wenn er nach der Siegerzeremonie zu ihr kommen würde. Diesen Ausdruck einer ständigen Glücksbereitschaft auf ihrem Gesicht hatte er zuletzt einfach nicht mehr ertragen. Immer dieses glücklich sein wollen. Man brauchte das gar nicht.

Niemals war er außerhalb der Rennen mit so vielen Menschen zusammengetroffen wie in jenem Herbst, als er von der Lombardei Rundfahrt nach Paris zurückgekommen und die Saison zu Ende gewesen war. Bald hatte er, wenn sie abends zusammen ausgingen, das Gefühl, es wäre sie, die in Paris zu Hause war, und er wäre nur der Besucher, der herumgeschleppt wurde.

Eintönig rauschte der Regen im aufgewühlten Pappellaub. Genau das Wetter, wie er es sich für diesen Tag gewünscht hatte. Er brauchte keine Liebe, um seine Erfüllung zu finden. Julie würde das nie verstehen. Einmal hatte sie gesagt, dass ein Mensch ohne Liebe nicht glücklich sein könne. Er hatte nichts dazu gesagt, nur gedacht, für sich allein kann sie es nicht, und obwohl er es nicht wollte, war sie ein kleines Stück in seiner Achtung gesunken.

Heute Abend würde er sie also wiedersehen. Ihr leuchtendes Gesicht wie damals in Paris.

Es war ein sonniger Nachmittag, viel zu warm für Anfang November. Sie saßen in einem Café an der Avenue Mac Mahon. Die Kastanienbäume waren jetzt kahl und die tief stehende Sonne schien durch ihr Geäst Julie ins Gesicht.

Sie war im Kino gewesen und erzählte ihm den Film, aufgedreht und glücklich und noch ein bisschen durcheinander von dem, was sie gerade erlebt hatte. Was sie erzählte, war nur ein Rauschen im Spätnachmittagslicht, und ihr Gesicht war nicht im Einklang mit dem Bild, das er vor Augen hatte.

Über den Tisch hatte sie nach seiner Hand gegriffen. Er aber beobachtete, wie der Himmel sich veränderte, Äste und Zweige der Kastanie hervortraten, schwarz vor der gläsernen Dämmerung. Und dann ging ein eisenfarbenes Rot in der mächtigen Baumkrone auf.

Ihm gefiel die Zeit, wenn die Blätter abgefallen waren, die Himmel über den Alleen hart vom herannahenden Winter. Er liebte den Winter nicht, doch gefiel ihm, was der Winter ihm zeigte. Mit den Blättern ging der ganze falsche Rausch dahin, das Leben wurde elementar. Alles Überflüssige verschwand, und die Dinge zeigten sich so, wie sie waren. In dem kahlen Geäst der Bäume erblickte er niemals Tod oder Verzweiflung, sondern nur ein Gesetz, das rein und hart war, und das ihn mit dem Leben verband.

„Ach komm doch mit", sagte Julie. Und weil er noch bei dem Gesetz war, das er in den schwarzen Ästen der Kastanien und dem eisenfarbenen Rot gerade wiedererkannt hatte, sagte er abwesend ja.

Am nächsten Abend saßen sie im Gaumont Palast und sahen sich den Film an, in den Julie so gerne wollte, nachdem sie in der gestrigen Mittags-Matinee die Vorschau gesehen hatte. Julie lehnte sich an ihn. Wo sich ihre Körper berührten, spürte er etwas, das wund und spröde war. Es machte ihn nervös, und er musste sich beherrschen, um sie nicht von sich zu schieben. Seit fast drei Wochen hatte er nicht mehr auf dem Rad gesessen.

Nach der Vorstellung war Julie noch gefangen von dem Geschehen im Film. Er nannte sie eine Träumerin und zog sie auf, bis sie lachte. Sie nahm ihn an die Hand und rannte mit ihm ein Stück die Straße hinunter. Er rannte mit und lachte mit ihr, aber nur so halb. Denn halb machte er sich dabei über sich selber lustig, mit einer Spur von Missbilligung. Wie jung sie war.

Jung, zart, sanft in seinen Armen, eine Stunde später. Schmiegsam, als er über ihr lag, ihn in sich aufnehmend, nachgiebig, so dass seine Hände nicht den Widerstand fanden, den sie eigentlich wollten, sein harter, ruheloser, in seiner Ruhelosigkeit gänzlich unzärtlicher Körper ins Leere drängte. Und wie sich plötzlich die Gewichte verschoben. Übergangslos, sodass man nicht sagen konnte, sie verschoben sich. In dem Moment, da er es bemerkte, waren sie schon verschoben.

Er kannte sie nicht mehr. Als gäbe es zwei Julies. Eine des Tages und eine der Nacht. So gewaltsam er auch gegen diesen Riss ankämpfte, versuchte, die eine Julie mit der anderen wieder zusammenzuzwingen, es blieb eine verkehrte Wirklichkeit. Als ob nicht er ihr die Jungfräulichkeit genommen hätte, sondern sie ihm die seine und sie sie ihm jedes Mal aufs Neue nahm. Dass er, der sein Leben darauf ausgerichtet hatte, zu nehmen, selbst genommen wurde. Und er lag auf ihr wie in einer offenen Furche, sein nackter Körper weiß bis zu dem Rand seiner Rennhose, wo die glatt rasierte, von der Sonne kupferfarben gebräunte Haut seiner Beine begann. Lag auf ihr wie ein Wurm, der sich in die Erde hinein krümmte, um Schutz zu suchen vor dem unerträglichen Sonnenlicht.

Er wollte an etwas anderes denken. Er dachte jetzt an ein Lied. Es war sein Lieblingslied, obwohl ihm seine Herkunft und wofür es geschrieben war, egal war. Luc hatte es stets vor den großen Rennen, den schweren Bergetappen der Tour oder beim Giro nach dem Abendessen für sie gespielt. Und wenn sie noch so kaputt waren, der Tag noch so schlecht gelaufen war, Luc schaffte es mit seiner Harmonika, dass sie für eine Weile die ausgestandenen Schmerzen vergaßen und an die, die ihnen am nächsten Tag bevorstanden, nicht dachten. Und wenn sie anschließend in ihren Betten lagen, waren sie entspannt und gesprächig und konnten meistens gut schlafen.

Er sah Luc wieder vor sich mit seiner schwarzen Arbeitermütze, wie er nach dem gemeinsamen Abendessen über seine rote Harmonika gebeugt die Register rauschen ließ und sang. Sie saßen an dem noch nicht abgeräumten Tisch, und wenn das Lied kam, auf das sie warteten, standen sie von ihren Stühlen auf, reckten eine Faust in die Luft und sangen: „Völker höret die Signale, auf zum letzten Gefecht…“

Es war ein großartiges Lied. Wie Glocken im Sturm. Wenn sie alle um den Tisch herum standen und sangen, kam es vor, dass einer noch eine Gabel in seiner Faust hatte, ein anderer ein Stück Brot oder auch, dass einer noch seinen letzten Bissen beim Singen herunterschluckte. Es tat dem Lied keinen Abbruch. Sie waren keine Revolutionäre. Keine Kämpfer für die Versprechungen der großen Revolution. Sie waren Berufsrennfahrer für Fabrikrennställe und damit hatten sie das kapitalistische System ohne groß darüber nachzudenken als ihre natürliche Existenzbedingung akzeptiert. Das Lied sagte ihnen, dass sie kämpfen mussten, und wenn sie es sangen, waren sie bereit, den Kampf zu führen.

In den Regen hinaussehend summte Roger Vermeire das Lied, und wie jedes Mal überkam ihn dabei etwas, das schrecklich und großartig war. Das Machtgefühl einer schrankenlosen Verfügbarkeit über sich selbst.

10.45 Uhr, Geraardsbergen

Es war nicht schwierig für sie, die Muur zu finden, denn die Strecke war bereits für den Verkehr gesperrt. Weiter unten vor dem Marktplatz hatte sie sich zur Sicherheit noch einmal nach dem Weg erkundigt. Die Frau hatte auf die Kapelle gezeigt, deren Kuppel über den kahlen Bäumen der Anhöhe durch den Regen schimmerte. Sie war froh, dass sie den Regenschirm mitgenommen hatte.

Ein Lieferwagen mit klappernden Absperrgittern auf der offenen Ladefläche fuhr vorbei. Drei Männer unter Regenumhängen bemühten sich, die Gitter festzuhalten. Sie sah dem Wagen nach, wie er die abgesperrte Straße hinauffuhr. Ein Windstoß bauschte die Regenumhänge, sodass die Männer plötzlich doppelt so breit aussahen. Eine Regenböe fuhr unter ihren Schirm. Verdutzt sah sie auf die kahle Stange in ihren Händen, an deren Ende der übergeklappte Schirm wie ein großer plumper Vogel mit den Flügeln schlug. Ihr Gelächter über den komischen Anblick wurde augenblicklich vom herabrauschenden Regen übertönt. Schnell lief sie über die von Regenblasen übersäte Straße in ein Café.

Sie hatte Glück noch einen kleinen Tisch in einer Nische gegenüber dem Buffet zu erwischen. Weitere Leute, die Schutz vor dem Wolkenbruch suchten, strömten herein. Am Nebentisch ließen sich einige Männer nieder und begannen eine Diskussion über das Rennen. Sie hörte Rogers Namen. Beugte sich ein wenig zum Nachbartisch hinüber, um zu hören, was sie erzählten.

Die Männer schimpften auf die Rennleitung und den Bürgermeister von Geraardsbergen, weil sie an diesem Tag Autos über die Muur fahren ließen. Allerdings handelte es sich lediglich um die Materialwagen der einzelnen Teams mit ihren sportlichen Leitern, alle anderen mussten einen längeren Umweg fahren. Doch wenn sich die Autos zwischen die einzelnen Gruppen der Rennfahrer schöben, könnten sie das Rennen an der Muur irregulär machen. Außerdem sei es fast unmöglich, auf den glatten Steinen des Steilstücks mit seinen zwanzig Prozent das Gas richtig zu dosieren, sodass die Autos entweder zu schnell oder zu langsam führen und die Rennfahrer gefährdeten. Sie erzählten von einem Unglück, das sich am Koppenberg zugetragen hatte, als ein Begleitfahrzeug auf dem engen Pflasterstück über das Rad eines gestürzten Rennfahrers gefahren war. Das Problem war, dass die neu asphaltierte Klosterstraat, über die die Begleitkolonne üblicherweise umgeleitet wurde, seit zwei Tagen unpassierbar war. Eine alte unterirdische Gasleitung war explodiert.

Sie begannen Streckenalternativen für die Kolonne der Begleitfahrzeuge zu diskutieren, unter denen Julie sich nichts vorstellen konnte. Sie hörte nur noch halb hin. Bis sie wieder Rogers Namen aufschnappte. Jemand sagte, bei diesem Wetter gewänne nur Roger Vermeire. Sie musste wohl dazu gelächelt haben, denn der Kellner, der soeben an ihren Tisch trat, fragte, ob sie auch Roger Vermeire heute die Daumen halte. Sie sah auf und lächelte ihn an, obwohl sie gar nicht verstanden hatte, was er gesagt hatte. Es freute sie nur, angesprochen zu werden. Für einen Moment fühlte sie sich allen Menschen verbunden.

Er wird Augen machen, dachte sie. Jetzt bin ich auch reich. In Paris hatte sie noch ein Geschenk für ihn kaufen wollen, um ihn zu überraschen. Doch als es soweit war, stellte sie fest, dass sie keine Ahnung hatte, was ihm Freude machen würde.

Wahrscheinlich würde er immer noch annehmen, sie habe wenig Geld. Damals hatte sie ihn an einem Augusttag einmal zum Bahnhof gebracht, weil er sich eine Woche lang in den Vogesen auf die Weltmeisterschaft vorbereiten wollte. Auf dem Bahnhof fiel ihm ein, dass er ein Nachnahmepaket aus Brüssel erwartete, und da bekam er heraus, dass sie fast kein Geld mehr hatte. An Geld hatte sie nicht gedacht, als sie ihr Zuhause verließ. Er drückte ihr ein Bündel 100 Franc-Scheine in die Hand. Sie schämte sich und wollte sie nicht nehmen. Er lachte nur und sagte, Papier, Papier.

Später saß sie allein in einem Café neben dem Chatelet und beneidete die Kellnerinnen. In ihren kurzen schwarzen Röcken, schwarzen Strümpfen, mit einer weißen Schürze, unter der sie die Geldbörse trugen, kamen sie ihr ungeheuer pariserisch vor. Sie bewegten sich so selbstbewusst und elegant zwischen den Marmortischchen mit den Korbstühlen, Tresen und Kuchenbuffet, und es imponierte ihr, wie sie das Telefon an der Wand mit seiner grässlichen Klingel einfach ignorierten und es klingeln ließen, bis es von selbst wieder aufhörte.

Sie kam sich provinziell und unbeholfen vor. Wie sollte sie in dieser Stadt jemals leben können? Sie hatte nichts gelernt, außer auf dem Feld arbeiten und Tiere versorgen. Ihr Vater hatte oft versprochen, sie in die Bücher einzuweisen, damit sie eines Tages den Hof führen könne.

Doch am Ende machte er immer alles selbst. Sie sollte ja sowieso einen Radrennfahrer heiraten.

Ein Jahr später war sie selbst eine Kellnerin. Es gefiel ihr, mitten in der Stadt unter Leuten zu sein. In ihrer Pause konnte sie zu Fuß ins Samaritaine gehen und dort einkaufen oder in den Tuilerien spazieren gehen. Solche kunstvoll in symmetrischen Mustern angelegte Gärten hatte sie nicht einmal in Avignon gesehen.

An ihren freien Tagen spazierte sie über Wochenmärkte, Flohmärkte, kaufte Kleinigkeiten, blieb stehen, um mit Verkäuferinnen und Verkäufern zu schwatzen, und fühlte sich als Pariserin, umgeben von Gebäuden und Plätzen, die seit ihrer Kindheit Symbole ihrer Sehnsucht waren. So sollte ihr Leben bleiben, bis eines Tages Roger zurückkommen würde. Nur ihre Freundinnen Sylvie und Babette wussten, dass sie inzwischen genug Geld besaß, um ein eigenes Café aufzumachen.

Kellnerin zu sein, gefiel ihr viel besser. Wenn sie mit einem Tablett in der Hand zwischen den Tischreihen hindurch balancierte, hier gerufen, dort herbei gewunken wurde, Gäste begrüßte, die häufiger kamen, fühlte sie sich in ihrem engen schwarzen Rock, den schwarzen Strümpfen und der kleinen weißen Schürze im Mittelpunkt eines Lebens, das es nur in Paris gab.

Zwar war sie oft allein, jedoch selten einsam. In ruhiger Zuversicht wartete sie auf Roger. Eines Tages würde er aufhören Radrennen zu fahren, dann würde sein Leben neu anfangen. Mit ihr. Sie wusste es seit dem Augenblick, als sie am Straßenrand vor ihrem Hof seinen blutenden Kopf in ihren Schoß gezogen hatte.

Die Wahrheit dieses Augenblicks begleitete sie durch die Jahre. Manchmal allerdings, wenn sie müde und erschöpft war, wurde sie vor Verlassenheit zornig auf ihn.

Doch schließlich besänftigte sie ihren Zorn, indem sie daran dachte, was ihre Mutter ihr angetan hatte und was sie selbst ihrem Vater angetan hatte. Menschen waren wohl so. Und darum sprach es auch nicht gegen die Liebe.

Bei solchen Gedanken empfand sie, wie erwachsen sie geworden war. Sie war nicht mehr das kleine Mädchen von damals, als Luc ... Luc war keine gute Erinnerung. Sie wusste nicht, was aus ihm geworden war, bis ihr Renard erzählte, er lebe jetzt als Wandermusiker in Belgien. Zuerst hatte sie Renard gar nicht erkannt, als sie an jenem Vormittag im Olympia seine Bestellung aufnahm. Renard, hatte sie hinterher gedacht, Yves Renard, und auf einmal war die Radsportwelt wieder ganz nahe.

Nach einer halben Stunde hörte der Regen so plötzlich auf, wie er herabgestürzt war. Sie trat auf die Straße hinaus und setzte ihren Weg zur Muur fort. Überall standen Pfützen auf dem Pflaster. An den Straßenecken hatten sich gebogene Seen gebildet, in denen der Wind spitze Wellen aufrührte. An vielen Stellen gab es Risse in der asphaltierten Straße, an denen das Wasser entlanglief. Hinter einer Kirche mit eingerüstetem Turm machte die Straße einen Knick, dahinter begann das Kopfsteinpflaster. Weiter oben waren mit weißer Farbe das Wort MUUR und davor ein Richtungspfeil auf die Steine gepinselt. Männer in nassen Regenmänteln mit Kapuze stellten Absperrgitter auf, andere standen auf hohen Stehleitern und spannten Transparente mit Reklamen über die Straße.

Die Häuser rückten zusammen, die Straße wurde eng, knickte nach rechts ab – sie stand am Steilstück der Muur.

Die ersten Meter konnte sie noch über einen schmalen Fußweg mit eingelassenen Stufen hinaufsteigen. Dann trat sie auf das Pflaster. Ihre flachen Absätze rutschten über die Buckel der regennassen Granitblöcke. Wie hingeprügelt lag der Hohlweg unter den groben Steinen. Ein dämmriger Dunst hing über dem Pflaster, einer Ausdünstung gleich, die die Steine gewaltsam hervorgequält hatten. Niemals hatte sie ein solches Pflaster gesehen. Nicht einmal mit einem Pferdegespann würde sie hier hinauffahren, denn das wäre Tierquälerei. Ein eng geführter Fußweg führte am Hang entlang, der sich zu einem verwilderten Garten hinab senkte. Sie entdeckte das erste Steinkreuz des ehemaligen Kreuzwegs, verwittert und bemoost. Weiter oben, ein ganzes Stück über ihrem Scheitel, führte das Pflasterstück, Straße konnte man es unmöglich nennen, um einen Wall aus gemauerten Felssteinen scharf nach links.

Dort angelangt blieb sie stehen, sah zurück und zählte die Kreuzwegstationen, die sie bis zu dieser Stelle passiert hatte, damit sie sicher sein konnte, jene zu finden, die Roger in seinem Brief bezeichnet hatte. Das Meer roter und schwarzer Spitzdächer unter ihr reichte bis an den Fuß des Hohlwegs heran und verlor sich in der aufgewühlten tintigen Weite. Sie wusste nicht, dass sich an dieser Stätte große Rennen entschieden hatten und hin und wieder auch das Schicksal eines Rennfahrers.

Sie fand das Steinkreuz, an dem sie stehen sollte. Hier also würde sie ihn wiedersehen. Sie sah auf die Uhr. Schon halb Zwölf vorbei. Um zehn Uhr war das Rennen gestartet worden. Sint Niklaas hatte sie gestern auf einer Straßenkarte von Flandern gefunden, die in ihrem Hotel neben der Rezeption hing. Als sie sah, dass es nur fünfzig Kilometer von dem Ort entfernt war, an dem sie in dieser Nacht schlief, bekam ihr Wiedersehen unvermutet etwas Irreales.

Der Wall über der niedrigen Mauer aus Granitblöcken sah wie der Rest einer geschleiften Festung aus. Ihr Blick wanderte über das Pflaster den Weg weiter hinauf und wanderte wieder hinab. Als könnte sie nicht glauben, dass dies tatsächlich die Rennstrecke war. Doch sie war es, und sie dachte daran, dass er auf dieser Strecke jetzt unterwegs war. Dachte: Jetzt fährt er schon seit über einer Stunde genau auf mich zu.

Er hatte nichts davon geschrieben, was nach dem Rennen geschehen sollte. Wo sie hinkommen sollte, wo er sie abholen würde. Sie machte sich keine Sorgen. Wahrscheinlich würde einer der Mechaniker sie abholen. Sie dachte an den kleinen, grauköpfigen Willy int' Ven, der immer so nett zu ihr gewesen war. Wenn er mich kommen lässt, dachte sie, wird er schon für mich sorgen.

Hier würde sie ihn also wiedersehen, und abermals würde er mit dem Rennrad die Steigung heraufkommen, wie damals am Mont Ventoux. Sie erinnerte sich an jede Einzelheit. Morgens kurz nach fünf Uhr war sie von zu Hause losgegangen. Unten am Berg war die Luft kühl, getränkt von Tau und Moosen. Als sie drei Stunden später zwischen den letzten, an den nackten Fels geklammerten Zedern heraustrat, war sie geblendet von der Helligkeit. Vom wolkenlosen Himmel knallte die Sonne auf die Steinwüste des Gipfels. Eine phantastische Schutthalde aus verkarstetem Kalkgestein, deren Felsblöcke, Platten, Halden sich bis zum Himmel zu einem höllischen Kegel zusammengeschoben hatten. Von hier waren es noch fünf Kilometer bis zum Gipfel. Sie ging noch eine gute halbe Stunde weiter, dann suchte sie sich am Straßenrand einen schattigen Platz zwischen den Felsen. Sie war müde, die Sonne brannte. In dem Schatten eines hohen Felsblocks wollte sie ein wenig ausruhen. Auf einmal war sie eingeschlafen. Erst das klappernde Geräusch des Hubschraubers weckte sie. Von unten drangen Rufe und Pfiffe herauf. Die Rennfahrer kamen. Plötzlich stand ihr Coppis schreckliches Gesicht in dem Fernsehfilm wieder vor Augen. Starr lag das schmale Teerband der Straße zwischen den Steinen. Wie eine Schiene, die die Sonne in die Felsen geschmiedet hatte.

Zwei Rennfahrer kamen aus der Serpentine unterhalb von ihr und fuhren auf sie zu. Sie war enttäuscht, weil sie am Trikot sah, dass keiner von beiden Roger war. Langsam kamen sie im Wiegetritt über ihre Lenker gebeugt heran. Sie starrte in ihre von Sonnenbrand und Staub geschwärzten Gesichter. Gezeichnet von Schweißrinnen und dem archaischen Muster knochenweißer, in die Staubschicht gegrabener Falten. Runen einer uralten Schrift von den körperlichen Leiden der Menschen. Sie fuhren vorbei, lautlos bis auf das Knacken der Ketten auf den Zahnkränzen, das aus der furchtbaren Stille ihres Kampfes drang.

Die Straße vibrierte unter den vergehenden Sekunden. Die Zeit verging. Dann endlich kamen sie. Begleitet von Schreien, Applaus, Hörnergetute und dem ohrenbetäubenden Lärm des Hubschraubers direkt über ihnen. Sie nahmen die Kurve. Fuhren hinein in das gerade Straßenstück. Gekrümmte Gestalten, die auf sie zu fuhren. Vor dem Sonnenlicht verschwimmend, schienen sie in den Hitzeschleiern wie Gespenster zu schweben, deren Füße eine Handbreit über dem Boden in eine silbrige Leere stampften. Und da sah sie ihn.

In dem Film ihres Lebens lag dieser Augenblick nur eine Schnittstelle von der Gegenwart entfernt. Sie bedauerte, dass ihr Vater diesen Tag nicht mehr erleben konnte. Dann dachte sie an ihre Mutter, von der niemand je wieder gehört hatte. So etwas, was sie jetzt erlebte, musste sich ihre Mutter damals wohl gewünscht haben, als sie den Hof verlassen hatte und nach Paris gezogen war. Sie hatte ihr verziehen. Seit einigen Jahren unterschrieb sie sogar mit Julie I. Meurant; auch ihre Schecks. Das „I" ihres Mittelnamens stand für Isabelle, nach ihrer Mutter.

In Carpentras hatte sich nicht viel verändert. Charlotte schrieb ihr zweimal im Jahr, zum Geburtstag und zu Weihnachten. Die Gemeinde hatte ihren Hof an eine landwirtschaftliche Genossenschaft verkauft und dabei einen beträchtlichen Gewinn erzielt. Charlotte hatte geheiratet. Hatte zwei Kinder und lebte in Montelimar. Eines Tages würden Roger und sie ebenfalls Kinder haben.

Vorhin im Café hatte sie einen der Männer am Nebentisch sagen hören, je schlechter heute die Bedingungen seien, umso besser sei es für Roger, weil er als Rennfahrer Charakter habe. Vergeblich versuchte sie den Zusammenhang zwischen schlechtem Wetter und Charakter zu ergründen. Stumm und schrecklich stiegen die Pflastersteine den Hohlweg hinan. Wahrhaftig ein düsterer Ort, doch sie konnte sich noch nicht von ihm lösen. Als würfe sie hier einen Blick auf eine Seite von Rogers Charakter, die sie noch nicht kennengelernt hatte.

Sie wandte sich zu dem Kreuz um. Betete ein kurzes Mariengebet und trat dichter an den Stein heran. Es war die Kreuzwegstation „Grablegung Jesu". Unter der Moosschicht war noch zu erkennen, wie eine Frau in einem langen Gewand den toten Heiland in den Armen hielt.

Auf einmal sah sie ihn wieder am Straßenrand in ihrem Schoß liegen. Die Erinnerung kam so machtvoll, dass sie aufhörte, bloß Erinnerung zu sein, und Julie sah und fühlte sich nun selbst, wie sie damals am Bordstein gehockt hatte, über ihn gebeugt, dessen Nacken auf ihre Oberschenkel drückte. Sie spürte die Vibration in ihrer angespannten Muskulatur, sah sich ihm mit ihrem Kopftuch das Blut von der Stirn tupfen. Seine Stirn und die Augen lagen im grellen Sonnenlicht, auf dem Rest seines Gesichts lag ihr Schatten, und als ihre Haare herab und auf seine Wunde fielen, durchfuhr etwas ihren Körper wie ein Stich. Beinahe hätte sie seinen Kopf zu sich herauf gezogen.

Und dann war da noch etwas. Etwas, das über fast zehn Jahre in ihr lebendig geblieben war. In ihr ein unbeirrbares Vertrauen erschaffen, eine Gewissheit in ihr verankert hatte, die nicht auf einer klaren und formulierbaren Erkenntnis beruhte, sondern auf der unergründlichen, niemals ganz auszumessenden Frequenz eines Augenblicks, der die Seele berührt.

Es war jener Augenblick, der seinem zu einer Grimasse verzerrten Lächeln vorausgegangen war, mit dem er ihre gemurmelte Entschuldigung dafür quittierte, dass ihre Haare auf seine Wunde gefallen waren. Es mochte der Hauch einer Veränderung auf seinem Gesicht gewesen sein, verbunden mit einer kaum spürbaren Verstärkung des Gewichts von seinem Nacken auf ihren Beinen, ein winziger Druck seines Kopfs an ihrem Schoß, weil die Spannung, unter der sein Körper stand, einen Moment lang zusammenbrach. Irgendetwas davon oder alles zusammen ließ sie wissen, befördert von der über Tausende von Jahren vererbten Intuition des Weiblichen, dass er in diesem Moment in ihrem Schoß liegen bleiben wollte.

Eine kurze, schlagartige Erfahrung, deren Ursprung rein körperlich war, hatte sie sehend gemacht, so dass sie später durch das, was er tat und sagte, hindurchsah auf einen tiefer liegenden Grund. Zu tief für Erklärungen, jedenfalls für sie. Doch in den Nächten, in denen er sie liebte und sich von ihr lieben ließ, stieg dieser Grund an die Oberfläche der Realität empor, und für eine kurze Zeit verschmolz er mit ihr. Immer und immer wieder und hinterher jedes Mal aufs Neue scheinbar widerlegt durch das, was Roger sagte und tat. Sie konnte entscheiden, woran sie sich halten wollte. Sie entschied sich für das, was nur sie und niemand sonst von ihm erkennen konnte.

Obwohl bis zu jener ersten Nacht nach der Tour de France vor zehn Jahren ihre Mutter der einzige Mensch war, der sie je ausgezogen hatte, merkte sie sofort, dass er nicht gewohnt war, eine Frau auszuziehen. Er liebte so schroff, wie er oft redete, so ungelenk und unschmiegsam, wie in seinem Umgang mit Menschen, sie eingeschlossen. Liebte mit einer unsicheren Zärtlichkeit, unentschlossen, dann drängend und hart, wie um die eigene Unsicherheit zu überwinden und zu verdecken. Und wenn es zu Ende war, sagte er irgendetwas Dummes, das überhaupt nicht zu ihm passte und das er sonst niemals gesagt hätte. In allem war etwas Verlorenes, das sich nur im Bett offenbarte. Wenn er nichts davon wusste.

Sie trat von dem Kreuz zurück, sah den Hohlweg weiter hinauf. Morgen Abend waren sie vielleicht schon wieder in Paris. Sie freute sich auf das Viertel dort oben um den Etoile, auf den Anblick der Avenue Mac Mahon mit ihren Bäumen. Erinnerte sich an den Tag, als sie das erste Mal dorthin kam und an den Blick über Paris aus den Fenstern seiner Wohnung. Er bewohnte tatsächlich das ganze Dachgeschoß, obwohl nur zwei Zimmer richtig eingerichtet waren. Seine Wohnung würde sie wohl wieder herrichten müssen.

Im Juli wollte er bei seiner zehnten Tour de France noch einmal auf das Siegespodest fahren, möglichst in

Gelb. Renard hatte es ihr erzählt. Die Tour, davon war sie überzeugt, würde sein letztes Rennen sein. Es stand für sie fest, seit sie an jenem Mittwoch in Ruhe über seinen Brief nachgedacht hatte. Fest wie eine Tatsache stand für sie auch, dass es dieses Leben war, das ihn so hart und rücksichtslos gemacht hatte. Und wieder dachte sie, was sie seit jenem Vormittag so oft gedacht hatte: Wenn er will, dass ich jetzt hierher komme, dann wird er aufhören mit den Radrennen. Sonst würde er mich ja nicht kommen lassen.

Die Muur war an dieser Kreuzwegstation noch nicht zu Ende. Sie wollte so weit gehen, bis sie die Kapelle sehen konnte. Durch das Gezweig der Bäume trat der Schatten eines Gebäudes hervor. Als sie näherkam, erkannte sie, dass es ein Gasthaus war. Sie las das Schild über der Tür: T´ Hemelrijk. Sie lächelte dem Gasthaus zu und ging noch ein kleines Stück, bis sie auf der Höhe des Hügels die Kapelle erblickte. In der Zeit mit Roger hatte sie durch die Gespräche mit den anderen Rennfahrern und den Mechanikern etwas Flämisch gelernt, sodass sie den Namen des Gasthauses übersetzen konnte. Sie sagte ihn leise: Royaume des cieux. Himmelreich. Wie schön.

Einen Moment schwankte sie, ob sie hineingehen sollte. Doch sie war zu unruhig, außerdem war ihr nicht mehr kalt. Am Nachmittag könnte sie sich hier zwischendurch vielleicht kurz aufwärmen. Es sah nach noch mehr Regen und sogar nach Gewitter aus. An der Strecke im Wind würde ihr kalt werden. Sie erinnerte sich an die Menschenmassen, die damals die Passstraße am Mont Ventoux gesäumt hatten. Sie müsste wohl zeitig hier sein. Auf einmal schien ihr ganzes Lebensglück davon abzuhängen, dass sie sich rechtzeitig ihren Platz am Kreuz sicherte.

Vielleicht würden so viele Menschen an der Strecke stehen, dass sie zwischendurch gar nicht weg könnte. Auf jeden Fall wollte sie eine Thermoskanne mit Tee und etwas zu essen einpacken. Und den dicken Wollpullover würde sie anziehen, den sie vorsichtshalber mitgenommen hatte. Außerdem gefiel er ihm. Sie erinnerte sich an eine nette Bemerkung, die er einmal über ihren Pullover gemacht hatte. Aber nein, korrigierte sie sich augenblicklich, das war gar nicht Roger, das war ja Luc gewesen.

Plötzlich dachte sie mit großer Wärme an Luc. Es war damals nicht seine Schuld gewesen. In jenem Sommer war sie nur deshalb so oft wütend auf ihn, weil er völlig den Schwung verloren hatte. Das Leben mit ihm machte gar keinen Spaß mehr. Etwas Trostloses, Passives ging von ihm aus. Eine traurige, flaue Zärtlichkeit. Er war nicht mehr der Musiker, der sie mit seinem Harmonikaspiel bezaubert hatte. Im Bett war ihr manchmal danach, ihm seine Mutlosigkeit mit ihren Fingernägeln herunter zu kratzen wie eine welke Haut, sodass das rote Fleisch hervorkäme. Sie tat es nicht. Ihre Sehnsucht war längst woanders. Und er hat es gewusst, dachte sie jetzt, plötzlich lauschend, denn durch das Sausen des Windes im Geäst der Bäume drang Musik an ihr Ohr. Es hörte sich beinahe an wie von einer Harmonika.

Noch einmal sah sie zu der kleinen Kapelle auf der Bergkuppe hinauf. Dann machte sie kehrt und ging den Weg zurück, den sie gekommen war. Sie wünschte, Luc könnte wie damals wieder Rogers Freund sein. Wenn Luc dabei war, war Roger ganz anders. Freier. Freier und unbeschwerter. Etwas war dann von ihm abgefallen, und sie erlebte ihn so, wie nur sie wusste, dass er wirklich war.

10.45 Uhr, Oudenaarde

Luc Lejeune besaß die Sensibilität derer, die zuviel über Niederlagen wissen. Im Laufe der Jahre hatte ihn das zu Einsichten und einer Lebenshaltung gebracht, die ihm eine gewisse Souveränität über sein Leben gaben. Und dann hatte er noch seine Musik.

Dieses Haus in Oudenaarde hatte er sich gekauft, als er nach der Geschichte mit Julie aus Paris nach Flandern zurückgekehrt war. Zwei dekorative Giebel erhoben sich über der Fassade aus körnigen weißen Klinkersteinen, auf denen an dunklen Tagen ein Glanz lag, als wären sie aus Marmor. Der Eingang lag hinter einem kunstvoll geschmiedeten Eisengitter. Der Garten hinter dem Haus war voller alter Bäume. Allerdings war er mit den Jahren ein wenig verwildert. Luc Lejeune war einfach zu oft unterwegs. Und wenn er zu Hause war, dann nie für lange.

Er saß an seiner Louis Seize-Garnitur, die er aus Paris mitgebracht hatte, beim Frühstück und sah in den Regen hinaus. Schon gleich beim Aufstehen hatte er dieses leere Glück empfunden, wie es ihn jedes Jahr am Tag der Flandern Rundfahrt überkam. Normalerweise hatte er es erst abends, wenn er vom Hemelrijk den Oudenberg zum Marienkapellchen hinauf über die verlassene Rennstrecke ging. Über durchnässt am Boden liegende

Zeitungsseiten dahin schritt, gelbe Papierfähnchen mit dem flämischen Löwen. In den Büschen hing der Abfall des Tages und der ohnehin spärliche Rasen war wieder einmal von zahllosen Schuhsohlen, die über ihn hinweg getrampelt waren, für den Rest des Frühlings ruiniert.

Heute erwarteten ihn seine Eltern wieder zum Abendessen. Seit fast fünfzig Jahren lebten sie in einem kleinen, aus Felssteinen gemauerten Häuschen mit grauem Schindeldach in Moerbeke, auf der anderen Seite der Muur. Das gemeinsame Abendessen nach der Flandern Rundfahrt war Brauch geworden, nachdem er als Masseur des Stella-Teams fast nur noch zu den großen Rennen in Flandern war.

Es war erst kurz nach Acht. Er hatte noch Zeit. Er dachte an seinen dreiundsiebzig Jahre alten Vater, der seit dem frühen Morgen in Geraardsbergen auf der Rennstrecke war, um die letzten Absperrungen mit aufzubauen, Verkehrsinseln mit Strohballen zu sichern, Transparente zwischen Laternenpfählen über die Straße zu spannen. Vielleicht würde er ihn nachher noch im Hemelrijk antreffen. Meistens trank er dort noch ein Bier, sobald sie die letzten Gitter aufgestellt hatten, ehe er zum Mittagessen nach Hause ging. Gegen zwei Uhr, wenn das Rennen schon über die Hellingen führte, war er wieder im Hemelrijk zurück, um dort die Fernsehübertragung auf dem großen Bildschirm zu verfolgen. Er hatte dann seinen guten Anzug angezogen, den er nur an den großen Feiertagen trug und am Geburtstag seiner Frau.

Am Abend gegen sieben Uhr würde er zu ihnen gehen, wenn es im Hemelrijk wieder ruhig geworden war und nur jene dort noch ihr Bier tranken und das Rennen diskutierten, die am nächsten Tag nicht zur Arbeit mussten. Es war nur eine Viertelstunde zu Fuß, zur Kapelle hinauf und auf der anderen Seite den Hügel hinunter. Und wie an jedem Abend nach dem Rennen würde er, wenn sein Vater über das Rennen sprach, seine Enttäuschung heraushören, dass sein Sohn nicht der Rennfahrer geworden war, den er, als Luc noch ein Junge war, in ihm hatte sehen wollen.

„Aus deinem Jungen wird mal etwas", sagten damals seine Freunde aus dem Wielersclub. Frank Lejeune war stolz auf Luc, seinen einzigen Sohn. Er war selbst Rennen gefahren, als noch jede Kirmes in Flandern ihr eigenes Radrennen hatte, mit Start und Ziel vor dem Kirchenportal. Doch dann kam der Krieg und später konnte er von den Rennpreisen seine Familie nicht ernähren. Aber Luc sollte einmal ein Professional werden.

Bis er mit achtzehn Jahren von den Jugendfahrern zu den Amateuren wechselte, wurde Luc von seinem Vater trainiert. In den Wintermonaten ließ er ihn in dem Schuppen hinter ihrem Haus jeden Tag zwei Stunden auf der Rolle fahren. „Wenn du es schaffen willst, darfst du nichts dem Zufall überlassen", predigte er. „Du musst arbeiten, arbeiten, arbeiten. Die anderen arbeiten genauso, und die haben nicht weniger Talent als du." Jedes Mal fiel dann der unvermeidliche Satz von Briek Schotte. Der alte Briek, den sie wegen seines Kampfgeists und seiner Härte „den letzten Flandrien" nannten, hatte ihn nach einem Rennen einmal ausgesprochen und seither war dieser Satz für die Ewigkeit in Stein gemeißelt, beinahe wie ein Satz aus dem Alten Testament: „Der gewinnt, der am meisten leiden kann."

An den Wochenenden durfte Luc in seiner Rennfahrerkluft bei den Mahlzeiten am Tisch sitzen. Wenn am Sonntag für ihn ein Rennen anstand, schlief er in der Nacht vorher in seinem Rennfahrertrikot. Nur einmal gab es deswegen Ärger, obwohl sich die ganze Gemeinde über ihn halb tot gelacht hatte. In seinem Jahr als Messknabe traf eines Sonntagmorgens beim Gottesdienst die Sonne durch das Fenster im Seitenschiff in einem solchen Winkel auf Lucs weißes Messgewand, dass sein Trikot und seine Rennfahrerhosen darunter durchschienen.

Mit Zweiundzwanzig unterschrieb er einen Profivertrag bei einem belgischen Lokalrennstall, der es sich zur Aufgabe gemacht hatte, dem Profinachwuchs des Landes eine Arbeitsgelegenheit zu geben. Im folgenden Frühjahr wurde er bei der Flandern Rundfahrt in den Hellingen gnadenlos abgehängt und kam erst mit einer Viertelstunde Rückstand auf die Spitzengruppe ins Ziel. „Du hast dich durchgebissen, das zählt“, sagte sein Vater.

Doch als der Rennstall nach seiner zweiten Saison aufgelöst werden musste, weil den Sponsoren das Geld ausgegangen war, bekam er keinen neuen Vertrag bei einem anderen Profiteam. Bei den Profis sah man sehr schnell, ob einer das Zeug zu einem guten Rennfahrer hatte. Und Luc hatte es nicht.

Beim Großen Scheldepreis war er, um seinen Vertrag zu retten, mit einer entzündeten Patellasehne ins Rennen gegangen. Er hatte gelitten wie ein Hund. Frank Lejeune baute sich daraus seine eigene Wirklichkeit über die Radsportkarriere seines Sohnes auf. Lucs Patellasehne habe die Dauerbelastung nicht ausgehalten, und deshalb habe er nie so viel trainieren können wie nötig. Als er diese Geschichte herumerzählte, befand Luc sich bereits auf der Schule in Brügge, wo er zum Masseur und Physiotherapeuten ausgebildet wurde. Frank Lejeune hatte seine Enttäuschung nie ganz verwunden. Noch Jahre später, wenn Luc nach der Flandern Rundfahrt zum Abendessen nach Hause kam, fragte er ihn zuweilen: „Was macht dein Knie?“

Wenn sich Luc Lejeune an die lebenslange Enttäuschung erinnerte, die er seinem Vater bereitet hatte, erschien ein Ausdruck nachsichtiger Melancholie auf seinem Gesicht. Ein paar physiologische Defizite, und ein Lebenstraum löste sich in Nichts auf. Bei ihm waren es die Zusammensetzung seiner Muskelfasern und die für eine Radsportkarriere zu geringe Pumpleistung seines Herzens. Wenn das Entscheidende fehlte, konnte man es nicht kompensieren. In diesem Punkt war die Physiologie genauso gnadenlos wie die Liebe.

Einen Moment lang dachte er an die, an die er nicht mehr denken wollte.

Als er im Oktober vor acht Jahren Paris verlassen hatte, war es anfangs sehr schwierig gewesen. Noch lange Zeit lag er in den Nächten wach und dachte an Julie. An all die Dinge, die zwischen ihnen gut gewesen waren und passten, in denen sie sich verstanden, ihre Wünsche und Sehnsüchte sich trafen und gegenseitig bestätigten. Fast alles zwischen ihnen war so, wie man es sich wünschte. Bis auf die Tatsache, dass sie Roger liebte. Und auch nicht aufhören konnte oder wollte, ihn zu lieben.

Dann lag er in den Nächten mit einem Gefühl vollständiger Vereinsamung auf seinem Bett, geschüttelt von Komplexen gegenüber Roger. Roger Vermeire der große Rennfahrer. Roger der Millionär. Roger der Unbeugsame. Roger, der Sieger, der von ihr geliebt wurde. Doch seit einigen Jahren ging es ihm sehr gut. Alles, was in seinem Leben nicht geworden war, lag nun in seinem Harmonikaspiel. Er war jetzt ein viel besserer Harmonikaspieler als zu seiner Zeit bei Stella.

Vergangenen Dienstag hatte er im Wielersclub von Roselaere gespielt, am Freitag in Antwerpen. Am nächsten Dienstag war Klubabend in Brakel. An den Sonntagen der klassischen Rennen spielte er immer im Hemelrijk, ebenso bei den Mittwochsrennen Gent – Wevelgem und Fléche Wallone. Wenn Ende April mit Lüttich – Bastogne – Lüttich die Zeit der Eintagesrennen wieder einmal zu Ende ging und die großen Rundfahrten begannen, hatte er so viele Einladungen, dass er jeden zweiten Tag irgendwo spielen konnte.

Ihm gefielen die schlichten Supporter Cafés mit Rennfahrertrikots, getrockneten Siegerkränzen und Blumenbuketts an den Wänden, den Rennfahrerfotos, den in Holzrahmen aufgehängten Zeitungsausschnitten. In manchen Lokalen hingen Rennmaschinen ehemaliger Champions von der Decke herab. Es gefiel ihm, hier unter Leuten zu sein. Leute, die ihn geholt hatten und bezahlten. Wenn er den Walsen voor Dromers für sie spielte und alle sangen mit, empfand er jedes Mal, wie sehr er einer von ihnen war. Und weil er trotzdem nie ganz zu ihnen gehört hatte, spürte er es nur umso mehr. Dies war jetzt seine Ronde van Vlaanderen. Es war gut so. Man konnte viel länger Musiker sein als Radrennfahrer.

Er brachte das Kaffeegeschirr in die Küche und packte ein, was er seinen Eltern mitbringen wollte. Ein vergilbtes Rennfoto von Briek Schotte, das ihm ein alter Rennfahrer vorgestern in Antwerpen für seinen Vater mitgegeben hatte. Eine Tüte Gebäck für seine Mutter, das es nur in einer bestimmten Confiserie in Antwerpen gab.

Eine halbe Stunde später verschloss er die Haustür. Die Umhängetasche über der Schulter, in der anderen Hand den Harmonikakoffer, ging er zu seinem Auto. Es hatte zu regnen aufgehört. Doch im Westen zog bereits die nächste schwarzblaue Wetterfront am Himmel herauf. Mit einem Mal brach die Sonne zwischen den zerrissenen Wolken hervor. Für Sekunden erstrahlten Fahrbahn und Häuser in einem unwirklich leuchtenden Altgold. Dann war sie wieder verschwunden. Eine Windböe warf einen Eimer um und wehte ihn unter Geschepper auf die Straße. Als er in seinen alten 2CV einsteigen wollte, hatte er Mühe, gegen den Druck des Windes die Tür aufzuziehen.

Er setzte sich hinter das Steuer und schaltete die Scheinwerfer ein. Zehn Minuten später holte ihn in Brakel die Wetterfront ein. Die Wischerblätter bekamen das Wasser kaum von der Windschutzscheibe. Beinahe hätte er einen Transporter übersehen, der auf der Straße nach Sint-Maria-Lierde fuhr und Vorfahrt hatte.

Das T' Hemelrijk war bereits gut gefüllt, als er weitere zehn Minuten später dort eintraf. Um 11.30 Uhr sollte die Übertragung des Rennens im Fernsehen beginnen. Sie wussten schon aus dem Radio, dass der Start wegen eines Gewitters über Sint Niklaas um eine Viertelstunde auf 10.15 Uhr verschoben worden war.

Er begann zu spielen. Von den Tischen riefen sie ihm zu, was sie hören wollten. Den Kopf mit der schwarzen Arbeitermütze über sein Instrument gebeugt, sang er in die Chöre seiner Harmonika hinein. Es war sein Lieblingslied. Von dem Los harter Arbeit, von der Liebe, der Sehnsucht. In ihm fand er Dinge ausgedrückt, die in seinem Leben unverlierbar waren, und andere, die er niemals haben würde. Und er empfand, was allein Musik ihn empfinden ließ. Dass auch das unverlierbar sein konnte, was man niemals besessen hatte.

Noch einmal zog er die Harmonika zu einem rauschenden Akkord auseinander und presste sie wieder zusammen. Verbeugte sich, die Harmonika in einer innigen Umarmung vor der Brust, nach rechts und links und lachte ein beinahe scheues Lachen in den Applaus von den Tischen hinein.

„He, Luc“! riefen sie. „Setz dich einen Moment zu uns.“ Er ging von Tisch zu Tisch. Abgetragene Lederweste, offener Hemdkragen, rotes Halstuch. Blieb hier stehen, dort stehen, redete, lachte, bis er sich schließlich an einem großen, runden Tisch niederließ. Und da kam auch schon sein Bier.

Rudy Pauwels sagte: „Lasst doch mal hören, was Luc dazu meint.“ Und sie fragten ihn, was er von der Absicht der Veranstalter halte, den Koppenberg wegen seines fürchterlichen Pflasters künftig aus dem Streckenplan herauszunehmen. Ob auch er der Meinung sei, dass die Ronde damit ein Stück Identität verlöre. Die Meinungen flogen hin und her über den Tisch. „Sie wollen sie leichter machen, die Scheißer.“ – „Die Sponsoren wollen sie leichter haben.“ – „Das ist die Fürsorge des Kapitals für seine Arbeiter.“ – „Damit sie sie noch ein paar Jahre länger auspressen können.“ – „Alle drei Tage ein leichtes Rennen mit Fernsehübertragung.“ – „So hätten sie´ s gern.“ – „Warum nicht? Die Rennfahrer sind schließlich an der Kohle beteiligt.“ – „Und dem Radsport bleiben die Sponsoren erhalten.“ – „Die Arbeitsplätze.“ – „Nur der Charakter ist im Arsch.“ – „Der von den Rennen oder von den Fahrern?“ – „Alle beide.“ – „Charakter, Charakter. Die Ronde muss die Ronde bleiben. Nun sag du doch mal was, Luc.“

Luc Lejeune sagte, dass ihre Flandern Rundfahrt ihren Charakter behalten müsse, denn dieser Charakter sei durch das Land und seine Menschen entstanden und würde immer mit ihnen verbunden bleiben.

Sie wandten sich dem Rennen und seinen Favoriten zu. Belli, Broscart, Lualdi, Vermeulen ... Luc gab sein Urteil ab, schränkte jedoch die Bedeutung ein, weil er ja schon lange nicht mehr in der Radsportwelt lebe. „Aber Vermeire", sagte jemand. „Wenn einer Vermeire kennt, dann du." – „Das ist neun Jahre her", sagte Luc. „Für einen Rennfahrer wie Vermeire ist das nicht viel." – „Er wird älter", sagte Luc. – „Aber er ändert nicht seinen Charakter als Rennfahrer." – „Nein", sagte Luc. „das nicht." – „Was glaubst du denn, schafft er's, oder nicht?" – „Woher soll ich das wissen?"

Nun gingen sie Stärken und Schwächen Roger Vermeires durch. In einem Punkt herrschte Einigkeit. Bei diesem Wetter war Roger der Top Favorit, trotz seiner vierunddreißig Jahre und trotz der Infektion vor vier Wochen bei Paris – Nizza.

Dirk Hanegem war aufgestanden und sagte, Bierglas vor der Brust: „Ich setze auf Vermeire. Sein Sieg ist überfällig." Herausfordernd blickte er in die Runde. Jemand anderer Meinung? Sein Blick blieb an Luc hängen. Luc sagte nichts. „Wetten?", sagte Dirk Hanegem. „Ich wette nicht auf Menschen", sagte Luc.

Am Nebentisch stritten sie darüber, ob Jeff Vermeulen ein richtiger Flame sei. „Seine Großmutter ist Wallonin." – „Er ist in Brüssel geboren worden." – „Brüssel ist Flandern." – „Ja, halb." – „Und halb nicht. Also gar nicht." – „Außerdem ist er gar nicht in Brüssel geboren worden, sondern in Sint-Pieters Leeuw." – „Das ist doch Brüssel." – „Ist es nicht. Brabant" – „Die paar Kilometer." – Was heißt paar Kilometer. Es ist viel mehr. Die Grenze geht mitten durchs Land wie ein Graben." – „Ein paar Kilometer heißt, ein paar Kilometer tief, aber nicht weit." – „Ganz genau."

Die Diskussion über die flämische Identität von Jeff Vermeulen war auf andere Tische übergesprungen. Im vergangenen Jahr war er Vierter bei der Flandern Rundfahrt geworden, hatte die Belgien Rundfahrt und die Drei Tage von De Panne gewonnen. Er war erst dreiundzwanzig Jahre alt. Wie vor zehn Jahren Roger Vermeire, war er eine der großen Hoffnungen Flanderns.

„Was meinst du denn Luc?“ – „Ich meine, dass er ein sehr guter Rennfahrer ist“, antwortete Luc. – „Flame?“ – „So wie er fährt, ist er Flame.“

Henk Janssen zog sich einen Stuhl heran und setzte sich zu Luc. Er war halber Niederländer und hasste alles, was Französisch war. Im vergangenen Jahr war er der „Vlaamse Alliantie“ beigetreten.

„Luc, was ich dich schon lange mal fragen wollte …“, begann er und eröffnete ihm den Wunsch „einer ganzen Reihe von Leuten bei uns“, die ihn gerne in ihrer Verbindung sähen.

„Dich kennen sie überall“, sagte er. „Du kommst aus dem Radsport. Sie lieben es, wenn du Harmonika spielst. Und dann … Wie soll ich sagen? Du erreichst die Menschen, und das ist genau das, was wir brauchen. Das ist nicht nur meine Meinung.“

„Ach“, sagte Luc.

„Wir müssen die Flämische Sache weiter voran bringen“, sagte Janssen. „Und dafür haben wir zwei große Hebel. Unsere Kirche und unseren Radsport.“ Luc sah in sein Bierglas. „Noch ist Flandern arm“, sagte Janssen. „Aber das ändert sich. In zehn Jahren wird kein Flame mehr in Verviers in den Kohlegruben arbeiten. Und warum nicht? Nicht, weil er nicht will, sondern weil die Wallonen dann selbst dort arbeiten müssen. Das geht da eines Tages alles den Bach runter.“

„Sowieso“, sagte Luc. „Siehst du“, sagte Janssen. „Und wer weiß, was aus ihren Stahlwerken wird? Aber Landwirtschaft braucht man immer. Ich sage dir, eines Tages werden die noch ihr Brot aus flämischen Rüben backen.“

„Meine Welt ist hier.“ Mit einer Handbewegung wies Luc über die Köpfe der Leute an den Tischen. „Ja“, sagte Janssen, „in Flandern.“ Luc hob sein Glas und sang den Anfang eines patriotischen flämischen Trinklieds. „Ich mach Musik“, sagte er dann. „Das ist meine Welt. Nicht Politik. Ich mag die Musik aus der Politik nicht.“ Er leerte sein Glas.

„Überleg′s dir“, sagte Henk Janssen. „Wenn du mal im August mit nach Diksmuide kämst, würdest du das anders sehen.“ Eddy Schepers sagte: „Hör doch auf mit Diksmuide. Immer wieder dieselbe Geschichte von den dämlichen Flamen, die kein Französisch konnten und deshalb abgeschlachtet wurden.“ – „Wenn ihre wallonischen Offiziere nicht Französisch gesprochen hätten, hätten sie auch ihre Befehle verstanden“, erwiderte Janssen. Luc sagte, er verstünde schon, dass sie jedes Jahr nach Diksmuide gingen, ihm persönlich jedoch gefielen nur Schlachten, die auf dem Rennrad geschlagen würden.

Die Fernsehübertragung hatte begonnen. Die Kamera zeigte das Fahrerfeld von oben. Es war dicht zusammengedrängt, damit möglichst viele Schutz vor dem Wind fanden. Im Hemelrijk bewunderten sie den Piloten des Hubschraubers, der bei diesem Wetter so niedrig flog, dass das Rennen von dort oben gefilmt werden konnte.

Die Fahrer hatten noch keine fünfzig Kilometer zurückgelegt. Das Bild sprang um. Eine Gruppe von fünf Fahrern erschien. Oben rechts auf dem Bildschirm war „Kop van de Wedstrijd“ zu lesen. Die Spitzengruppe.

Die Fünf waren bereits kurz hinter Lokeren davon gefahren und hatten schon fast drei Minuten Vorsprung auf das Hauptfeld. Immer wieder sahen sie den Lappen auf dem Fernsehbild, mit dem der Kameramann auf dem Rücksitz des Motorrads Regentropfen von der Kameralinse wischte. Roger Vermeire befand sich mit allen anderen Favoriten hinten im großen Feld. Nach allgemeiner Auffassung im Gastraum handelte es sich bei den fünf Ausreißern um Wahnsinnige. Mehr als zweihundert Kilometer lagen noch vor ihnen, und das Wetter würde nicht besser werden. Die konnten nur wahnsinnig sein.

Das Fernsehbild bekam plötzlich Streifen, verzerrte sich, schwankte – auf einmal war es weg. Nur noch ein graues Rauschen. Kurz darauf erschien zu einem anhaltenden Pfeifton das Symbol des belgischen Fernsehens, und als das Bild wieder da war, zeigte es eine junge Frau in einem Studio, die den Ausfall der Bildleitung mit dem schlechten Wetter entschuldigte.

Viele Gäste nutzten die Unterbrechung, um etwas zu essen zu bestellen, und als Hanne, die Frau des Wirts, aus der Küche in den Schankraum kam, zischte hinter ihr unter Geklapper von Geschirr eine weiße Dampfsäule in den Schankraum herein. Luc spielte zur Überbrückung Harmonika. Er spielte und für eine kurze Zeit trat sogar das Rennen in den Hintergrund. Die beiden für diesen Tag zusätzlich engagierten Hilfskellnerinnen schleppten Tabletts mit vollen Biergläsern vom Schanktisch, wo der Wirt ununterbrochen zapfte. Sylvie hieß die eine, die ihm gefiel.

Luc war in ein Gefühl versunken, das in melancholischen Erinnerungen wurzelte. Doch das Gefühl reichte über Ort und Augenblick hinaus in die Zukunft hinein. Fand dort naturgemäß keinen Halt und kehrte zu ihm zurück, um Ort und Augenblick in einer unbestimmten Schwebe des Glücks zu halten.

Unter den Klängen der Harmonika schien etwas Verheißungsvolles ganz nahe zu sein. Beinahe greifbar wie die Atmosphäre über den Tischen aus Zigarettenrauch, dampfenden Tellern, Besteckgeklirr, Unterhaltungen, in der Köpfe und Gesichter sich wie hinter einem Wellenschleier sacht bewegten.

Sein Blick wanderte darüber hin durch den Raum. Erreichte eines der Fenster, aus denen man auf das letzte Stück der Muur blickte. Eine Frauengestalt ging über die Strecke Richtung Hügelkuppe. Er sah sie von hinten. Ihr Gang und ihre Haltung, als sie am Straßenrand stehen blieb und zur Kapelle hinaufsah, erinnerten ihn plötzlich heftig an Julie.

Er beugte sich über seine Harmonika, konzentrierte sich auf die Melodie, veränderte, einer Eingebung folgend, den Akkord um eine Winzigkeit, indem er ihn ein wenig länger hielt, ihn nachklingen und in den nächsten hineinklingen ließ, wie um zu bewahren, was sich doch schon aufgelöst hatte.

Die Melodie lief jetzt von ihm fort, ihn einer Verlassenheit überlassend, die er augenblicklich wiedererkannte. Wie einen Geschmack, der unauflöslich mit einer bestimmten Lebensphase verbunden ist, sie überdauert und sie auf diese Weise nicht nur bewahrt, sondern sofort wieder in längst vergessenen Einzelheiten erstehen lässt. Er war allein und er hatte Harmonika gespielt. Aber wo, für wen? Da fiel ihm ein, dass es in seiner Praxis an der Porte Clignancourt gewesen war. Der Sommer ging zu Ende. Es war der Tag, an dem er sich eingestand, dass alles zum Teufel ging.

Er hatte in einem Bistro zu Mittag gegessen, an einem Tisch vor dem Restaurant unter einem grünen Baldachin mit einer Perrier-Reklame. Es war einer dieser Sommertage, an denen man vor lauter Lebensfreude am liebsten überhaupt nichts denken möchte. Oder die so unerbittlich und ausschließlich die eigene Einsamkeit beleuchten, wenn man unglücklich ist.

Es war früher Nachmittag. Fast noch Mittag. Jedenfalls noch keine drei Uhr. Am Vormittag war so viel Betrieb in der Praxis gewesen, dass es für ihn und seine Assistentin alleine beinahe zu viel war. Für den Nachmittag gab es keine festen Termine.

Julie kam nicht mehr in die Praxis. Anfang Juni hatte sie eine Stellung als Kellnerin angetreten. Von dem Tag an war in seiner „Praxis für Massage und Physiotherapie“ im Erdgeschoß eines Geschäftshauses nahe der Porte Clignancourt nichts mehr so, wie es sein sollte. Allerdings war es auch vorher, als er die Praxis Anfang April endlich eröffnet hatte, nicht so gewesen. Doch da glaubte er noch, dass es bald so sein würde, wie sie es sich bereits im Zug ausgemalt hatten, Julie und er. In einer überhitzten Vorfreude auf ein neues Leben, als der Nachtexpress von Nizza in den anbrechenden Februarmorgen hineinfuhr, keine Stunde mehr von Paris entfernt, und der Schock des vergangenen Tags in Antibes hinter ihnen lag. Eine ganze Nacht hinter ihnen und, wie er dachte, schon so weit entfernt, wie ihre gemeinsamen Pläne in die Zukunft reichten: Eine Massagepraxis mit Physiotherapie. Julie wollte sich zur Physiotherapeutin ausbilden lassen. Das lag alles so klar, so frappierend erreichbar vor ihnen. Doch als der Sommer zu Ende ging, musste er sich eingestehen, dass die Praxis, so wie sie sein sollte, nur existiert hatte, als es sie noch gar nicht gab.

Er erhob sich von seinem Platz hinter der Rezeption und ging durch die Behandlungszimmer. Mit weißem Leinen überzogene Pritschen, Sprossenwände, Medizinbälle, Gymnastikbälle, Sprungmatten. Der Schwingfußboden aus hellem Parkett war sein ganzer Stolz. Er setzte sich auf einen der großen, bunten Gymnastikbälle und betrachtete das Praxismaterial. Es war nicht so, dass er Julie nicht verstehen konnte. Sie wollte unter Menschen sein, wollte Leben, Betrieb. Durch Roger hatte sie im vergangenen Herbst und Winter gerade erst begonnen, das Leben zu entdecken. Ende Mai war sie mit der Neuigkeit gekommen: „Ich werde Kellnerin in einem Bistro-Restaurant am Chatelet." Schön, hatte er gesagt. Sonst nichts. Keine Einwände, keine Vorwürfe. Kein „aber du wolltest doch mit mir zusammen ..." Nichts dergleichen. Er hatte es schon aus der Hand gegeben. Falls man etwas aus der Hand geben konnte, das sich niemals darin befunden hatte.

Am Anfang hatte er die Eröffnung der Praxis bei allen möglichen, in Paris ansässigen Sportverbänden und Klubs bekannt gegeben. Und auch, wer er war, Luc Lejeune, ehemals Chefmasseur und Physiotherapeut des belgischen Profirennstalls Stella. Seine geheime Hoffnung waren die Fußballprofis vom Club Paris St. Germain. Er hatte geglaubt, die Leute kämen von selbst. Doch sie kamen nicht. Paris war nicht Brüssel oder Antwerpen. Patienten kamen zwar, doch sie strömten nicht. Die meisten waren Sportler, seltsamerweise einige Jockeys vom Rennclub in Auteuil. Eine benachbarte orthopädische Arztpraxis überwies regelmäßig Patienten. Seine Praxis trug sich, das schon, doch ein glanzvolles Leben war das nicht. Es blieb weit hinter dem zurück, was er Julie bieten wollte.

Julie hatte schon bald ihr Interesse verloren. Fröhlich erlebte er sie nur, wenn sie etwas unternahmen, ins Kino gingen, ausgingen, Konzerte besuchten. Sie liebte Musik. Immer wieder staunte er über ihr intuitives Musikverständnis. Zu Hause hörte sie ihm lange zu, wenn er Harmonika spielte. Durch Julie war er in jenen ersten Wochen in Paris tatsächlich der Musiker, der wegen des Radsports nicht aus ihm geworden war.

Dann kam die Zeit, in der sie abends meistens früh müde wurde. Sie war dann wie ein unwilliges Kind, das sich nicht mehr konzentrieren konnte. Und niemals wollte sie Pläne machen. Pläne, Pläne, sagte sie, wenn er ihr ausmalte, was eines Tages aus der Praxis werden würde, wie Spitzensportler zu ihnen kämen, Leichtathleten, Schwimmer, Fechter, Turner, und zwar nicht nur aus Paris. Und dass sie, wenn erst einmal alles richtig liefe, Ferien machen und hinfahren könnten, wo immer sie wollten.

Anfangs hatte sie sich noch darüber amüsiert, wenn er erklärte, sobald die Fußballprofis vom Club Paris St. Germain sie entdeckt hätten, würden sie jede Woche zweimal kommen, nur um sich von ihr massieren zu lassen. Lachend hatte sie ihm mit dem Finger gedroht, wenn er einen zweideutigen Witz daran anschloss. Doch als die Praxis schließlich lief, es Mai geworden war und das Wetter immer schöner, wollte sie es nicht mehr hören, und die Geschichte mit ihren Fußballprofis war bloß noch ein matter Witz.

Im Sommer machte sie im Bistro oft Überstunden. Nicht ein einziges Mal sahen sie sich zusammen eine Übertragung der Tour de France an. Sie stritten sich, weil sie ihm nicht erzählt hatte, dass sie im Olympia Schichtdienst hatte. Aber die Abendschichten seien doch die interessantesten, erklärte sie, wenn er sich darüber beklagte, dass sie sich immer seltener sähen. Das war die Zeit, als er seine Harmonika mit in die Praxis nahm. Wenn Julie wieder einmal Spätschicht hatte, blieb er meistens dort, holte die Harmonika hervor und spielte, bis er schließlich nach Hause ging. Der Gymnastikraum hatte eine ausgezeichnete Akustik.

Kam sie spät von ihrer Schicht nach Hause, schliefen sie zwar noch miteinander, doch was er dabei von ihr empfing, war lediglich das Echo seiner eigenen mutlos gewordenen Zärtlichkeit. Er fühlte sich wie ein mittelalter Mann, der seinen Instinkten nicht mehr vertraute und nur noch Angst hatte zu verlieren, weil es nichts mehr zu gewinnen gab.

Die Fußballstars würden vielleicht tatsächlich eines Tages in seiner Praxis ein und aus gehen. Das war sogar sehr gut möglich. Er wusste, was er als Masseur wert war. Es würde sich schon herumsprechen, wie es sich im Radsport herumgesprochen hatte. Die Spanier von Agua d´ Oro hatten ihm damals für eine Position als Cheftherapeut ihres Profiteams ein kleines Vermögen geboten. Doch er war Flame, er blieb bei Stella.

Er sah sich in seinem Gymnastikraum um. Es war eine wirklich gut eingerichtete Praxis. Mit Befriedigung dachte er daran, wie viel Geld sie gekostet hatte, und dass er dieses Geld gehabt hatte, weil er ein hoch bezahlter Masseur war. Er brauchte bloß zwei Jahre durchzuhalten und die Praxis würde dort hinkommen, wo sie sein sollte.

Für den Nachmittag waren keine Patienten bestellt. Er ging in sein Büro, holte die Harmonika hervor und begann zu spielen. Unterbrach sein Spiel und sah über den Rand der Harmonika mit leerem Blick aus dem Fenster auf die im Sommerlicht liegende Straße hinaus, wo das Leben vorbei pulste. Mit einem Ruck stellte er die Harmonika ab, ging nach vorn zur Rezeption, nahm das Schild, das an der Seite an einem Haken hing, und hängte es an die Praxistür: Fermé

Erst an der veränderten Atmosphäre im Saal, einer Spannung, von der Stille über den Tischen, einer Zugewandtheit, die ihn von dort erreichte, bemerkte Luc, dass er den Walsen voor Dromers spielte. „Singen", riefen sie. Und er begann zu singen. Dies war seine Welt. Dies war sein Leben geworden. Das hatte er am Ende gewonnen. Er wäre sonst niemals Musiker geworden. Musik ist etwas für Franzosen, hatte sein Vater gesagt, als Dr. van Vliet, sein Musiklehrer, ihm von der Begabung seines Sohnes erzählte.

Wenn er Harmonika spielte, klang sein ganzes Leben darin auf. Was gewesen war und sich erfüllt hatte, klang zusammen mit allem, was sich nicht erfüllt hatte und nicht geworden war. Nicht in schneidenden Dissonanzen, sondern in der Spannung, wie sie zwischen einem Thema in Dur und seiner Durchführung in der parallelen Molltonart bestand.

Mal löste sich die Musik vom Gewesenen ab, mal holte sie es zurück. Es war kein Prozess, den er zu steuern vermochte. Es geschah. Und weil es ohne sein Zutun geschah, bekam es eine große Wahrhaftigkeit. Auch jetzt, als er den „Walsen" spielte und die Zeit bei Stella mit Roger zu ihm zurückkehrte.

Das Klirren der Räder auf schlecht gepflasterten Straßen, die panischen Fanfaren der Materialwagen, wenn sie sich durch die Kolonne der Begleitfahrzeuge an das Feld heranarbeiteten, um ihren Fahrer nach einem Sturz oder

Defekt zu versorgen. Das Geknatter der Motorräder mit Kameramännern und Fotografen auf dem Soziussitz, die Sirenen der vorweg fahrenden Polizei. Die erregte Stimme im Rennfunk-Radio: Stella. Materialwagen Stella vorziehen. Stella...! Oder: Nummer 74 Defekt, Nummer 74 ... Die Erregung im Wagen, wenn das Rennradio meldete: Fahrer 51 hat sich abgesetzt. Und wenig später: Eine Verfolgergruppe von sechs Fahrern: 112, 34, 7, 143, 95, 68. Das schreiende Spalier an den Passstraßen im Hochgebirge, das sich erst kurz vor den Rennfahrern zu einem schmalen Durchlass öffnete. Die Stille zwischen den Schneehängen, über die sich gezackte Felsgrate erhoben und zum Abbild der wilden, stummen Einsamkeit wurden, in der hier die Besten ihren Kampf austrugen. Das Geräusch der Reifen auf regenüberströmten Straßen und wie das hoch gewirbelte Wasser und der Dreck den nachfolgenden Fahrern an Beine, Trikots und in die Gesichter spritzte.

All das erschien ihm jetzt wie eine rückwärtsgewandte Vision. Er hatte es erlebt, doch niemals selbst erreicht. Er hatte es hinter sich gelassen, doch niemals vergessen. Und als er nun den „Walsen“ spielte und die verschwundene Frauengestalt von eben wieder vor Augen hatte, fühlte er sich wie zurückgeboren in ein unvollendetes Leben.

12.20 Uhr, Kilometer 68

Der Regen perlte von den geölten Rädern und rann die von Massageöl glänzenden Beine hinab. Nach dem Gewitter hatte sich die Luft auf fünf Grad abgekühlt. Doch das tief einmassierte dickflüssige Gemisch aus Kampfer, Menthol, Salicyl- und Benzol-Verbindungen speicherte die Wärme in der Muskulatur.

Manche Fahrer trugen wegen der Kälte bis knapp über die Knie reichende lange Hosen und alle hatten Regenjacken übergezogen, die später von den Helfern der Spitzenfahrer zum Mannschaftswagen zurückgebracht würden. Roger Vermeire fuhr von Anfang an im ersten Drittel des Felds, van der Waele immer an seiner Seite. Er registrierte, dass sich auch Lualdi, Niedstam, Broscard, Belli, Vermeulen schon so früh ausschließlich im vorderen Drittel aufhielten. Die würden ihn heute keinen Augenblick aus den Augen lassen. Er hatte ein schlechtes Gefühl. Dies war genau die Konstellation für Außenseiter. Sämtliche Favoriten achteten nur auf den einen, von dem jeder wusste, dass er etwas unternehmen würde. Und während sie ihn belauerten, packte irgendein junger, hungriger Fahrer, der genug Mut hatte, die Chance, fuhr aus dem Feld heraus und auf Biegen oder Brechen davon.

Die Fünf, die sich gleich hinter Lokeren abgesetzt hatten, machten ihm keine Sorgen. Eine Fünfergruppe hatte keine Chance gegen das große Feld, schon gar nicht bei diesem Wetter.

Die ganze Zeit hatten sie den Wind genau auf der Nase. Das Tempo war nicht hoch. Niemand hatte Interesse daran, sich bei diesem Wind frühzeitig aufzuarbeiten. Das Stella-Team hatte Wauters und Catieu in der Reihe der Fahrer, die vorne im Wind die Ablösungen mitfuhren. Sie würden schon dafür sorgen, dass das Tempo nicht zu weit absackte. Selbst wenn die Fünfergruppe am Molenberg zehn Minuten haben sollte, musste er sich noch keine Gedanken machen.

Vermeire sah über die gestaffelten Reihen der Rennfahrer hin, um Vermeulen zu entdecken. Er fuhr eine Reihe hinter ihm, auf der rechten Straßenseite, neben Broscard. Niedstam und Belli hatten sich zwei Reihen vor ihm seitlich versetzt platziert, sodass sie nicht von einem Angriff überrumpelt werden konnten. Doch wo war Lualdi? Er sah ihn nicht. Lualdi hatte im vergangenen Jahr bei strömendem Regen die Lombardei Rundfahrt gewonnen. Der war zwar Italiener, aber er war auch ein Schlechtwetterfahrer und kam gut über das Kopfsteinpflaster.

Lualdi war nirgendwo zu erblicken. Er fuhr etwas dichter an van der Waele heran, der gleichmütig, aber wachsam die ganze Zeit an seiner linken Flanke fuhr und fragte ihn, ob er Lualdi gesehen habe. Grinsend wies van der Waele mit einer Kopfbewegung nach hinten, und da sah er ihn auch. Direkt an seinem Hinterrad.

Nun fuhren sie am Ufer der Schelde entlang. Auf ihrer rechten Seite unter den Regenwolken lag Gent. Sie sahen es nicht. Die Alleebäume standen im zarten Grün. Im

Regen wirkte das Grün beinahe durchsichtig. Die Tropfen wurden dicker. Das Grün der Bäume wurde blasser und der Regen kälter und das Grün so blass, dass es sich im Dunst auflöste. Zuerst war es nur eine feinkörnige Wolke, die über die graugrüne Oberfläche des Wassers trieb. Und dann war es Schnee.

Der Fluss verschwamm in einer hellkörnigen Dämmerung. Die Fahrt des Felds verlangsamte sich. Henk Niedstam wischte mit der ledernen Innenseite seines Handschuhs über die Brillengläser. Er trug eine Brille mit Spezialgläsern, die bei Temperaturunterschieden zwischen ihrer Außen- und Innenseite nicht beschlugen. Bei Schneekristallen wirkte es offensichtlich nicht.

Es war nur eine kleine Schneefront. Bald war die Luft wieder klar. Die Sonne kam durch. Triefend und schwarz lag das Land vor ihnen. Vermeire bedauerte, dass sie nicht schon hundert Kilometer weiter waren. Das Schneegestöber wäre ein perfekter Moment für eine Attacke gewesen.

Ferdi Roesen kam an seine Seite. „Jetzt wird es schön", sagte er. „Nicht für lange", antwortete Vermeire. „Mir egal", erwiderte Roesen und fragte, ob es bei dem Plan bleiben und er hinter Waregem attackieren sollte. „Wieso nicht?" fragte Vermeire. „Wegen der Fünf da vorne." – „Die sind mir egal." – „Mir auch", erwiderte Roesen, „aber sie sind vor mir, und das war nicht vorgesehen." Vermeire sagte: „Schick Reensenbrink nach hinten. Der soll Wim fragen. Dann kann er gleich ein paar Trinkflaschen und Energieriegel mitbringen."

Kurz darauf ließ sich Jaap Reensenbrink hinter das Ende des Felds zurückfallen, fuhr dicht am Straßenrand, um die Materialwagen vorbei zu lassen, bis der Wagen von Stella neben ihm auftauchte. Verstappen hatte bei der Auslosung der Wagenkolonne die Nummer Vierzehn von dreiundzwanzig gezogen. Sie hatten schon bessere Positionen gelost.

Reensenbrink brachte Verstappens Order nach vorn, gab die Getränke und Energieriegel weiter und sammelte die Regenjacken ein, um sie zum Materialwagen zurückzubringen. Roesen fuhr an die Seite von Vermeire.

„Wim sagt, früher angreifen. Damit ich die Fünf noch vor den Hellingen schnappe.“ – „Wann?“ fragte Vermeire. „Möglichst früh. Nicht vor Izegem.“ – „Gut. Dann gleich dahinter.“ – „Gratuliere“, sagte van der Waele, von Rogers anderer Seite zu Roesen. „Zwanzig Kilometer mehr im Wind.“ – „Leck mich.“

Die Sonne war wieder hinter den Wolken verschwunden. Der Wind wehte über die nässedunklen Felder. Obwohl es schon Mittag war, hatte sich die Luft kaum erwärmt. Das wellige Land verlor sich in einer horizontlosen Weite. Um 12.34 Uhr rollte das Hauptfeld mit vier Minuten Rückstand auf die langsamste Marschtabelle durch den Ort Izegem. Der Motorradfahrer, der die Abstände zwischen den einzelnen Gruppen maß, kam von der Spitzengruppe zurück. Der Mann auf dem Soziussitz hielt den Fahrern eine Schiefertafel hin, auf der er mit großen Ziffern den Abstand zur Spitze notiert hatte. Die Fünfergruppe hatte jetzt 4:38 Minuten Vorsprung.

Vermeire dachte an die Verpflegungskontrolle hinter Harelbeke bei Kilometer 88. Wenn das Feld in die Zone kam, wo die Helfer der Teams mit den Verpflegungsbeuteln am Straßenrand standen, wurde die Fahrt langsamer. Trotzdem gab es immer wieder Stürze, wenn sie im Vorbeifahren die Verpflegungsbeutel von den ihnen entgegengestreckten Händen zogen. „Fahr los“, sagte er zu Roesen. „Wann?“ – „Sofort.“

Roesen manövrierte an die rechte Außenseite des Fahrerfeldes, weit zum Straßenrand hinüber, wo er niemanden vor sich hatte. Schräg vor ihm auf der anderen Straßenseite waren die Fahrer auf der Windkante aufgereiht, die sich bei der Tempoarbeit an der Spitze des Feldes ablösten. Roesen wartete bis die beiden Stella-Fahrer Wauters und Catieu an der Spitze hintereinander fuhren.

Ein Lucky Jeux-Mann im grünen Trikot scherte vorne aus dem Wind, Wauters übernahm die Spitze. Roesen schaltete auf den zweitkleinsten Zahnkranz und nahm Fühlung mit dem erhöhten Widerstand von der größeren Übersetzung auf. Ein Druck baute sich in seinem Körper auf, eine Kraft, die sich in ihm aufzog wie eine Feder. Sich aufzog und entlud, genau in dem Moment, da Wauters aus der Führung nach rechts ausscherte und kurz einen Meter Straßenbreite blockierte.

Am äußersten rechten Straßenrand fahrend, katapultierte er sich aus dem Feld heraus. Der Gegenwind packte ihn wie eine Zange, die sich sofort hinter ihm wieder schloss, sodass ein nachfolgender Fahrer ebenfalls erst durch den Druck des Gegenwinds fahren musste, ehe er in Roesens Windschatten gelangte. Der Bordstein sauste an seinem Vorderrad entlang.

Fünf, acht, zehn, fünfzehn Sekunden nichts als das schmale, unter seinem Rad wegsausende Segment Straße. Tief über den Lenker gebeugt, warf er endlich unter seiner linken Achsel einen Blick zurück. Und da waren sie. An seinem Hinterrad.

Für einen Augenblick war Roesen durch seinen Antritt vom Feld weg gekommen. Doch schon im nächsten Augenblick floss ihm das Fahrerfeld nach. In einer amöbenhaften Verformung, als wäre Roesen kein selbstständiges Wesen, das sich aus eigener Kraft von dem Organismus, dem es angehörte, ablösen konnte, sondern wäre nur ein, von einer zufälligen Strömung beschleunigtes Teil, dem der auf seine Ganzheit bedachte Organismus sofort nachrollte.

Der Angriff war gescheitert. Auf den nächsten vier Kilometern versuchte Roesen es noch zweimal. Doch sie ließen ihn nicht weg. Vermeire beobachtete es mit wachsendem Grimm. Roesen kam an seine Seite. „Die lassen mich nicht weg."

„Hab ich gesehn", sagte Vermeire und erklärte Roesen, was er jetzt vorhatte. „Das kostet dich zu viel Kraft", meinte Roesen. „Einen Dreck kostet es mich."

Vermeire orientierte sich ein wenig nach vorne, als wolle er sich von dort einen Überblick über die Lage im Fahrerfeld verschaffen. Sie passierten das Ortsschild von Kortrijk bei Rennkilometer 80. Im Feld bereitete man sich auf die Verpflegungskontrolle vor. Vermeire manövrierte in eine Position, in der er das Vorderrad frei hatte. Sie befanden sich schon mitten im Ort, als er wie abgeschossen aus dem Feld herausflog.

Unter den anderen Teams brach Panik aus. Die Frage „wo wird Vermeire angreifen?" hatte vom ersten Kilometer an über dem Feld gehangen. Eine so frühe Attacke hatte niemand auf der Rechnung. Sechzig Kilometer vor der ersten Helling anzugreifen, war Wahnsinn. Es war gegen jede Rennvernunft. Doch es war auch typisch Vermeire.

Sobald er die Lücke zum Feld gerissen hatte, verringerte er den Druck auf die Pedale. In einer gebogenen Linie flogen die Verfolger quer über die Straße heran, um die Lücke zu schließen und in seinen Windschatten zu gelangen. Roesen fuhr am Ende der Reihe mit. Nun hatten sie ihn. Er ging aus dem Sattel und beschleunigte noch einmal mit einem harten ruckenden Antritt, zog seine Gegner in einer rasenden Schlangenbewegung schräg über die Straße zur anderen Seite hinter sich her – und richtete sich plötzlich auf und ließ das Rad bloß noch rollen. Das geschah so abrupt, dass die ersten Verfolger an ihm vorbei ins Leere schossen. In der allgemeinen Irritation brach das Tempo zusammen. Und in genau diesen Augenblick hinein platzierte Roesen vom Schluss der Verfolgergruppe her seinen Antritt. Diesmal folgte ihm keiner mehr.

Ferdi Roesen war ein Spezialist im Zeitfahren, darauf trainiert, über große Distanzen allein hohes Tempo zu fahren. Über den ersten Kilometer nach seiner Attacke rollte er in weniger als einer Minute. Hielt das Tempo, bis er in die Zone der Verpflegungskontrolle hinein rauschte. Erblickte die Helfer von Stella am Straßenrand, Verpflegungsbeutel in den erhobenen Händen. Er raste an ihnen vorbei und bedeutete ihnen mit einem Handzeichen, dass er seine Verpflegung später vom Materialwagen haben wollte. Bei Rennkilometer 94 hinter Waregem, dem Punkt, an dem er nach Verstappens ursprünglichen Plan angreifen sollte, lag er bereits über eineinhalb Minuten vor dem Feld und nur noch 3:39 Minuten hinter der Fünfergruppe.

Im großen Feld hatte sich die Aufregung wieder gelegt. Gelassen und stetig fuhr es dem Unvermeidlichen entgegen. Dem nicht mehr fernen Punkt, an dem sich die latente, Kilometer um Kilometer unmerklich aufziehende Spannung entladen würde.

Die Fünf an der Spitze erfuhren erst von Roesens Verfolgung, als das Motorrad wieder zu ihnen nach vorne fuhr und der Mann auf dem Sozius ihnen die Schiefertafel mit den Zeitabständen hinhielt. Da war Roesen bereits auf weniger als zwei Minuten herangekommen. Der Rückstand des großen Felds betrug nun sieben Minuten.

Mit blitzender Dreiklangfanfare jonglierte Verstappen den Materialwagen von Stella zwischen den Kotflügeln der anderen Fahrzeuge in der Kolonne hindurch. Eine Hand am Lenkrad, die andere auf der Hupe. Passierte das Fahrerfeld und jagte mit aufgeblendeten Scheinwerfern über die Strecke, bis sich ein dunkles, über der nässeglänzenden Straße hängendes Komma vor ihnen aus dem Regen schälte und rasch an Kontur gewann. Sie holten es ein, er steckte seinen Schädel aus dem Seitenfenster und schrie Ferdi Roesen zu: „Gut so!"

Roesen drehte sein dreckbespritztes Gesicht zum Wagen. Aus seinem halbgeöffneten Mund leuchteten die Zähne unnatürlich weiß. Willy in't Ven reichte ihm den Verpflegungsbeutel aus dem Wagenfenster. „Was machen die Beine?", schrie Verstappen durch das Geräusch des Fahrtwinds und der Reifen auf dem nassen Asphalt. Roesen nickte und hielt den rechten Daumen nach oben.

„Du bist auf fast eine Minute dran", rief Verstappen. „Wenn du kannst, fahr vorbei." Dann lenkte er den Wagen auf den Seitenstreifen, um auf das Feld zu warten und sich wieder in die Kolonne der Begleitfahrzeuge einzureihen. Roesen war wieder alleine im Wind. Alleine mit sich, dem Job, den er zu erfüllen hatte und einem Traum, der tief in ihm schlummerte, dessen Verwirklichung in seinem Vertrag jedoch nicht vorgesehen war.

„Vor dem Molenberg hat er sie", sagte Verstappen zufrieden. „Auf Ferdi ist Verlass", erklärte in't Ven, „woanders könnte er glatt als Kapitän fahren." – „Er ist ein guter Mannschaftsfahrer", sagte Verstappen, „so viele gibt's davon nicht." – „Na ja, Kapitän wohl nicht ganz", räumte in't Ven ein.

Yves Renard auf dem Rücksitz sah Ferdi Roesen nach, wie sich seine Gestalt im Regendunst auflöste. Er dachte an das Interview, das er mit ihm gestern für seinen Artikel über das Leben der Domestiken geführt hatte. Ferdi Rosen war mit einundzwanzig Jahren Profi geworden. Sein Lebenstraum war es, einmal die Tour de France zu fahren. Aber wenn du über den Tourmalet musst, denkst du nicht mehr daran, dass das mal dein Traum war, hatte er gesagt. Mein Knie tat weh. Ich war völlig fertig, so kaputt, dass ich am liebsten aufgegeben hätte. Ob es denn für ihn immer noch den großen Radsporttraum gäbe, hatte er ihn noch gefragt. Roesen hatte nur gelacht und gesagt, von dem Traum könne man nicht leben. Doch wer ihn nie gehabt habe, der schaffte es nie zu den großen Rennen.

Verstappen, in't Ven und Philippe, Lucs Nachfolger als erster Masseur, waren in ein Gespräch verwickelt. Renard hörte nicht hin. Er sah aus dem Seitenfenster in den Regen hinaus. So wie Roesen ging es den meisten. Eines Tages war ihre Laufbahn zu Ende, und wenn sie tüchtig waren und Glück gehabt hatten, standen ein paar kleine oder mittlere Rennen auf ihrer Erfolgsliste, und wenn sie noch mehr Glück hatten sogar ein Etappensieg bei der Tour oder beim Giro. Dann kehrten sie in die kleine Welt zurück, aus der sie gekommen waren. Engagierten sich in den lokalen Radsportclubs als Betreuer, Funktionäre und arbeiteten, wenn sie in der Nähe der Strecke eines der großen Rennen zu Hause waren, im lokalen Organisationskomitee mit.

Der Radsport machte zwischen den Roesens und den Vermeires keinen Unterschied. Er verbrauchte die Starken ebenso, wie er die Schwächeren verbrauchte. Mit ihrem Blut, ihren Knochen, ihrem Enthusiasmus und teils auch ihrer Not schrieb er seine Dramen, mit denen er der modernen Welt vor Augen führte, worauf auch sie sich gründete. Worauf sie sich immer gründen würde, mochten technischer Fortschritt und das Fernsehen das Leben auch mehr und mehr zu einer Abstraktion machen.

Die Menschen begriffen es, ohne groß darüber nachdenken zu müssen. Daher rührte die Faszination der großen Rennen. Bei keinem Rennen war diese Faszination so groß wie bei Paris – Roubaix, das am nächsten Sonntag auf die Fahrer wartete. Aber niemand von denen, die dort draußen an der Strecke standen oder vor dem Fernseher saßen, sah die Rennfahrer in ihrer Realität. Wenn sie nach dem Rennen im Gemeinschaftsduschraum des Velodroms von Roubaix in ihrem engen Betongeviert zwischen roh verputzten Mauern standen, und das Wasser aus einem nackten Bleirohr von der Decke über ihren Schädel lief. Als er es das erste Mal erlebt hatte, erinnerte ihn der Ort an die Gevierte für das Vieh, die er in den Schlachthöfen von Chicago gesehen hatte.

Umringt von Reportern und anderen, die irgendwie mit dem Rennen zu tun hatten, wuschen sie sich dort Dreck und Schweiß vom Körper. Machten ihrem Zorn über das Wetter Luft oder über Rennfahrer, die nichts für das Rennen getan hatten, sondern bloß lau am Hinterrad mitgefahren waren, und erzählten das Rennen aus ihrer Sicht. Sie erzählten einfach und schlicht. Ihre Erzählungen passten nicht zu der Dramatik des Rennens und seinem Pathos. Nackt in dem engen Betongeviert unter dem blanken Wasserrohr verwandelten sie sich wieder in Menschen, die so normal und alltäglich waren, dass das Renngeschehen auf einmal ganz unwirklich wurde.

Ferdi Roesen war in dieser Welt ebenso nur ein Akteur wie Roger Vermeire. Er hatte Gas- und Wasserinstallateur gelernt. In diesem Jahr wurde er Neunundzwanzig und war fast zehn Jahre aus dem Beruf. Er wollte genug Geld zusammensparen, um nach dem Ende seines Rennfahrerlebens ein Fahrradgeschäft in seinem Heimatort Drongen aufzumachen. Und wenn ich später wirklich mal bedauern sollte, dass ich eigentlich keinen richtigen Beruf mehr habe, hatte er gestern gesagt, dann brauche ich ja nur in meiner Fotokiste zu kramen und mich an die Rennen zu erinnern. An die Orte und die Leute, die ich sonst niemals kennengelernt hätte. An die Hochs und Tiefs, und dann weiß ich wohl wieder, dass das hier einfach´n starkes Leben war.

Die Roesens des Radsports, die gibt's überall, dachte Renard, als er einen Satz von Verstappen aufschnappte. „Vielleicht heiratet er sie ja doch noch.“ – „Wer heiratet wen?“, fragte er. Willy in´t Ven drehte sich vom Beifahrersitz lachend zu herum: „Na Roger. Seine Kleine von damals.“ Renard hatte auf einmal ein flaues Gefühl im Magen. Doch ehe er nachfragen konnte, tauchte das Fahrerfeld am Ende der Straße auf.

Blendende Lichtkreise im Regen über der Landstraße, die rasch größer wurden. Das waren die Scheinwerfer der vor dem Feld her fahrenden Motorradeskorte. Dahinter kreiselte das Blaulicht vom Wagendach der Rennleitung. Dann kamen die Rennfahrer, ein lindwurmhafter, blinkender Organismus, dessen vibrierende Erregung in dem starren Gleichtakt kreisender Kolbenbewegungen von hundert und mehr Beinpaaren gebannt war. Das kam heran, wuchs, schob einen Druck vor sich her – und sirrte nur so vorbei.

„Wo sind wir denn jetzt genau“, fragte Renard.

„Kommen gleich nach Nederzwalm“, antwortete Verstappen. „Kilometer Hundertdreiundzwanzig.“

„Ob Ferdi die Fünf da vorne schon hat?“

„Noch nicht ganz“, meinte Verstappen. „Ferdi sah gut aus“, sagte der Masseur Philippe. „Der sieht immer gut aus“, erwiderte Verstappen, „auch wenn er kaputt ist. Aber ich glaube, heute hat er gute Beine. Der bleibt bis zur Muur bei Roger. Werdet ihr sehen.“

Yves Renard dachte an Julie und warum sie Roger jetzt heiraten sollte. Gleich nach seiner Rückkehr nach Paris würde er sie anrufen. Julie war ein seltsames Mädchen. Jetzt schliefen sie schon bald ein Jahr miteinander, und doch wusste er eigentlich nichts von ihr.

Für den Augenblick ging ihn das Rennen nichts mehr an. Er fand, es sei gar nicht so leicht, Julie zu kennen. Sie war wirklich ein seltsames Mädchen. Gar nicht mal besonders hübsch. Doch es ging ein unaufdringlicher Reiz von ihr aus. Er hatte das einige Male festgestellt, wenn sie gemeinsam unter Leuten waren. Sie fiel eigentlich überhaupt nicht auf zwischen den anderen. Wenn sie einem aber schließlich doch auffiel, wurde einem bewusst, dass man sie schon eine ganze Weile angesehen hatte. Wieso eigentlich? Es war etwas an ihr, das ganz nach innen gewendet war und von dort zurückstrahlte. Und sie hatte etwas von Roger erkannt, das er sonst niemals erfahren hätte. Wirklich erstaunlich. In Julie steckte viel mehr, als er zuerst angenommen hatte. Nach seiner Rückkehr wollte er sie sofort anrufen.

14.15 Uhr, Die Hellingen

Auf der vierspurigen Chaussee durch Sint-Blasius-Boekel begriff Roger Vermeire durch den Druck auf seine Blase, dass er einen Fehler gemacht hatte. Er hätte vor dem Start noch einmal sein Wasser lassen sollen. Kurz vor oder gleich nach der Verpflegungskontrolle hätte er es noch nachholen können, doch durch die Attacke mit Roesen war es ihm wieder vergangen, und er war weiter gefahren.

Vier Kilometer vor der ersten Helling war es zu spät.

„Was ist los?" fragte van der Waele. „Muss pissen." – „Piss doch in irgendeinen Vorgarten. Ich fahr dich wieder nach vorn. Keine halbe Minute und wir sind zurück im Feld." – „Und 'ne dreiviertel Minute brauch ich zum Pissen."

Noch rollte das Feld in breiter Front durch den Ort, ein Dutzend Fahrer nebeneinander. Die ruhige Geometrie des Bildes trog. Wie eine Lunte fraß sich die Straße auf den noch unbekannten Punkt zu, an dem innerhalb der nächsten Minuten das Feld explodieren würde.

Der 420 Meter lange Anstieg des Molenbergs knickte am Ende von Sint-Maria-Horebeke rechtwinklig von der Hauptstraße ab. Gerade mal zwei Meter breites, hundertjähriges Pflaster. Maximale Steigung 17 Prozent.

In gut fünf Minuten waren sie dort. Hundertachtzig Fahrer, die nun jeden Augenblick los rasen konnten. Jeder wollte möglichst weit vorne durch den Flaschenhals. In drei Sekunden kamen keine zehn Mann in die Helling hinein, in denselben drei Sekunden fuhren dreißig Mann von hinten auf und hundert weitere drängten nach.

Van der Waele grinste: „Nur nicht nervös werden, Chef. Da halten wir gleich mal schön dazwischen." Vermeire war mit dem wachsenden Druck auf seine Blase beschäftigt. Notfalls könnte er während der Fahrt pinkeln, doch seine Haut war empfindlich, und er hatte Sorge, sich wund zu fahren.

Erst musste er noch über den Wolvenberg. Auf den zehn Kilometern zwischen Molenberg und Wolvenberg durfte er nicht abgehängt werden. Danach war die Straße neunzehn Kilometer lang flach und asphaltiert, ehe es in den Oude Kwaremont hinein ging. Gleich hinter dem Wolvenberg wollte er vom Rad und pinkeln. Das Feld würde dann aufgesplittert sein, und er könnte mit einer der Verfolgergruppen wieder zur Spitze fahren. Der Oude Kwaremont war nicht besonders steil. Schwer wurde er durch seine Länge. Er zog sich und zog sich. Wenn die Spitzengruppe in das anderthalb Kilometer lange Kopfsteinpflaster hineinfuhr, sackte das Tempo auf knapp Dreißig ab, und sie konnten über die ersten 600 Meter Asphaltstraße mit Sechzig von hinten wieder an sie heran rauschen.

Jäh brachen seine Überlegungen ab. Eine Kraft fuhr in das Fahrerfeld. Packte den viereckigen Kirchturm fünfzig Meter voraus auf der linken Straßenseite, riss ihn heran und am Feld entlang nach hinten, wo er über dem sich rasend abspulenden Asphaltband grotesk über der nun leeren Straße zurückblieb. Wie ein stehen gebliebener Dominostein zwischen den roten Dreiecken der Dächer.

Catieu und Wauters hatten den Angriff lanciert. Vermeire sah, wie sie an der Spitze des Felds volles Tempo fuhren. Das eben noch aufgefächerte Feld hatte sich in einen sausenden Keil verwandelt. Die letzten Häuser von Sint-Blasius-Boekel schrumpften zurückgelassen an der Straße zusammen. Vermeire beobachtete, wie zwei Molani-Fahrer zu seinen Helfern aufschlossen, um sich zwischen sie zu schieben. Catieu und Wauters verteidigten ihre Position, indem sie eine kleine Welle fuhren, beschleunigten aus dem Schwung heraus noch einmal und behaupteten immer noch an der Spitze vor der Linkskurve die Innenseite der Straße.

Van der Waele und Peeters fuhren vor Vermeire. Sie fuhren etwa an zwölfter, dreizehnter Position. Die Straße führte geradeaus auf die ersten Häuser von Sint-Maria-Horebeke zu. Auf der rechten Straßenseite schob sich ein Keil von Fahrern nach vorne. Die fliederfarbenen Trikots der Männer von High Tech France, ihren Kapitän Pierre Broscard im Schlepptau, und die roten Trikots von Solo mit Jeff Vermeulen. Obwohl Catieu und Wauters mit unvermindertem Druck auf der linken Straßenseite die Spitze hielten, schob sich der Fahrerkeil auf der rechten Seite an sie heran und rollte vorbei. Weitere Fahrer folgten nach. Es war, als schwämmen sie dort drüben auf einer Flüssigkeit von geringerem spezifischem Gewicht, die über die Oberfläche einer schwereren Flüssigkeit hinweg glitt, in der sich das auf der linken Straßenhälfte aufgereihte Feld befand.

Hundert Meter voraus war die Straße versperrt. Ein Wall von Menschen hatte sich im Halbkreis vom linken Straßenrand zur anderen Seite hinüber formiert, wo es in die Steigung des Molenbergs hinein ging. Die vordersten Fahrer hörten bereits auf zu treten. Vorsichtig steuerten sie im Leerlauf um die Ecke in das glatte Pflasterstück hinein.

Vermeires Hände zogen die Bremsen zu. Einen Augenblick später sah er, wie van der Waele vor ihm das Rad nach rechts auf den aufgeweichten Rasenstreifen herüber riss und dabei einen neben ihnen liegenden Fahrer in die Büsche drückte. Instinktiv riss auch er sein Vorderrad herum. An der Peripherie seines Blickfelds nahm er stürzende Rennfahrer wahr. Flüche, das Klirren von Metall, das über Steine schrammte. Er schob einen Fahrer zur Seite, dessen Rad sich quer gestellt hatte. Einen Meter vor ihm drückte van der Waele sein Rad mit brutaler Kraft vom morastigen Seitenstreifen auf das Pflaster zurück. Er blockierte dabei die halbe Straßenbreite, um ihm Raum zu schaffen, ebenfalls auf die Steine zu kommen.

Als die rohen Felssteine sein Rad durchzuschütteln begannen, hatte Roger Vermeire das Gefühl, seine prall gefüllte Blase würde jeden Moment platzen. Anfangs war der Schmerz noch auf eine scharf umrissene Zone zwischen seinen Beinen begrenzt gewesen. Ein Wasserstau, der gegen eine elastische Wand drängte. Doch der Schmerz hatte sein enges Gefäß gesprengt. War über die Ufer getreten, hatte die Ebene seines Unterbauchs überspült und riss an der Innenseite seiner Bauchdecke.

Vor dem dunklen Geäst der Bäume rann silbriger Regen. Der Anblick verschaffte ihm eine kurze Erleichterung. Im Zentrum des Schmerzes hatte er ein Gefühl, als würde ihm unaufhörlich ein Draht durch die Harnröhre gezogen.

Nur mit großer Selbstdisziplin gelang es ihm noch, sich auf die Straße zu konzentrieren. Der Druck von seiner Blase begann mehr und mehr Besitz von ihm zu nehmen. Er malte sich aus, wie die Blase platzte und der Urin sich mit einem Schwall in seinen Bauch ergießen würde. Sein Großvater hatte ihm von Männern erzählt, die einen Bauchschuss bekommen hatte, wie das Blut durch die aufgerissene Bauchdecke pulste.

Das Kopfsteinpflaster trommelte auf seine gespannte Blase. Trommelte, trommelte – und auf einmal war es vorbei, sie fuhren wieder über Asphalt. Nun musste er nur noch die zehn Kilometer bis zum Wolvenberg durchhalten.

Broscard, der sich rechts von ihm fast auf gleicher Höhe den Molenberg hinaufkämpfte, hatte mitbekommen, dass mit Vermeire etwas nicht in Ordnung war. Hatte sein Tempo forciert und war weiter nach vorne gefahren.

Nachdem sie aus der Helling herausgefahren waren, führte die Straße sie aus dem Gegenwind heraus. Der Wind kam jetzt von der Seite. Auch der Regen hörte auf. Vermeire dachte an den Blick, den Broscard ihm zugeworfen hatte. Erzähl es gleich deinem Freund Vermeulen, dachte er. Er war überzeugt, dass das Gerücht stimmte, Solo habe Broscard und sein High Tech France-Team für diese Ronde zur Unterstützung von Vermeulen gekauft. Sag ihm, Vermeire ist kaputt. Aber Vermeire muss bloß pissen. Heute gibt´s kein zweites Paris – Nizza.

Das Zeug, das ihm der Dottore gestern verabreicht hatte, war gut. Keine Atemnot. Das Herz arbeitete wie geschmiert. Flüssig glitt die ebene Straße unter den Rädern weg. Das Tempo war wieder hoch. Er versuchte sich zu entspannen, um dem Druck auf die Blase die Schärfe zu nehmen. Sein Pedaltritt wurde so leicht, dass er ihn kaum noch spürte. Van der Waele fuhr an seiner Seite.

Hinter dem Molenberg war das Feld in zwei große Gruppen geteilt. Van der Waele, Peeters und Vermeire fuhren in der vorderen Gruppe. Fünfunddreißig Sekunden dahinter folgte die zweite Gruppe, in der sich außer Reensenbrink und Wauters auch die Mitfavoriten Niedstam und Belli befanden. Catieu fuhr in einer vom Schluss des Felds abgesplitterten kleinen Gruppe, die bereits über eine Minute zurücklag. Dann folgten nur noch Versprengte.

Sie nahmen den Wolvenberg, eine schmale Asphaltstraße im Bezirk Oudenaarde, knapp achthundert Meter lang mit einem Höhenunterschied von fünfzig Metern. Am steilsten Abschnitt, etwa auf der Mitte der Strecke, betrug die Steigung fast neunzehn Prozent. Dahinter wurde es flacher.

Es war wie eine Erlösung, als sie oben waren und über die breite Straße in den Ort Ename hineinfuhren. Menschen vor ihren Häusern, in ihren Vorgärten. Rufe, Applaus. Kurz vor dem Ortsausgang entdeckte er eine von einer Mauer gesäumte Einfahrt. Dorthin lenkte er sein Rad, um im Rücken einer kleinen Menschengruppe sein Wasser zu lassen. Van der Waele fuhr mit verhaltenem Tempo weiter.

Er stieg vom Rad. Vor Schmerzen konnte er sich kaum aufrecht halten. Die Einfahrt erwies sich als eine Durchfahrt, durch die der Wind blies. Er machte ein paar steife Schritte zur Mauer und zog die Hose vorne herunter. Der so lange unterdrückte Drang war in einer tiefen Verspannung blockiert. Eine Hand an die Mauer gestützt, krümmte er sich über sein entblößtes Glied und wartete, dass die Spannung sich löste. Es kamen nur ein paar dünne Tropfen, die der Wind verwehte. Ein kleines Mädchen sah vom Straßenrand neugierig herüber. Er schloss die

Augen und versuchte, sich zu entspannen. Endlich kam die Erleichterung. Es kam ihm vor, als müsste er eine Ewigkeit pinkeln.

Er zog die Hose hoch, packte das Rad, lief zwei, drei Meter und sprang in den Sattel, fuhr an dem Mädchen vorbei, das ihn aus dunklen Augen undeutbar ansah. Eine Nachzüglergruppe raste vorbei. Im Sattel stehend fuhr er an sie heran und reihte sich ein. Bald sah er van der Waele vor sich, der auf ihn wartete, um ihn ans Hinterrad zu nehmen und in die Spitzengruppe zurückzufahren. Es war gerade halb Drei durch. Noch zweiundzwanzig Kilometer bis zum Koppenberg. Bei der Verfolgung der ersten Gruppe überschlug Vermeire, die noch zu fahrende Distanz. Bis zur Muur waren es noch sechsundachtzig Kilometer. Dort würde er seinen letzten Angriff fahren. Er dachte nicht an Julie.

Wenige Minuten nach halb Drei bezahlte Julie Meurant im Hotel „Herz von Flandern“ in Geraardsbergen ihre Rechnung. Ihren kleinen Handkoffer deponierte sie in einem Abstellraum neben der Rezeption. Sie musste noch einen Pfandzettel mit ihrem Namen und ihrer Anschrift ausfüllen, ehe sie sich auf den Weg zur Muur machen konnte, weil sie ihren Koffer möglicherweise erst morgen abholen konnte. Der Wind packte ihr Haar, als sie auf die Straße hinaustrat. Sie trat noch einmal kurz in den Eingang zurück, um sich das Haar mit dem roten Kopftuch zusammenzubinden, das sie wie ihr Kleid seit beinahe zehn Jahren nicht mehr getragen hatte.

„Broscard ist sofort nach vorne gefahren, als du zurückgebelieben bist“, sagte van der Waele. „So“, sagte Vermeire. „Die Solo- und die High Tech-Jungs werden jetzt da vorne schön kurbeln.“

„Sollen sie. Der vermasselt mir nicht noch mal die Tour.“ Vor drei Jahren hatte Pierre Broscard ihn um den Sieg in der Flandern Rundfahrt gebracht. Broscard war der letzte Überlebende einer vierköpfigen Spitzengruppe gewesen, die sich nach dem Taaienberg vom Feld abgesetzt hatte. Fünfzig Kilometer später hatte Vermeire an der Muur eine dreißig Mann starke Verfolgergruppe gesprengt und war kurz hinter dem Bosberg, der letzten Helling, zu Broscard aufgefahren.

Sie hatten noch gut zehn Kilometer bis zum Ziel und lagen fast zwei Minuten vor den Verfolgern, als Broscard aufhörte, ein Radrennfahrer zu sein und zu einem niederträchtigen Pokerspieler wurde. Einer von ihnen würde das Rennen gewinnen, vorausgesetzt dass sie sich die Führungsarbeit teilten.

Doch Broscard fuhr nur noch an seinem Hinterrad. Vermeire schrie ihn an, drohte ihm mit der Faust, um ihn dazu zu bringen, seinen Anteil an der Führungsarbeit zu leisten. Broscard grinste bloß. Sie waren beide keine Sprinter. Im Spurt einer großen Gruppe hatten sie gegen die Sprintspezialisten keine Chance. Wenn Vermeire gewinnen wollte, musste er das Tempo machen, damit die Verfolger sie nicht einholten. Wenn er jedoch alleine die Tempoarbeit machte, würde er sich dabei aufarbeiten. Broscards Chancen würden sich vervielfachen. Dessen Trumpf war, dass sein französischer Sponsor die Flandern Rundfahrt lediglich als Vorbereitung auf Paris – Roubaix betrachtete. Er musste nicht gewinnen. Ein noch größerer Trumpf war, dass Vermeire sie seit Jahren unbedingt gewinnen wollte, und dass Broscard das wusste.

Immer wieder dasselbe Spiel. Vermeire attackierte, um Broscard los zu werden, doch der war wachsam und hielt sein Hinterrad. Vermeire fuhr aus dem Wind, um Broscard nach vorne zu manövrieren. Der jedoch nahm sofort die Beine hoch und ließ sein Rad nur noch rollen. Sie verloren total den Rhythmus, das Tempo brach zusammen. Bis Vermeire voller Zorn wieder an die Spitze fuhr, Broscard an seinem Hinterrad.

Währenddessen hatten sich jene Teams, die starke Sprinter in ihren Reihen hatten, gemeinsam vor das große Verfolgerfeld gespannt und jagten den beiden mit über sechzig Stundenkilometern nach.

Kurz hinter Denderwindeke kam das Motorrad der Rennleitung von hinten heran, um ihnen den Abstand zu ihren Verfolgern anzuzeigen. Ganze neununddreißig Sekunden waren von ihrem Vorsprung noch übrig geblieben, und noch waren es vier Kilometer bis zum Ziel. Vermeire fuhr nur noch an der Spitze in einer heiklen Balance seiner Kräfte. Schnell genug, um gerade eben noch mit ausreichend Vorsprung vor dem heran rasenden Feld auf die Zielgerade zu kommen, doch nicht zu schnell, um möglichst viel Kraft für den Spurt gegen Broscard aufzusparen. Er fluchte den dreieckigen roten Lappen herbei, der von einem über die Straße gespannten Draht herabhing und den letzten Kilometer anzeigte. Plötzlich hatte er das Gefühl, allein zu sein. Er sah sich nach Broscard um. Kaum nahm er ihn wahr, denn hinter ihm, geführt von den aufgeblendeten Scheinwerfern der Motorradeskorte, flimmernd und stumm und jede Hoffnung vernichtend, rollte die Flutwelle des dreißig Mann starken Verfolgerfelds heran.

Sekunden später hatte ihn das Feld verschluckt. Es war einer der wenigen Tage, an denen die Flandern Rundfahrt im Spurt einer großen Gruppe entschieden wurde.

Heute hatte er richtig kalkuliert. Am Ende des Oude Kwaremont fuhr die Verfolgergruppe wieder zur ersten Gruppe mit Broscard, Vermeulen und Lualdi auf. Nach dem Zusammenschluss der beiden Gruppen sackte das Tempo ab. Zwei Kilometer später hatten auch Belli und Niedstam mit einer weiteren kleinen Gruppe aufgeschlossen. Alle sechs Favoriten waren wieder zusammen, als sie bei Rennkilometer 176 in den Anstieg des Paterbergs hineinfuhren. Es war sechs Minuten nach Drei.

Es war vier Minuten vor Drei gewesen, als Ferdi Roesen diesen Punkt passierte. Allein. Er hatte die Fünfergruppe in Sint-Maria-Horebeke kurz vor der ersten Helling eingeholt. In dem kurzen Steilstück des Molenbergs hatte er attackiert und erstaunt festgestellt, dass niemand mitkam. Da war er weitergefahren, wie Verstappen es wollte.

Die Signale, die er von seinen Beinen empfing, stimmten ihn zuversichtlich. Er war froh, dass er dem unvermeidlichen Gemetzel des Felds an der ersten Helling entkommen war. Dies war der bessere Part. Kaputt gehen würde er so oder so, aber er würde mit heilen Knochen nach Meerbeke kommen, und wenn er gut führe, brauchte er vielleicht am Mittwoch nicht Gent – Wevelgem zu fahren. Verstappen würde ihn schonen, damit er am Sonntag bei Paris – Roubaix wieder im Vollbesitz seiner Kräfte für Vermeire fahren könnte.

Als die große Gruppe mit Roger Vermeire in den Paterberg hinein fuhr, sah Roesen über dem hügeligen Weideland bereits den dunklen Rand des Koppenbergs vor sich.

Das Motorrad mit der Abstandsmeldung kam heran. Er hatte bereits 4:51 Minuten Vorsprung auf die Fünf, die er überholt hatte und 9:58 Minuten auf die große Gruppe, in der Vermeire liegen musste. Da dachte er zum ersten Mal an seine Chance.

Wenn du am Boigneberg immer noch neun Minuten hast, hast du freie Fahrt, hatte Verstappen gesagt. Bis dahin war es noch weit. Siebzehn Kilometer. Der Boigneberg war die Helling Nummer Neun. Ehe er dort war, würde Vermeire am Koppenberg angreifen, und das Rennen würde explodieren.

Glückte der Angriff, hatte er erst einmal Feierabend, bis Vermeire mit denen, die ihm hatten folgen können, bei ihm war. Wenn er aber nicht glückte ... Wenn du am Boigneberg noch neun Minuten hast, hast du freie Fahrt. Und Vermeire hatte sein okay gegeben.

Leise begann er auf sich selbst einzureden. Ruhig Ferdi, bleib ganz ruhig. Vor zwei Jahren im Limousin war er in einer ähnlichen Situation gewesen. Hatte achtzehn Minuten vor dem Feld gelegen, und es waren nur noch neunzig Kilometer bis zum Ziel in Limoges. Die Favoriten hatten an jenem Tag keine Lust gehabt. Doch als ihm dämmerte, dass er vor seinem ersten Etappensieg bei der Tour de France stand, war es ihm wie Blei in die Beine gefahren. Er hatte total den Rhythmus verloren, und zwölf Kilometer vor Limoges hatten sie ihn wieder.

Wenn du am Boigneberg noch neun Minuten hast ...

Die Straße schlängelte sich zwischen Wiesen dem schmalen Asphaltstück zu, wo die Anfahrt zum Koppenberg begann. Er hasste den Koppenberg. Er hasste seine Steilheit, seine Steine, seine verfluchte Wahrheit, nämlich dass er, Ferdi Roesen, nicht dafür gemacht war, solche Rennen zu gewinnen.

9:58 Minuten ...

Er war neunundzwanzig Jahre alt. Wenn er heute gewänne, könnte er noch einmal lukrativ den Rennstall wechseln. Vielleicht zu Vermeulen, warum nicht? Nach der letzten Lombardei Rundfahrt hatte Vermeulen ihn angesprochen. Als er begriff, was er wollte, hätte er ihm am liebsten ins Gesicht gespuckt. Vermeulen ging es nicht um ihn, den Rennfahrer Ferdi Roesen, es ging bloß darum, Vermeires Team zu schwächen.

Aber wenn er die Ronde gewänne, wäre es etwas anderes. Natürlich müsste er auch dann für Vermeulen fahren, aber bei den kleineren Rennen hätte er wahrscheinlich freie Fahrt. Da könnte er sogar mal die Vier Tage von Dünkirchen gewinnen oder den Scheldepreis.

Er dachte an das Geld, das er dann verdienen würde, und dass sie ihr Haus auf einen Schlag abzahlen könnten, Justine und er. Und dass er dann schon das Grundkapital für das Fahrradgeschäft hätte, das er in ein paar Jahren aufmachen wollte.

So fuhr er den Steinen entgegen, plötzlich eingeholt von einem Gefühl der Ehre. Es wäre nicht fair von ihm. Das Rennen gehörte nicht ihm. Ohne Rogers Hilfe wäre er niemals vom Feld weg gekommen.

Doch Vermeire hatte es schließlich nicht für ihn getan, sondern für sich selbst. Damit er bis zur Muur noch einen Helfer hatte, der sich für ihn aufopferte. Das Gefühl von Illoyalität löste sich trotzdem nicht auf. Das Kopfsteinpflaster begann ihn durchzuschütteln. Sie alle hatten die gnadenlose Konkurrenzgesellschaft akzeptiert, in der sie lebten, aber niemand akzeptierte Illoyalität.

Man war nicht illoyal. Andererseits musste man seine Chance packen, wenn man sie bekam. Kein einziges Mal hatte er von Vermeire ein Danke für seine Arbeit gehört. Dass er seine Preisgelder dem Team überließ, damit sie es unter sich aufteilten, war alles. Als ob es selbstverständlich sei, dass sie sich für ihn jedes Mal das Weiße in die Augen fuhren. Für Vermeire war das selbstverständlich. Für alle war das selbstverständlich. Es war selbstverständlich bis zu dem Tag, an dem man selbst die große Chance bekam.

Wenn du am Boigneberg noch neun Minuten hast …

Von dort waren es noch siebenundfünfzig Kilometer bis Merbeeke. Die konnten ihn bis dahin noch zweimal mausetot fahren. Die Steigung löschte jetzt alle seine Gedanken aus. Er fuhr zwischen den beiden Erdwällen in das Steilstück hinein. Kämpfte sich den Hohlweg hinauf, von Straßenrand zu Straßenrand hinüber schwankend, um nicht ununterbrochen dem vertikalen Druck der Steigung ausgesetzt zu sein.

Neun Minuten, neun Minuten, neun Minuten …

Sieben Kilometer hinter ihm fuhr die Gruppe mit den Favoriten der Steigung des Paterbergs entgegen. Vermeire richtete sich im Sattel auf und reckte den Hals, um sich einen Überblick über die Lage zu verschaffen. Über einem Wall von Menschen, die sie schreiend und Arme schwenkend unter flatternden flämischen Fahnen empfingen, stachen kahle Baumwipfel in den zerklüfteten Himmel. Dort oben war der Paterberg zu Ende.

Etwa auf der Mitte des zwanzigprozentigen Steilstücks erhöhte Vermeire den Druck auf die Pedale, um einige Fahrer zu überholen, die sich auf der linken Seite in den Pedalen stehend die Helling hinauf kämpften. Frans Peeters, der direkt vor ihm fuhr, spürte den Druck von seinem Kapitän. Riss hart die Pedale herum und stemmte sich mit seinem Körpergewicht in den Widerstand der gespannten Kette hinein, um das Tempo ebenfalls zu verschärfen. Plötzlich flog der Druck weg und Peeters trat ins Leere. Seine rechte Körperhälfte sackte weg, und er knallte mit der Leiste auf den Rahmen des Rads.

Die abgerissene Kraftübertragung ließ das Rad in der Steigung augenblicklich nahezu still stehen. Es stellte sich quer und versperrte die rechte Seite der Strecke. Gerry van der Waele riss seine Füße aus den Pedalhaken und sprang wie ein Westernreiter vom Rad, um nicht in seinen Mannschaftskameraden hineinzufahren. Peeters griff kurz nach van der Waeles Schulter, um sich bei ihm abzustützen. Auch er konnte sich nicht mehr auf seinem Rad halten. Sekunden später war ihr Kapitän zwischen den gekrümmten Rücken vorbeifahrender Rennfahrer ihren Blicken entschwunden.

Vermeire war an Peeters vorbei zur Straßenmitte ausgewichen. Er musste nicht zurücksehen, um zu wissen, was passiert war. Peeters und van der Waele waren vom Rad und mussten den Rest des Paterbergs hinauf schieben. Er war allein. Verstappens Renntaktik hatte sich in Luft aufgelöst.

Bis die beiden wieder im Sattel säßen und ihren Rhythmus gefunden hätten, würden fünfzehn, zwanzig andere an ihnen vorbeigefahren sein. In Kürze würden die anderen bemerken, dass er von seinem Team isoliert war, und Broscard, Vermeulen, Niedstam würden ihre Helfer attackieren lassen.

Er hatte es oft genug selbst so gemacht. War ein gefährlicher Konkurrent von seinem Team isoliert, schickte er einen Helfer nach dem anderen zum Angriff los. Ein Mann allein hatte keine Chance gegen ein Team, wenn er nicht gerade Coppi hieß und in Hochform war. Wer einen Angriff nach dem anderen ohne Unterstützung seiner Mannschaft parieren musste, war früher oder später erledigt. Sie griffen so lange an, bis der, den es kaputt zu fahren galt, kaputt gefahren war. Und jetzt war er es, der dran war.

An zwölfter Position liegend erreichte er den Scheitelpunkt. Unter den kahlen Baumwipfeln, die er von unten gesehen hatte, führte die Strecke in einer engen Linkskurve wieder in den Ort hinein und dann in die Felder hinaus Richtung Koppenberg. Er beobachtete, wie sich an der Spitze die Teams von Broscard und Vermeulen formierten, dahinter das Piani-Team von Lualdi.

Der Wind peitschte gewitterhaft strahlende Wolkengebilde über die Felder. Sie ließen die Häuser hinter sich und kamen auf die Allee. Ausgeblasenen Fackeln gleich, ragten die kahlästigen Pappeln über dem schwarzen Strich des Bewässerungsgrabens am Straßenrand auf. Plötzlich war das Gefühl wieder da. Es tauchte die Straße und das Land ringsum in ein düster leuchtendes Licht und erschuf ein Bild in ihm, von dem nicht zu sagen war, ob es ein Bild der Heimsuchung oder der Erlösung war. In einer Aureole von Einsamkeit und Unbeugsamkeit marschierte sein Großvater in seiner ramponierten Militäruniform hinter dem Ochsengespann über seinen Acker, den Pflug zwischen den Fäusten. Marschierte durch die von den blitzenden Pflugscharen aufgewühlte, ihn umregnende Erde singend Schlachten entgegen, die längst vergangen, doch niemals zu Ende waren, die wieder und wieder von seiner Erinnerung heraufbeschworen wurden, ob er nach getaner Feldarbeit allein in seinem Wohnzimmer saß oder ob er ihm, seinem Enkel, davon erzählte, damit der verstand, woraus das Leben und woraus ein Mann gemacht war.

Ihm erzählte von Männern, die diese Schlachten geschlagen hatten und in ihnen gefallen waren. Seit über fünfzig Jahren tot, für ihn jedoch niemals gestorben, sondern lebendig und immer noch an seiner Seite, was der Enkel schließlich verstand, als der Großvater tot und er selbst ein Mann geworden war. Ein Mann, der wie sein Großvater keinen Unterschied wollte zwischen dem Mann, der man war, und dem Leben, das man führte. Der nun auch verstand, dass die Toten, die einem etwas bedeuteten, lebendiger waren als fast alle Lebenden um einen herum. Es war ein Verstehen, das ihn zurück dorthin führte, wo es entstanden war, ins Alleinsein. Man musste sich behaupten, und das ließ sich nicht auf irgendwelche andere schieben, damit sie es einem abnähmen.

Der Enkel verstand es, als marschierte er selbst durch die herabregnende Erde, nun aber aufgewühlt und empor geschleudert durch die Einschläge von Granaten in einer der Schlachten, irgendeiner, im Wesentlichen waren sie einander alle gleich, von denen sein Großvater ihm erzählt hatte. Marschierte mit derselben Unerschütterlichkeit wie sein Großvater marschiert war, denn es war ja nur ein Zufall in der Abfolge der Generationen, dass er der Enkel war. Ebensogut hätte er an Stelle seines Großvaters sein, sein Großvater an seiner Stelle sein können. Auch dann hätten sie sich der ihnen auferlegten Situation gestellt. Sein Großvater als der Rennfahrer, der nun er geworden war, und er als Soldat, der gleich ihm die Brücke über den Kanal gesprengt hätte, als die ersten deutschen Panzer schon auf die Rampe rollten, während die letzten drei seiner Kameraden noch auf das Ende der Brücke zu liefen. Drei Mann, die sich nun allem Einsatz zum Trotz nicht mehr retten konnten und von ihm gemeinsam mit den feindlichen Panzern in die Luft gesprengt wurden.

Es gab das eben, das Aussichtslose und das Unausweichliche. Man wurde nicht gefragt, wie man es haben wollte. Man wurde hineingeworfen und musste sich behaupten. So gut und so lange es ging. Wofür? Ja wofür? Weil man da war und bleiben wollte. Er hätte es damals und hatte es jetzt ebenso auf sich genommen, wie sein Großvater es auf sich genommen und niemals vergessen hatte. Und es dadurch immer und immer wieder auf sich nahm, weil er sich in dieser Erinnerung stets aufs Neue behaupten musste. Und darin bestand die Rechtfertigung.

Er aber zog nicht in Schlachten, er fuhr bloß Radrennen. Wie immer ein Rennen verlief, er hatte keinen Grund sich zu beklagen. Diese Situation jetzt, das war gar nichts. Damals, als er zitternd vor Schmerz und Zorn am Grab seines Großvaters gestanden hatte, war ihm, als würde ein Teil von ihm selbst mit begraben. Als sei er lange vor seiner Geburt in seinem Großvater schon vorhanden gewesen. Später, wenn er manchmal wieder alleine in das Zimmer hinaufgestiegen war, in dem sein Großvater die letzten dreiundzwanzig Jahre seines Lebens zugebracht hatte, dachte er darüber nach, erstaunt und verwirrt, was für ein Zufall Ort und Zeit einer Geburt waren, und damit das ganze Leben eines Menschen.

Er wusste, dass sein Großvater sich als Rennfahrer in diesem Augenblick der Bedrängnis genauso verhalten hätte wie er. Erfüllt von Trotz und einem finsteren Stolz wartete er auf die erste Attacke.

15.17 Uhr, Koppenberg

Blickt man so weit, wie man sie einsehen kann, über die schmale, steil ansteigende Pflasterstraße hin, ehe sie durch eine Biegung dem Blick entzogen wird, nehmen ihre unbehauenen Granitblöcke eine trügerische Regelmäßigkeit an. Wie Wellen, die trotz ihrer unaufhörlich wechselnden Gestalt und ihrer Ungleichheit in Höhe und Länge auf See eine in Gleichförmigkeit schwankende Unendlichkeit vorgaukeln.

Nur dass die Straße schmal ist. Links und rechts von Hecken begrenzt, gleicht sie für die Rennfahrer einer in den Boden gesenkten, vertikalen Unendlichkeit. Aus dem flachen Ackerland heraus führt sie durch das Waldstück und steigt schließlich unter überhängenden Zweigen einem so kleinen Himmelsausschnitt auf der Anhöhe entgegen, als beanspruche sie ihren eigenen Horizont.

Niemand von denen, die sie einst in die schwere, lehmige Erde geschlagen hatten, war noch am Leben, und zweifellos würde sie jeden der Enkel und Urenkel samt ihrer Kinder überleben, die an diesem Nachmittag hier herausgekommen waren, um die Rennfahrer über dieses steinzeitliche Pflasterstück fahren zu sehen.

Obwohl die Pflastersteine an sonnigen Nachmittagen ein friederfülltes Bild von Dauer und Beständigkeit abgaben, hing stets auch ein Eindruck von Gewaltsamkeit über den mit der Spitzhacke aus dem Fels gebrochenen Granitblöcken.

Sie hatten nicht nur die eisengefassten Speichenräder schwer beladener Pferdefuhrwerke getragen, für die sie einst hierher geschafft worden waren. Langrohrige Geschütze waren über sie hin gezogen worden, Schürzen von Lafetten hatten über ihre gebuckelte Oberfläche gekratzt, Bataillone hatten sich ihre Stiefel auf ihnen abgetreten.

Voll von Geschichte, doch jeder Erinnerung bar, hatten sich die Steine lediglich hier und da verschoben. Waren eingesunken, wo die Erde unter dem Druck, den sie stoisch trugen, nachgegeben hatte, waren abgerutscht an den Kanten des von ihnen gebildeten Damms.

Gezeichnet von Splittern und Rissen, offenbarten die Granitblöcke ihr Wesen, das auf Energie und Druck beruhte. Davon waren sie erschaffen worden, eine aufs äußerste komprimierte Materie aus Mineralien, Erde und Staub. An Tagen wie diesem ließ sich unter dem Schliff von Regen und Wind ahnen, dass auch sie eines Tages zerfallen würden, wie alles, was aus unterschiedlichen Substanzen zusammengesetzt war. Sich wieder auflösen würden in Staub, Erde, Mineral, aus denen nach abermals Jahrmillionen währender Verdichtung wieder ein Stein werden würde. Und so bezeugte die unaufhörliche Verwandlung der Steine, indem sie die Vergänglichkeit vorführte, die Ewigkeit.

Der Koppenberg erwies sich an diesem Tag für Roger Vermeire als Verbündeter. An der Spitze ihrer Verfolgergruppe hatten sich die roten Trikots der Solo-Fahrer mit den schwarzgelben von High Tech France zu einem Express zusammengespannt, der bedingungslos Tempo fuhr. Vermeires Helfer sollten keine Chance mehr bekommen, noch einmal an die Seite ihres Kapitäns zu gelangen. Doch wollte niemand vor dem Koppenberg seine Energien in einer Solo-Attacke verpulvern. Das schien auch nicht notwendig zu sein. Sie hatten Zeit. Zwischen Koppenberg und Muur hatten sie fast sechzig Kilometer und rund eineinhalb Stunden Zeit, Vermeire mit ihren gemeinsamen Attacken aufzureiben.

Schwarz lief die Straße durch die von Nässe verdunkelten Wiesen und Äcker. Wand sich nach links, nach rechts, während der Wind immer neue Schattengebilde aus der Tiefe des Horizonts herantrieb. Mal fielen sie schräg von hinten, mal von der Seite, mal schräg von vorne über die Rennfahrer her und flohen, von ihnen unbeachtet, über ihren Köpfen davon. Seit einiger Zeit schon regnete es nicht mehr, doch hatte der Regen zwischen dem in Nässe versunkenen Land und den niedrig hängenden Wolken gleichsam die Atmosphäre eines Unheils geschaffen. Eine rollende Düsternis, durch die sich das Tageslicht mal hier, mal dort, doch niemals für lange in breiten Bahnen ergoss, wie die Strahlen einer grau gewordenen Sonne.

Im ständig wechselnden Wind hielten die Fahrer von Solo und High Tech France an der Spitze das Tempo hoch. Doch Roger Vermeire beobachtete die vier azurblauen Piani-Trikots, die als kompakter Block direkt hinter der Spitze ihren Kapitän Alfredo Lualdi abschirmten, sich jedoch nicht an der Tempoarbeit beteiligten.

Also Lualdi, dachte er. Lualdi war der Mann, mit dem er heute zu rechnen hatte. Sauhund. Der kannte Vermeulen so gut, wie er selbst in diesem Augenblick Lualdis Kalkül durchschaute. Denn Vermeulen wollte die Ronde nicht nur gewinnen, er wollte sie gegen Vermeire gewinnen. Die Rivalität des kommenden Stars mit dem alten Champion war der entscheidende Faktor in Lualdis Rechnung. Wenn Vermeulen ihn kaputt fahren wollte, bitte, nur zu. Er und sein Team würden sich nicht daran beteiligen. So ein Schweinehund. Lässt die Jungs von Broscard und Vermeulen vorne im Wind die Arbeit machen und dann schlagen sie los.

Und er war allein. Je vier Fahrer von Solo, von High Tech France und Piani, drei Oranje-Trikots von Niedstam und seinen Tele 10-Leuten, Carlo Belli mit zwei Leuten seines Molani-Teams, ein paar andere. Das alles sah er, verbunden mit den über die Unterseite des Himmels dahin rollenden Wolken, vermischt mit der Kälte und dem beständigen leisen Zischen des von ihren Rädern aufgewirbelten Wasserfilms und schließlich verbunden mit einem in ihm aufsteigenden, sich immer heftiger regenden Zorn. Einem Zorn, der ihn mit jenem Maß an Aggressivität auflud, das er gleich benötigen würde. In weniger als fünf Minuten würden sie am Koppenberg sein.

Sein Zorn galt nicht Vermeulen, Lualdi, Broscard persönlich. Niemals hatte er sich, auch wenn er den einen oder anderen mal Sauhund schimpfte, gegen eine andere Person gerichtet. Zorn und Aggression richteten sich immer nur gegen die Situation, in der er sich mit seinen Gegnern befand. Gegen den Zustand der Straße, die Zumutung des Wetters, gegen eine ungünstige Rennkonstellation wie jetzt. Letztlich richteten sie sich gegen das Leben selbst, das sich ihm auf diese Weise gerade in den Weg stellte. Ihm immer wieder die Grenzen wies.

Und wenn seine eigene Schwäche ihn in einem Rennen wieder einmal demütigte, so ertrug er dies mit Hilfe seines Zorns, der sich dann gegen ihn selbst richtete. Ein Feuer in ihm entfachte, das den Boden verbrannte, über den er fuhr. Kein fruchtbares Land entstand dabei, denn die Asche verflog und hinterher war der Boden nur blank und hart, jedoch von außerordentlicher Tragfähigkeit.

Teils gesteuert von taktischem Kalkül, teils vom Reflex auf die sich in ihm zusammenballende aggressive Erregung war Roger Vermeire schneller geworden. Er fuhr heraus aus dem schützenden Sog der Gruppe, weiter nach vorne direkt vor die Piani-Fahrer, als wolle er sich gegen jede Vernunft an der Tempoarbeit seiner Gegner beteiligen.

Jetzt dachte er nur noch von Augenblick zu Augenblick. Seine Wahrnehmung, seine Konzentration waren ganz und gar dem Jetzt verhaftet, so wie er selbst an sein verzerrtes, nahezu aufgelöstes Widerbild gebunden war, das an seinen Reifen haftend mit ihm über die nasse Straße glitt.

Jetzt und jetzt und wieder jetzt. Nur jetzt und nichts als das Jetzt. Und jetzt flogen sie der Biegung entgegen, hinter der der Koppenberg begann. An achter Stelle liegend, fuhr er an der Gartenmauer vorbei, hinter der er gestern den Jungen unter den unerblühten Obstbäumen getroffen hatte. Und jetzt sah er wieder das von den Narben der Zeit und von all dem Gesehenen geschaffene Gesicht seines Großvaters. Hörte die angesichts dieser Narben seltsam dünne, brüchige Stimme: Ich habe nie gedacht, dass ich am Abend noch am Leben sein würde. Die Besten. Nur die Besten kommen durch!

Noch war die Straße breit. Vorne Vermeulens Leute, drei Mann, dahinter Broscards schwarzgelbe Garde, direkt vor ihm Vermeulen selbst im Windschatten seiner Verbündeten.

Und er wartete nicht mehr. Wartete nicht, bis zwischen den beiden Erdwällen das Steilstück begann. Das brüchige Altmännerfalsett: Die Selektion! Die Selektion! Er riss sein Rad auf die andere Straßenseite hinüber, wo niemand fuhr. Riss es heraus aus dem schützenden Strom der anderen, sodass, wer sein Hinterrad erwischen wollte, schon einmal drei, vier Meter quer über die Straße hinweg durch den Wind kreuzen musste, ehe er auf seine Seite hinüberkam. Und dann immer noch im Wind hing, solange er nicht an ihn heran kam.

Roger Vermeire wusste nichts von dem Schrei, der auf seinem aufgerissenen Mund barst, als er in das Pflasterstück hineinfuhr. Geschüttelt, gestoßen, gepeinigt, als wären die Steine die materielle Entsprechung einer Explosion aus der Tiefe dessen, der sich Roger Vermeire nannte. Der in diesem Augenblick jedoch nichts von sich wusste, weil alles, woraus er bestand, das Messbare, Wiegbare, Zählbare, das Nichtgreifbare, sich aufgelöst hatte in Aktion.

Die Besten, die Besten! Wer hierher kommt, muss leiden!

Sein Rad tanzte über die Steine. Er sah sich nicht um. Sie waren abgehängt. Er wusste das. Sein in Zigtausenden von Rennkilometern geprägter Instinkt sagte es ihm. Meter um Meter stampften seine Beine die Steine herbei. Steine in geraden und schiefen Reihen, ein gewaltsamer Reigen, sich hinter ihm türmend zu einer Mauer aus Granit, an der seine Gegner zerbrechen sollten.

Bataillone, von Erde umregnet, blitzender Stahl, Getose, Geschrei. Und schattenhaft, unerlöst zwischen Himmel und Erde, ein ins Groteske vergrößerter fahrradfahrender Schatten, der Pionierkorporal der Elitetruppe seiner Majestät des Königs von Belgien, Alberic Joseph Vermeire, sein Großvater. Sein Herz hämmerte gegen die Rippen, die Steine hämmerten gegen die mit acht Atü hart wie Eschenholz aufgepumpten Reifen. Ein Sausen in seinen Ohren, von Schreien zerrissene Luft.

Eine schwankende Mauer aus Rufen, fuchtelnden Armen, wehenden Fahnen empfing ihn, als er sich den beiden Erdwällen am Eingang des Hohlwegs näherte. Bereits siebzig, achtzig Meter vor den anderen, die ein ganzes Stück unterhalb von ihm die Helling erklommen, im Herankommen noch klein und fern, während er in dem schmalen Durchlass für die Menschen beinahe berührbar, über dem Pflaster plötzlich doppelt so groß erschien.

So sanft wie möglich steuerte er durch die Biegung, erst rechts, dann links. Wich dem lehmigen Morast aus, den der Regen von den Erdwällen über die Steine gespült hatte. Stampfte das Rad mitten über die schrecklichen Steine das zwanzigprozentige Steilstück hinauf, dem halbrunden Ausschnitt des Horizonts entgegen, wo der Koppenberg zu Ende war.

Ein kurzer Blick zurück sagte ihm, dass er etwa zehn bis fünfzehn Sekunden Vorsprung hatte. Bis dort oben könnten daraus dreißig geworden sein. Eine halbe Minute, in der er, während die anderen noch in dem Steilstück hingen, bereits über die dann wieder ebene Asphaltstraße der nächsten Helling entgegen jagte.

Noch dreiundsiebzig Kilometer bis Meerbeke. Für einen Soloritt war das zu weit, doch vorne hatte er Roesen. Wenn das Motorrad das nächste Mal zur Spitze fuhr, um die Abstände anzuzeigen, würde Ferdi Roesen erfahren, dass er alleine unterwegs war zu ihm, würde sein Tempo verhalten und auf ihn warten.

Sobald Vermeires Abstand zu den Verfolgern eine Minute erreicht hatte, durfte Verstappen mit dem Materialwagen vorziehen und sich direkt hinter ihn setzen.

Ein Defekt, der auf dieser Strecke jederzeit möglich war, würde ihn dann nur noch wenige Sekunden kosten.

Julie versuchte etwas von der Radioreportage über das Rennen mitzubekommen. Überall an der Muur hatten Leute ihre Transistorradios eingeschaltet, um die Übertragung zu verfolgen. Einige Male hatte sie aus dem Radio, das ihr am nächsten war, Rogers Namen gehört, doch der Wind verwehte die Sätze, fuhr so geräuschvoll in die Baumwipfel, dass sie immer nur Bruchstücke verstand, die sich nicht zu einem Geschehen zusammensetzen ließen.

Als sie vor eineinhalb Stunden hier heraufgekommen war, hatten sich erst wenige Leute an der Strecke verloren. Inzwischen standen sie dicht an dicht, zusammengeballt wo das Pflasterstück besonders schmal und steil wurde.

Sie war froh, dass sie früh gekommen war und sich ihren Platz an der vereinbarten Stelle gesichert hatte. Unter den gelben Bannern mit dem Flämischen Löwen hatte sich eine Art Regenfiesta entfaltet. Vom Hemelrijk weiter oberhalb drang, zerrissen vom Wind, hin und wieder Musik durch das Rauschen des Windes, das Schlagen der Äste, dem beständigen dumpfen Lärmpegel über der Menge, die sich links und rechts an der Strecke aufgereiht hatte. Es war sehr kühl. Julie hatte jetzt einen Punkt erreicht, an dem sie nicht mehr fror.

Ein Regenschauer kam herunter, trommelte auf die Regenschirme, über deren ausgespannte Oberflächen die dichten, beinahe weiß abspringenden Tropfen kleine Dunstglocken hängten. Gegen den Lärm des Regens wurden die Kofferradios aufgedreht, Julie konnte trotzdem nichts verstehen. Ein schüchterner Stolz ließ sie nicht fragen, schließlich war sie die Freundin von Roger Vermeire.

Sie lächelte, weil sie sich daran erinnerte, wie sie vor zehn Jahren am Mont Ventoux auf ihn gewartet hatte. Nun stand sie hier und wartete abermals auf ihn. Sie war so vergnügt. Und wieder versuchte sie sich auszumalen, wie das Leben mit Roger nun werden würde, wie sie zurückkämen nach Paris und… An diesem Punkt brach ihre Vorstellung jedes Mal ab. Sie konnte sich ja nicht einmal vorstellen, wie es sein würde, wenn das Rennen zu Ende war. Da sie sich jedoch kein Bild von dem Ort machen konnte, an dem sie sich nachher wiedersehen würden, sah sie Roger nur wie damals in Carpentras auf einem Podest. Jetzt war es das Siegerpodest, und er stieg da herunter und kam zu ihr und schenkte ihr den Blumenstrauß, so wie er ihn ihr damals hatte schenken wollen, nachdem er beinahe zu ihren Füßen gestürzt und dann den anderen hinterhergefahren war. Damals konnte er nicht wissen, dass er sie am Abend auf dem Festplatz wiedersehen würde.

Aber jetzt weiß er es, dachte sie. Er hat mich ja kommen lassen. Bestimmt wird Willy in't Ven kommen, um mich abzuholen und zu ihm zu bringen. Oder Wim holt mich.

Sie fand, er hätte schon schreiben können, wo sie nach dem Rennen hinkommen sollte oder wer sie dort hinbringen würde. Und wenn es nur ein Satz gewesen wäre. Aber er hat es wohl selbst noch nicht gewusst, sagte sie sich, und ich weiß ja, wie er ist. Er hasste es, über Dinge zu reden, die nicht konkret waren. Die bloß möglich waren. Vielleicht einträfen und vielleicht auch nicht.

Oft hatte sie sich in jenem Herbst und Winter mit ihm die Zukunft ausgemalt. Was sie machen, wohin sie fahren, wie glücklich sie sein würden. Er hatte sich das angehört und gelacht. Sie hatte gesagt, dass sie studieren wolle. Papa wollte nicht, dass ich nach Avignon aufs Gymnasium ging, erzählte sie ihm. Doch jetzt könne sie in Paris die drei Jahre Schule nachholen. „Und anschließend“, erklärte sie, „studiere ich an der Sorbonne. Das ist mein Traum.“ Sie verstand nicht, weshalb er auf einmal so schroff wurde, beinahe böse. „Träume sind Quatsch“, hatte er gesagt. „Träume machen nur Sinn, wenn man sie erreichen kann. Und dann sind es keine Träume, sondern Pläne. Ein Traum nützt einem überhaupt nichts. Er hindert dich bloß daran, die Dinge so zu sehen, wie sie sind.“

Als sie sich jetzt im Regen an der schrecklichen Pflasterstraße stehend, die er bald hinauffahren musste, daran erinnerte, fühlte sie sich ein bisschen wie seine ältere Schwester, die ihm seine Verbohrtheit ausreden und ihm das Leben, das richtige Leben, zeigen musste. Er kannte es gar nicht. Vor lauter siegen müssen und kämpfen wusste er gar nicht, wie das Leben wirklich war. Träume gehörten doch dazu. Und Liebe. Manchmal war er so verbohrt. Dann machte er alles klein. Das hatte ihr immer so leid getan. Dann hatte er sie oft an ihren Vater erinnert, wie ihr Vater als junger Mann gewesen sein musste.

Eines der Fotos, die sie immer in ihrer Umhängtasche bei sich trug, zeigte ihre Eltern in den Ferien in der Camargue, als sie noch nicht geboren war. Sie sahen beide sehr jung und sehr glücklich aus. Jedesmal, wenn sie es betrachtete, dachte sie, dass die Liebe im Leben das wichtigste sei.

Sie hatte es lange nicht angesehen, nachdem ihre Mutter sie damals verlassen hatte; ihren Vater und sie. Es war ihr unerträglich geworden. Ein ganzes Jahr später, als sie nachmittags in Rogers Wohnung alleine war, hatte sie es wieder einmal hervorgeholt. Doch nur kurz, weil sie es noch immer nicht ertragen konnte.

Erst als sie Kellnerin im Olympia war, ein Leben gefunden hatte, das ihr gefiel und das dem ähnelte, wonach sie sich gesehnt hatte, als sie vor dem Einschlafen von ihrem Bett aus den Berg hinter ihrem Fenster betrachtet hatte, war sie allmählich bereit zuzugeben, was sie längst begriffen hatte: dass ihre Mutter unglücklich gewesen war. Etwas in ihrer Mutter hatte sie an der Seite ihres Vaters unglücklich werden lassen. Etwas, das zu ihr gehörte und unzerstörbar war, hatte ihre Liebe zerstört.

Niemals war Julie dem auf den Grund gekommen. Immer war für sie die Liebe das Größte geblieben. Längst hatte sie ihrer Mutter verziehen, ihr zugestanden, unglücklich gewesen zu sein. Und doch war es für sie unerklärlich geblieben, weshalb sie sie verlassen hatte.

Sie dachte an Roger. Wie er war, wie sie ihn liebte, gerade weil er so schroff und ungelenk war, so voller Kraft und dabei zu scheu und befangen, um zugeben zu können, dass ihm Zärtlichkeit gefiel. Ein Strom von Zuneigung und Innigkeit überschwemmte sie. Eine Geborgenheit wie damals, wenn sie aus ihrem Fenster über die Felder zu ihrem Berg hinaufgesehen hatte. Nur ruhiger jetzt, weil ihre Sehnsucht ihr Ziel gefunden hatte. Und auf einmal begriff sie ihre Mutter. Begriff, dass ihre Mutter damals von derselben Kraft getrieben worden war, die sie jetzt hierhergebracht hatte, und dass diese Kraft die Sehnsucht nach Leben war.

Ein Aufschrei riss sie aus ihren Gedanken. Unartikuliert und wild. Anhaltend, sodass er in sich selbst nachhallte und verstärkte. Der Aufschrei hatte die Luft über den Köpfen der gedrängten Menge an der Muur aufgerührt. Ein Ruf, ein zweisilbiger Laut, formierte sich aus der Erregung, fand seinen Rhythmus und dann hörte sie es ganz deutlich, anwachsend über die ganze Strecke der Muur. Es drang von den Häusern unterhalb zu ihr herauf, drang über das kahle Geäst der Bäume von der Höhe der Marienkapelle zu ihr herunter: „Ro-ger-Ro-ger-Ro-ger…"

Sie machte zwei Schritte zu der Gruppe neben ihr mit dem Radio. „Er ist weg!" schrie ihr jemand unter dem Regenschirm zu. Und weil sie nicht gleich begriff. „Vermeire hat attackiert. Am Koppenberg!" Sie reckte den Kopf. Das Dach ihres Regeschirms verband sich mit den Dächern all der anderen Regenschirme. Sie versuchte durch den Lärm der Stimmen, des auf die Schirme trommelnden Regens, zu hören, was gerade passierte. Jemand rief: „Zwölf Sekunden." –„Zwölf Sekunden", schallte es weiter zu anderen, die kein Radio hatten. „Zwölf Sekunden." – „Sechzehn!"

Die Stimme des Reporters. Namen. Der Regen. „Roger-Ro-ger!" durch den Regen. Innerhalb der Kreise um die Radios war es leiser geworden. Als habe jemand den Ton heruntergedreht. Die Stimme des Reporters; jetzt hörte sie es genau: „Vermeire fährt wie eine Maschine. Gleich hat er das Steilstück geschafft. Niemand kann folgen. Die Strecke ist furchtbar. Überall Schlamm. In den Löchern zwischen den Steinen steht das Wasser. Die Verfolger kommen jetzt ins Steilstück. Defekt! Belli hat Defekt. Niedstam vom Rad! Schlamm von einem Hinterrad ist ihm an die Brille gespritzt. Niedstam bleibt stehen. Kann nichts mehr sehen. Vorne Vermeire. Vermeire hat jetzt zwanzig Sekunden Vorsprung… Vermeire…"

Und dann verstand sie nichts mehr, denn das Folgende ging unter in einem Aufschrei. Sie verstand nur noch die Bedeutung des Aufschreis selbst und presste ihre Faust auf den Mund.

Der in die Strecke hineinhängende, blühende Schlehdornbusch tauchte vor Roger Vermeire auf. Kurz dahinter war das Steilstück zu Ende. Wie unter einem Schüttelkrampf hielten seine Fäuste den Lenker umklammert. Die Steine schlugen durch den Rahmen des Rads, trafen auf seine Gelenke an Ellenbogen und Schultern. Er versuchte jetzt sich am Rand zu halten wo das Pflaster ebener war, fuhr dicht am Absperrgitter entlang, streifte ausgestreckte Hände, die seinem Schwung nachhelfen wollten. Vor ihm war der Boden zu einer Schlammlache aufgeweicht. Er steuerte zur Straßenmitte zurück, wo das Wasser stand und die Steine verdeckte.

Ein Schlag traf sein Vorderrad. Dumpf, hart wie von einer Eisenstange. Jäh blockiert, ließ der Druck von der Geschwindigkeit sein Hinterrad in die Höhe steigen, dann stellte das Rad sich quer. Er zwang es in die Balance zurück, wuchtete es über die Kante des Pflastersteins, auf die sein Vorderrad geprallt war. Dann sah er, was er bereits in dem Augenblick wusste, als er den kurzen, metallischen Knacks gehört hatte. Die Gabel seines Vorderrades war gebrochen.

Als er das Rad zur Mitte gelenkt hatte, war er in ein mit Wasser gefülltes Loch im Pflaster gefahren, die Felge war gegen den Stein geknallt und dabei war die Vordergabel gebrochen. Keine hundert Meter vor dem Ende des Koppenbergs.

Er steuerte das Rad an den Rand. In der Verlangsamung traten die Steine überdeutlich hervor, ihre Risse, die Lücken. Er erinnerte sich daran, diese Lücken gestern registriert zu haben, doch da lagen die Steine noch nicht unter Wasser und Schlamm. Das Vorderrad begann ein wenig zu schwimmen, weil es nicht mehr ganz fest saß. Er hatte Sorge zu stürzen, zog die Füße aus den Pedalhaken, stieg ab und schob das Rad dicht an der Absperrung an einer Mauer schreiender Gesichter, ausgestreckter Arme entlang. Seine harten Sohlen rutschten auf den nassen Granitbuckeln.

In Augenblicken, da die Realität das Bewusstsein überwältigt, nimmt sie oft die Gestalt eines Traums an. In überwirkliche Klarheit getaucht, streift das Geschehen seine Zeitlichkeit ab, sodass der Eindruck entsteht, die Zeit stünde still, während das Geschehen unerklärlicherweise weiterläuft. Als wäre es ein mechanisches Spielzeug, willkürlich bewegt von einer Macht, die sich nicht nur jenseits der Zeit befindet, sondern für die auch die Zeit nur ein mechanisches Spielzeug ist, das sie beliebig vor und zurück laufen lassen kann.

Das Geschehen selbst aber, vollzieht sich für die, die ihm unterworfen sind, mit der Erbarmungslosigkeit verrinnender Zeit.

Zwanzig Sekunden waren vergangen, als die Gruppe um Vermeulen, Lualdi und Broscard an dem sein Rad die Steigung hinaufschiebenden Roger Vermeire vorbei fuhr. Die Gruppe war kleiner geworden. Vermeire sah auf die Uhr, weil er wissen wollte, wie viel Zeit er verlor. Ehe die Gruppe oben um die Biegung gefahren war, kam die nächste heran. Kaum mehr als zehn Sekunden waren vergangen. Dann kamen drei, dann ein einzelner Fahrer vorbei.

Wo waren Belli und Niedstam? Er hatte sie nicht vorbeifahren sehen. In diesem Augenblick fuhr Henk

Niedstam an ihm vorbei. Aber Carlo Belli? Wahrscheinlich Defekt. Er wollte das Rad bis zur Höhe schieben und dort auf den Materialwagen warten.

Kurz bevor er oben war, warf er einen Blick zurück. Teils bereits von den beiden Erdwällen verdeckt, rollte aus der Tiefe zwischen den Äckern das große Feld heran. Darin mussten sich van der Waele, Peeters und die anderen befinden. Wenn er Glück hatte, hatten sich die beiden am Molenberg geteilten großen Gruppen auf den sieben Kilometern hinter dem Paterberg wieder zusammengeschlossen. Dahinter würden dann die Materialwagen kommen. Hatte er Pech, waren es noch immer zwei getrennte große Gruppen im Abstand von weniger als einer Minute, sodass die Materialwagen nicht an der hinteren Gruppe vorbei vorziehen durften. Er sah jetzt nicht mehr auf die Uhr.

Seit er vom Rad gestiegen war, bewegte er sich in seinem eigenen Schwerefeld, das an der schier endlosen Reihe auf ihn gerichteter Gesichter, zu ihm hinübergebeugter Oberkörper entlangglitt, unempfindlich gegen die Schreie, die Rufe. Das alles prallte auf eine äußere Hülle, glitt von ihm ab, wie die Berührungen der nach ihm ausgestreckten Hände. Dann sah er den Jungen.

Er hatte sich halb durch die Absperrgitter gezwängt und schlug um sich, weil eine Frau und ein Mann ihn festhielten. „Roger!“ hörte er ihn durch den Lärm schreien. Die Stimme so hell und schwach, das verzerrte Gesicht und der Junge im Kampf mit seinen Eltern, die seine Arme festhielten und ihn hinter die Absperrung zerrten.

Ferdi, dachte Vermeire. Ferdi hieß er. Er hatte ihn schon vergessen gehabt. Und plötzlich sah er in dem Jungen sich selbst. Sah sich wieder in seinem Traum von damals in seinem bunten Renntrikot die Muur hoch fahren, genau auf die Marienkapelle zu, wo das Ziel war und die Arme hoch reißen. Hörte wieder die Glocken, die zur Ostermesse läuteten. Und er in seinem weißen Talar voller Andacht und Freude, weil er statt der weißen Kerze, die er in der Hand hielt als sie die Kirche betraten, seinen ersten Steuersatz von Campagnolo sah, den ihn am Morgen sein Großvater geschenkt hatte. Und seine Eltern so stolz und abends der Streit. Wie sie an ihm zerrten und wie er sich von ihnen losgerissen hatte.

Er hatte nie begriffen, weshalb seine Mutter seinen Vater geheiratet hatte. Liebe. Wenn das Liebe war, dann war es ein Irrtum. Und der Irrtum war so krass, dass die Liebe immer unbegreiflicher wurde. Und daraus war er entstanden. Das akzeptierte er nicht. Er stammte von seinem Großvater ab. Sein Großvater war so allein wie er. An seine Großmutter erinnerte er sich nicht. Sie war gestorben, noch ehe er sprechen konnte. Die Großeltern mütterlicherseits hatte er niemals zu sehen bekommen. Sie waren von der anderen Seite des Flusses. Waren gegen die Heirat ihrer Tochter gewesen und waren niemals zu ihnen herübergekommen.

So hatte er seinen Großvater stets nur als einen Mann ohne Frau wahrgenommen. Doch sein Großvater hatte seinen Vater gezeugt, der wiederum ihn gezeugt hatte. Zwar sah er sich ganz und gar als Spross seines Großvaters, jedoch niemals als das Resultat geschlechtlicher Vereinigungen. Vielmehr hatte er die Empfindung, sein Großvater habe ihn in seinen Schlachten und auf seinem Acker allein durch seine Haltung zum Leben erzeugt, damit er in ihm, seinem Enkel, eines Tages weiterleben würde. In einer Welt, in der Frauen keinen Platz hatten.

Sie hatten den Jungen hinter die Absperrung zurückgezerrt. Er sah nur noch sein verzerrtes Gesicht über dem Gitter. Plötzlich dachte er an Julie. Ihr Gesicht. Die unbeirrbare Glücksbereitschaft, die ihr Gesicht ganz still machte, bis auf die Augen. Diese Vergissmeinnichtaugen, in denen ein Hunger brannte, den er auf erschreckende, uneingestandene Weise verstand.

Die Jagd

Oben am Koppenberg hatten sich links und rechts der Strecke Polizisten in Regenumhängen vor den Gittern postiert. Mit ausgebreiteten Armen hielten sie weiße Signalstöcke in den Händen und passten auf, dass niemand die Absperrung durchbrechen und an Roger Vermeire herankommen konnte. Die Spitze des großen Fahrerfelds befand sich bereits in der Steigung. Im Schatten des Gefälles war sie den Blicken jetzt entzogen. Eine Vierergruppe tauchte aus dem Hohlweg auf. Er erkannte van der Waele. Jetzt hatte van der Waele ihn entdeckt, nahm kurz eine Hand vom Lenker und wies auf sein Rad. Ob er es wolle?

„Fahr weiter", schrie Vermeire ihm entgegen. „Peeters ist draußen", schrie van der Waele im Vorbeifahren zurück. Dieser Kacker, dachte Vermeire. Doch Gerry ist gut, sehr gut. Guter Mann.

Gerry van der Waele war acht Zentimeter kleiner als Vermeire. Sein Rad hat andere Abmessungen. Sattelhöhe, Lenkerposition, Länge der Tretkurbeln – passte alles nicht. Auf van der Waeles Rad hätte er keine Chance.

Nun kam das große Feld den Hohlweg herauf. Vorne die Molani-Trikots von Bellis Leuten, die ihren Kapitän nach dem Defekt wieder in die Spitzengruppe fahren wollten. Sie kamen in quälender Langsamkeit. Er zählte. Sechs, zehn, fünfzehn, achtzehn Fahrer. Buckelnd, stampfend, keuchend schienen sie in einer zähen, dampfenden Lava zu stecken. Bei Vierzig hörte er auf zu zählen.

Endlich sah er das Licht der Autoscheinwerfer hinter den letzten Fahrern des Felds aufscheinen, dann verschwommen im Dunst zwischen den Bäumen die Räder in den Halterungen auf den Dächern der Materialwagen und zwischen den Rädern die hockende Gestalt von Willy in't Ven. Der Stella-Wagen war bereits an die Spitze der Kolonne nach vorne gefahren, nachdem Vermeires Defekt über das Rennradio gemeldet worden war.

Vermeire trat einen halben Schritt auf die Strecke hinaus. Weitere Rennfahrer fuhren vorbei. Er hielt sein Rad am Lenker in die Höhe, um Willy zu signalisieren, dass er eine neue Maschine brauchte. Sein Blick sog die graue Gestalt des Mechanikers auf dem Wagendach die Steigung hinauf. Willy löste das Ersatzrad aus der Halterung. Jetzt erst sah Vermeire wieder auf die Uhr. Er hatte mehr als zweieinhalb Minuten auf Vermeulen und die anderen verloren.

Der Materialwagen kam heran, bremste, Philippe sprang aus der Beifahrertür. Willy reichte Philippe das Rad herunter. Vermeire gab seine defekte Rennmaschine Philippe, der sie zu Willy hinaufreichte. Willy drückte sie in die Halterung und sprang vom Wagendach herunter. Kaum mehr als fünfzehn Sekunden waren vergangen. Fünfzehn Sekunden, in denen ihm die anderen um weitere zweihundert Meter davon gefahren waren. Sattel prüfen, Lenker prüfen. Schon saß Vermeire auf seiner Ersatzmaschine. Stehend stemmte er sich in die Pedale, Willy und Philippe schoben ihn an. Dann spürte er den

Druck ihrer Hände nicht mehr. Vor ihm lag das große Feld.

Er entdeckte van der Waele, der auf ihn wartete, um ihn ans Hinterrad zu nehmen, ihn in seinem Windschatten ans Feld heran zu führen und einen Korridor nach vorne zu bahnen. Sie erreichten es. Van der Waele fuhr ihn durch die Reihen der Fahrer wie ein Cowboy durch eine Rinderherde reitet.

Bis sie durch das Feld gekreuzt waren, kamen bereits die ersten Häuser von Maarkedal heran. In Maarkedal war die zweite Verpflegungskontrolle, 71 Kilometer vor Meerbeke. Vermeire rechnete: Wenn er noch vor der Verpflegungskontrolle angriff und gleich weiterfuhr, konnte er womöglich gut zwanzig Sekunden aufholen, dann noch einmal fünfzehn Sekunden bis zum Steenbeekdries und in der Helling weitere zehn Sekunden. Dann wäre er schon wieder auf weniger als zwei Minuten an Vermeulen und Co herangekommen. Er erklärte es kurz van der Waele. Der nickte und fragte, ob er mitfahren solle. „Bleib im Feld. Häng dich an die Molanis, falls sie versuchen nachzufahren." Nur kurz hatte er erwogen, sich die Arbeit mit Belli und seinen Molani-Leuten zu teilen und gemeinsam mit ihnen nach vorne zu fahren. Er hätte Kraft gespart, aber er hätte auch einen mehr vorne gehabt, der in der Lage war, das Rennen zu gewinnen.

Die breite Chaussee führte nach Maarkedal hinein. Was er jetzt vorhatte, verstieß gegen den Ehrenkodex. Nur in Ausnahmefällen durfte man gegen das ungeschriebene Gesetz verstoßen, dass bei der Verpflegungskontrolle nicht attackiert wurde. Das Feld verlor bereits an Fahrt. Noch war der Pulk der Helfer, die mit den Verpflegungsbeuteln in den Händen auf fast hundert Metern die halbe Straße blockierten, nicht zu sehen. Den Hintern hoch über dem Sattel, sprintete Roger Vermeire aus dem Feld heraus.

Die vorderen Helfer traten ein paar Schritte an den Straßenrand zurück, als sie ihn herankommen sahen. Er machte seinen Stella-Leuten ein Zeichen, dass er den Verpflegungsbeutel nachher vom Mannschaftswagen haben wollte, und raste weiter, auf den dunklen Menschenwall zu, der in der Ferne die Chaussee versperrte. Dort knickte die Strecke nach links auf einen Seitenweg ab, den 2100 Metern Kopfsteinpflaster der Mariaborrestraat entgegen.

Ein Mann allein kam besser über die Steine als eine Gruppe, in der jeder jederzeit stürzen oder von anderen stürzenden Fahrern mitgerissen werden konnte. Das Land lag nun flach unter den Himmel gebreitet. Keine Erdwälle, keine Hecken am Wegesrand, die ihm Windschutz gaben. Der Wind kam schräg von vorne über die Rübenfelder. Eisige Nässe schnitt ihm ins Gesicht, als er über die Steine Richtung Steenbeekdries fuhr. Sein Blick zog das widerspenstige Land durch Dunst und Regenschleier heran. Bei besserem Wetter hätte er sich an dem Hubschrauber über der Spitzengruppe orientieren können. Der schmale Streifen neben der Straße war morastig vom Regen. So fuhr er mitten über die Steine. Der gewinnt, der am meisten leiden kann, hatte der alte Briek Schotte gesagt.

Dies war ein Tag wie jener, als Briek Schotte seine größte Ronde gefahren war, bei Regen, Schnee und Wind. Vermeire bewegte seine Finger, die den Lenker umklammert hielten. Sie waren jetzt noch nicht gefühllos. Briek Schottes Finger waren damals so steif gefroren, dass er die Zähne zu Hilfe hatte nehmen müssen, um den platt gefahrenen Reifen von der Felge zu zerren.

Damals war Hilfe von außen noch nicht erlaubt. Der Defekt traf ihn genau in dem Moment, als Magni, van Est und Mahé attackierten. Als er den neuen Reifen endlich montiert hatte, hatte er fünf Minuten verloren.

Briek Schotte fuhr jetzt an seiner Seite. Die Straße führte auf den Steenbeekdries zu. Briek hatte sie damals alle wieder eingeholt. Alle bis auf Fiorenzi Magni, und am Ende fehlten ihm nur noch zwei verfluchte Minuten, um zum dritten Mal seine Ronde zu gewinnen.

Ich bin vielleicht nur noch zwei Minuten zurück, dachte Vermeire, als er in die Helling hineinfuhr. Eine Gruppe am Straßenrand schrie ihm etwas entgegen. Es ging unter im Lärm und der Wind trug es fort. Er verstand es erst, als er schon fast vorbei war: Die Spitzengruppe war noch 1:55 Minuten vor ihm. Und da ließ er auch die Erinnerung an Briek Schotte hinter sich zurück.

Er kam über die Höhe vom Steenbeekdries. Die Straße senkte sich sanft, immer noch Kopfsteinpflaster. Im Tal an der 180-Grad-Kurve, wo sie die Eisenbahngeleise querte, schwang die Straße endlich aus dem Gegenwind heraus.

Bis zum Taaienberg waren es nur zwei Kilometer. Die glatte Betonstraße vor ihm saugte den düsteren schmalen Pflasterpfad heran. Wie ein Falke im Zwielicht flog er zwischen den hohen Bäumen dicht über Grund die Helling hinauf. Schmaler und steiler wurde der Weg. Er konnte ganz rechts am Rand in der betonierten Abflussrinne fahren. Als er fast oben war, erblickte er, wartend am Straßenrand, das Motorrad mit den beiden Männern unter schwarzen Regenumhängen. Der auf dem Soziussitz hielt ihm die Schiefertafel entgegen, auf der die Abstände notiert waren. Sein Rückstand auf die Gruppe Vermeulen betrug nur noch 1:39 Minuten.

Nun ist er ganz bei sich selbst. Das Widrige, das durch den Plan ausgegrenzt werden sollte, ist eingetreten. Er hat es angenommen. Erlöst von der Hoffnung, diesmal werde das Pech ihn verschonen, fährt er über vertrautes Terrain, wo der Horizont nicht weit und von Erwartungen bestimmt ist, sondern sich in einem so engen Kreis um ihn schließt, dass die Welt nur noch aus dem Ort besteht, an dem er sich gerade befindet. Fährt gespeist von der Energie eines sich in seinem Organismus unentwegt entladenen Gewitters. Unter Spannungen, die die Prozesse in seinen Organen, in seinem Blutkreislauf aufrühren und die in seinem über dem Rad gekrümmten Körper überraschend einen Ausdruck von Ruhe gewinnen. Die Form einer sich in fließender Fortbewegung verdichtenden Kraft. Bis seine Gestalt schließlich in der Weite über den kahlen Äckern scheinbar zum Stillstand kommt und vor dem Hintergrund des von Gewitterwolken verwüsteten Horizonts zu einem ekstatischen Denkmal ewiger Mühsal gerinnt, während das trostlose Land immer weiter zieht.

Doch dort, wo Roger Vermeire sich in diesem Augenblick befand, gab es keine so konkreten Regungen wie Trostlosigkeit oder Hoffnung. Selbst die Straße unter seinem Rad war nur gerade eben noch wirklich. Er fuhr jetzt in der wilden Stille des Getriebenen, allein und sich selbst genug im Schwerpunkt des ruhelosen Pendels der Welt.

Ehe fünf Kilometer hinter dem Taaienberg mit dem Eikenberg die achte Helling auf die Rennfahrer wartet, 1200 Meter lang, maximale Steigung elf Prozent, werden sie von den Kopfsteinpflasterstücken der Etikhoveplein und der Giterejstraat zweimal kurz durchgeschüttelt. Als Roger Vermeire dort anlangte, war er nicht mehr allein.

Sein Abstand zur großen Hauptgruppe mit Belli und seinem Molani-Team betrug inzwischen über eine Minute, sodass Verstappen mit dem Stella-Materialwagen zu ihm vorziehen durfte. Wim Verstappen steuerte den Wagen an Vermeires linke Seite, wo der Wind herkam, hielt seinen Kopf in den Regen und rief ihm zu: „Wie geht´s?“ Vermeire nickte. „Überzieh nicht“, rief Verstappen. „Fahr ganz ruhig heran. Die vorne haben das Tempo rausgenommen.“

Verstappen steuerte den Wagen auf die andere Seite, um keinen Ärger mit der Rennleitung zu bekommen, weil er Roger zu lange Windschutz gegeben hätte. Dort reckte sich Willy in´t Ven mit dem Oberkörper aus dem Seitenfenster und erklärte Roger in der Kürzelsprache des Metiers die Situation: Als Vermeulen und Broscard über die Motorradfahrer erfuhren, Vermeire sei bereits wieder auf weniger als zwei Minuten herangekommen, hatten sie Lualdi aufgefordert, sich mit seinen Leuten an der Führungsarbeit zu beteiligen. Lualdi hatte sich geweigert. Die sportlichen Leiter von Solo und Piani hinter der Spitzengruppe beschimpften sich daraufhin aus dem geöffneten Wagenfenstern heraus. Lualdi fühlte sich stark mit seiner vierköpfigen Garde und weigerte sich, seinen Anteil an der Arbeit zu übernehmen. Solo und High Tech France hörten auf, Tempo zu fahren, weil sie sich nicht vor Lualdis Karren spannen lassen und sich für ihn aufarbeiten wollten.

Schräg voraus brannte ein weißblau erglühender Draht einen gezackten Riss in das lastende Wolkengewölbe. Yves Renard auf dem Rücksitz hielt das Bild in seinem Block als kurze Notiz fest: Roger Vermeire allein zwischen den kahlen Äckern auf die Gewitterfront zu jagend. Vielleicht könnte er mit dieser Szene sogar das

Kapitel über die Flandern Rundfahrt im Buch beginnen lassen; einerlei wie das Rennen ausging.

Verstappen drehte sich halb über die Lehne des Fahrersitzes zu ihm herum. „Kannst du dir vorstellen, dass der vor vier Wochen am Turchino-Pass saß und nicht mehr weiter konnte?“ Renard erklärte, dass es unglaublich sei. „Ich hab doch gesagt“, fuhr Verstappen fort, während er den Blick wieder auf die Straße richtete, „dass Roger wieder voll da ist.“ – „Am Boigneberg hat er sie“, sagte Willy in ′t Ven. „Und dann frisst er sie“, sagte Philippe, der Masseur. „Genau“, sagte Verstappen.

Renard blickte an Verstappens Hinterkopf vorbei durch die Windschutzscheibe auf die Straße, wo Roger Vermeire alleine vor ihrem Kühler her fuhr. Dann blickte er auf Verstappens Halbprofil hinter dem Steuer. Dachte: Wenn du wüsstest, was ich auf dem Tonband habe. Er sah wieder geradeaus zu Vermeire. Möglicherweise habe ich gar nichts, setzte er seinen Gedanken fort. Wahrscheinlich habe ich bloß das Dokument eines aufgeregten Arztes, der plötzlich Gewissensbisse bekommen hat.

„Was ist?“ Verstappen wandte sich zu Renard um, weil er sein kurzes, anstoßendes Lachen mitbekommen hatte. „Nichts“, sagte Renard. „Ich hab nur gerade gedacht, was das für′n netter Beruf ist, Radrennfahrer.“ Verstappen lachte über das Lenkrad hinweg. Der alte Willy grinste unter seiner Stella-Schirmmütze: „Immer an der frischen Luft.“

Und wenn′s doch stimmt, was der Dottore gesagt hat? dachte Renard. Ob Roger es weiß? Angenommen, es stimmt und Roger weiß es, was würde das ändern? Gar nichts. Roger würde fahren.

Über diese Erkenntnis dachte Renard nach, während das zugeregnete Land an ihnen vorbeizog. Er würde fahren. Klar. Würde er. Es gab da nämlich eine grundsätzliche Frage: Ist das Leben das wichtigste, das man hat? Oder gibt es etwas, das wichtiger ist und wofür man es einsetzt? Und opfert, wenn es denn sein muss?

Das ist genau die Frage, dachte Renard, auch wenn wir normalerweise nicht mit ihr konfrontiert werden. Aber das ist die Frage. Und die Antwort entscheidet darüber, wie jemand lebt.

Zum Beispiel die Jungs da draußen. Irgendwie waren die alle wahnsinnig. Wenn zu dem Wahnsinn noch ein überragendes Talent kam, dazu die notwendige Disziplin und keine störenden Einflüsse von außen, dann konnte etwas aus ihnen werden. Wie bei Roger. Man musste eine Art von Wahn in sich haben, um sich freiwillig dieser Tretmühle auszusetzen. Über zehntausend Rennkilometer im Jahr und dazu noch einmal zwanzigtausend im Training. Bei Wind und Wetter. Entzündete Kniegelenke, gebrochene Schlüsselbeine, ein kaputter Hintern, Bronchitis, das waren so die häufigsten Berufskrankheiten.

Wenn die in Meerbeke ankommen, haben sie seit dem Start an die siebentausend Kalorien verbrannt. Am Mittwoch bei Gent – Wevelgem verbrennen sie nicht ganz so viel und nächsten Sonntag bei Paris – Roubaix noch mal dasselbe. Und dann im Sommer die Tour de France. Wo holen die die ganzen Kalorien her? Kein Mensch kann sich in einer Woche die zwanzigtausend Kalorien Reserve anfressen, die sie in drei Rennen verbrauchen. Jedenfalls nicht bei fünfundsechzig Kilo Körpergewicht. Von den Bergetappen bei der Tour und im Giro gar nicht zu reden. Irgendwoher müssen sie die Energie ja nehmen. Trotzdem lebten sie wahrscheinlich in einem chronischen Defizit. Wie Bergarbeiter, die nicht genug zu essen haben, aber jeden Tag in den Schacht einfahren müssen und Steine hauen. Das hat es ja gegeben. Man kann gegen Zola sagen, was man will, aber das gab es. Und „Germinal" ist ´n großer Roman.

Seine Gedanken kreisten jetzt um die ungeheueren Strapazen und um den Preis, den die Jungs da draußen dafür zahlten, Radrennfahrer zu sein, weil sie in dieser Schinderei auch noch eine Art Erfüllung fanden. Erfüllung im Defizit, dachte Renard. Das Glück der Askese. Soll ja zur Erleuchtung führen. Er grinste in sich hinein. Die Muur als „Pfad der Erleuchtung". Für Erleuchtung sollte man sich bloß einen anderen Beruf suchen als ausgerechnet Radrennfahrer. Erlcuchtung, du lieber Gott. Das ist etwas für die Jungs von der philosophischen Fakultät: Hochleistungsport und Erleuchtung. Aber vorher sollten sie sich mal einen gut durchgesessenen Rennfahrerarsch angucken, die Narben von den alten und die Löcher von den frischen Furunkeln.

Das musste man erst mal durchhalten. Roger hat es schon fast fünfzehn Jahre durchgehalten. Fünfzehn Jahre diese ruinöse Fahrweise. Weil er kein Rennen im Massenspurt gewinnen kann, muss er alleine ankommen. Oder in einer kleinen Gruppe, in der er die, die besser sprinten können, vorher zermürbt.

Renard erinnerte sich, wie sie im vergangenen Sommer bei den Interviews für das Buch in Vermeires Wohnung gesessen hatten. Wie widerwillig Roger darüber gesprochen hatte, was ihm Radrennen bedeuteten. Bei manchen Punkten hatte er immer wieder bohren müssen. Mitunter war es die reine Verweigerung. Wenn er zum Beispiel über die Schmerzen reden sollte und über den Rausch, der ihn bei seinem Toursieg damals jenen Satz sagen ließ, den ihm niemand zugetraut hatte: Er sei mit seinem Kopf an einem Ort angekommen, wo er mit den Beinen noch niemals gewesen war. Vergeblich hatte er versucht, von ihm zu erfahren, woher diese Kraft kam, die einen noch jenseits der Erschöpfung zum Durchhalten befähigte und mit deren Hilfe man es irgendwie schaffte, den natürlichen Schutzmechanismus des Körpers außer Kraft zu setzen. Und vor allem, warum er das tat.

Warum er, nachdem er längst sein Millionenvermögen zusammengestrampelt hatte, diese Tortur auf der Landstraße weiter auf sich genommen hatte. Immer wieder auf sich nahm in dem Wissen, dass sie ihn wieder und wieder an den Punkt führen würde, wo er durch den Schmerz der totalen Erschöpfung hindurch zu diesen dunklen Quellen der Kraft hinabsteigen musste. Gar nicht einmal, weil es um Sieg oder Niederlage ging, denn Sieg und Niederlage waren oft genug nur zufällige Resultate günstiger oder ungünstiger Rennkonstellationen, sondern um dem zu entsprechen, was er von sich verlangte. Aber was genau war das und warum verlangte er es? Vielleicht ging es ihm nur darum, dem zu gleichen, der als seine Vorstellung von einem Mann mit einer lohnenden Existenz stets wie ein von Phantasien und Größenwahn illuminierter Schatten vor ihm her fuhr.

Er dachte daran, was Julie ihm alles von Roger erzählt hatte. Mehr als ihr bewusst war. Rogers Schwächen. Ob am Ende doch alles bloß Kompensation war? Er verwarf den Gedanken. Verstappen hatte es kürzlich auf den Punkt gebracht: Roger liebe Radrennen, hatte er gesagt, weil er darin ganz und gar er selbst sei. Das Rennen zwänge ihn dazu, das Beste aus sich hervorzubringen und seine Schwächen zu überwinden. Deshalb könne man sagen, auf dem Rennrad erschaffe er sich selbst.

Renard blickte durch die Windschutzscheibe nach vorne, wo Roger vor ihnen im Regen fuhr. Rechts voraus wetterleuchtete es zwischen den Wolken. Die ersten Häuser von Maarke-Kerkem kamen heran, wo es den Eikenberg hinauf ging. Das Motorrad erwartete sie vor der ersten Straßenecke. Die Schiefertafel: Rogers Rückstand war auf 1:04 Minuten zusammengeschrumpft. Das bedeutete, dass die Spitzengruppe mit Vermeulen, Lualdi, Broscard sich noch in der Steigung der Helling befand, die Roger gleich erreichen würde. „Wenn das Wetter besser wäre, könnte er sie schon sehen", sagte Verstappen.

Renards Gedanken kehrten zu dem zurück, was Verstappen über Roger gesagt hatte. Gab es das? Konnte ein Mensch sich in dem erschaffen, was er tat? Oder lässt ihn das, was er tut, nur entdecken, was er sowieso schon ist? Vorausgesetzt, er tut es ganz und gar; mit aller Hingabe. Hat Einstein sich in seinen Formeln erschaffen? Oder Degas sich in den kleinen Tänzerinnen, die er gemalt hat? Vielleicht. Bizet hatte sich garantiert in Carmen erschaffen. Und ob! Soviel er wusste, hatte Bizet seine großen Kompositionen erst geschrieben, nachdem er seine Geneviève geheiratet hatte. Wer nicht wahnsinnig war, konnte es immer noch über die Ehe schaffen. Die Ehe schien ein guter Ersatz für den Wahn zu sein.

Renard lachte lautlos aus dem Seitenfenster zu den schmucklosen grauen Rauputzhäusern hinaus, an denen entlang sie auf den Eikenberg zu fuhren. Sich in einer Frau zu erschaffen, wäre vielleicht gar nicht so schlecht. Der Gedanke gefiel ihm. Der Gedanke gefiel ihm sogar sehr gut. Er musste ja gar nicht warten, bis er wieder in Paris war. Er könnte Julie doch schon von unterwegs aus dem Hotel anrufen. Bestimmt würde sie wissen wollen, wie das Rennen gewesen war.

Julie ist auch wahnsinnig, dachte er. Fast zehn Jahre auf einen Mann zu warten, von dem sie nicht das geringste Zeichen bekommen hat, dass er überhaupt noch an sie denkt. Und dabei war sie mit einem weggelaufen, wohl mehr geflüchtet, der viel besser zu ihr passte. Luc Lejeune. Wo der wohl abgeblieben ist? Der hätte sie garantiert besser verstanden als Vermeire. Aber von dem war sie, so viel er wusste, bald wieder abgehauen.

Er dachte an Julies Leidenschaftlichkeit, an diesen Hunger in ihrer Art zu lieben. Dachte, wie die wohl vor neun Jahren gewesen sein mochte, als sie noch ein ganz junges Mädchen war. Das hätte er gerne erlebt. Bestimmt hätte sie ihn dann längst genauso verlassen wie Lejeune.

Wahrscheinlich, überlegte er, konnte sie es nur so die ganzen Jahre durchstehen. Mit so einem Hunger und mit so einer Sehnsucht hältst du es auf die Dauer nur mit einem Phantom aus. Aber inzwischen ist sie neun Jahre älter. Sie müsste ihn einfach mal wiedersehen, um von dieser Sehnsucht geheilt zu werden. Das ist doch krank.

Einen Moment lang stellte er sich vor, wie Roger gucken würde, wenn er ihm erzählte, dass er mit seiner Kleinen von damals schlief und sie heiraten wolle. Mit der Überlegung, ob er Julie und Roger im Juni bei der Präsentation der Biografie zusammenbringen sollte, wandte er sich wieder dem Rennen zu. Da war ja rechts voraus schon der lange, grasbewachsene Erdwall, an dessen Ende der Eikenberg zu Ende war.

Vermeire war nicht mehr voll gefahren, nachdem Willy ihm die Konstellation an der Spitze geschildert hatte. Das Motorrad tauchte wieder vor ihm auf. Von der Schiefertafel las er seinen Rückstand ab: Nur noch ganze 49 Sekunden. Die große Gruppe mit Belli lag 1:26 Minuten hinter ihm. Als er das Motorrad passiert hatte, fiel ihm ein, dass er nicht darauf geachtet hatte, wo Roesen lag. Irgendwo da vorne, vielleicht noch vier, fünf Minuten voraus und wartete auf ihn. Er würde ihn verdammt gebrauchen können.

Wenig später tauchte vor ihm im Regen die Kolonne der Mannschaftswagen hinter der Spitzengruppe auf. Darüber der Hubschrauber unter den tief hängenden Wolken. Im Geiste sah er bereits die Straße vor sich, die sie in Kürze schneiden würden. Sah sich selbst, wie er über diese Straße gefahren war. Mit dem blauen Bianchi-Rennrad, das sein Großvater auf dem Markt in Oudenaarde für ihn gebraucht gekauft und ihm gegen den Willen seines Vaters zu seinem vierzehnten Geburtstag geschenkt hatte.

Das Rad war alles für ihn. Er war glücklich, wenn er es nur ansah, wie es an der Hofmauer stand, die eine Lenkerseite nur so gerade eben an die Steine gelehnt, sodass es beinahe aufrecht stand, wie von selbst. Der harte Glanz des blauen Spritzlacks auf dem Rahmen, das abgegriffene blaue Lenkerband, der geschwungene Bowdenzug der Bremsen, die fantastische Mechanik der Schaltung und die glänzenden kleinen Zahnräder hinten, die er jeden Tag mit dem Pinsel säuberte und mit einigen Tropfen Öl versorgte. Und vorne die beiden Kettenblätter aus Aluminium, das große mit dreiundfünfzig Zähnen, das kleine mit zweiundvierzig Zähnen.

Er wurde nicht satt, das alles zu betrachten. Schon allein die weißen Buchstaben auf dem Rahmen: BIANCHI. Der große Fausto Coppi war auf einem Bianchi-Rad gefahren. Doch er genierte sich, wenn er zu lange vor dem Rad stand. Dann stieg er die Treppe in sein Zimmer hinauf und betrachtete es aus dem Fenster. Ihm war, als könne er mit ihm reden.

Sein Vater wollte es nicht auf der Diele im Haus stehen haben. Es bekam seinen Platz in dem Schuppen zwischen Hofmauer und Scheune. Manchmal schlich er sich nachts heimlich hinaus und holte es herein, trug es auf Zehenspitzen die Treppe hinauf und lehnte es an den Stuhl mit seiner Kleidung neben seinem Bett.

Roger Vermeire war inzwischen so dicht an die Spitzengruppe herangefahren, dass er in den Lücken zwischen den Mannschaftswagen vor sich bereits einzelne Rennfahrer ausmachte. Gleich konnte er im Windschutz der Begleitkolonne von Materialwagen zu Materialwagen an die Gruppe heranspringen. Er hatte sie wieder. Noch vor dem Boigneberg.

Und da war auch schon seine Straße von einst. Kurz warf er einen Blick nach links, wo sie nach Oudenaarde weiterführte. Du brauchst nicht viel zu lernen, hatte sein Vater gesagt, wenn er ihn wieder einmal aus der Schule holte, weil er bei der Feldarbeit oder auf dem Hof helfen musste. Du brauchst nur ein paar Sachen zu können, die aber richtig.

Nachdem er das Rennrad bekommen hatte, schwänzte er immer wieder den Unterricht. Die Schule war ihm an dem Tag egal geworden, als sein Vater seinen Wunsch, auf das Gymnasium in Oudenaarde zu gehen, von Tisch gewischt hatte. Jetzt fuhr er lieber trainieren. Auf der Volksschule von Sint-Maria-Lierde war man daran gewöhnt, dass sein Vater ihn gelegentlich nicht zum Unterricht kommen ließ. Beinahe jede Trainingsfahrt führte ihn damals über diese Nebenstraße nach Oudenaarde, bis er das alte Backsteingebäude mit den spitzen, von wildem Wein umrankten Erkern erblickte. In einiger Entfernung hielt er an und blickte zu dem Gymnasium hinüber. Die Arme auf den Lenker seines Bianchi-Rads gestützt, stand er unter den Bäumen, einen Fuß im Rennpedal, den anderen auf dem Pflaster, für einige Herzschläge von einer undeutlichen Imagination gebannt.

Auf dem Torbogen leuchteten schwarz auf weiß die Worte: Non schola sed vitae. Was mochte das bedeuten? Es kam ihm wie eine magische Formel vor. Bis er eines Tages einen der Lehrer in Sint-Maria-Lierde fragte. Doch danach zuckte er bloß mit den Schultern. Nicht für die Schule, für's Leben. Das war nun das ganze Geheimnis. Das wusste doch jeder.

Im Nachhinein musste er seinem Vater recht geben. Man brauchte nicht zu wissen, wie die Welt zusammengesetzt war. Es genügte, einen Teil von ihr ganz und gar zu begreifen. In dem lebte man dann und behauptete sich. Und wenn man ihn wirklich beherrschte, dann war man frei. So frei, wie man eben sein konnte.

Mit Vierzehn hatte er das noch nicht gewusst. In den Ferien lieh er sich Bücher von denen aus, die auf das Gymnasium gingen. Doch zur Ferienzeit gab es immer besonders viel auf dem Hof zu tun. Wenn er endlich im Bett war, eines der ausgeliehenen Bücher in den Händen hielt, war er zu müde, um sich Stoffe anzueignen, die ihm vollkommen fremd waren. Nach kurzer Zeit verschwamm alles vor seinen Augen. Nur die Straße nicht, die er von seinem Bett aus sah, wenn er das Licht ausgemacht hatte, um endlich zu schlafen. Es war nur ein kleines Stück Landstraße hinter dem Ortsschild, wo schon keine Laternen mehr standen. Und trotzdem lag es immer hell in der Dunkelheit, auch bei Regen und in Neumondnächten.

Nur wenige Jahre später hatte er seine Straße gefunden. Auf dem Boden seiner Komplexe und seiner Scham war ein Gefühl von Überlegenheit in ihm herangewachsen. Niemand von denen, die damals von Sint-Maria-Lierde auf das Gymnasium nach Oudenaarde gewechselt waren, hatte ein Leben, wie er es führte. Die, von denen er gelegentlich gehört hatte, hatten inzwischen Familie, saßen in Ämtern, in der Stadtverwaltung, bei der Landwirtschaftsbehörde, arbeiteten bei einer Bank, einer Reederei in Brüssel, in Antwerpen. Einer war sogar Arzt geworden und praktizierte in Sint-Pieters Leeuw. Es ging ihnen gut. Nahm er jedenfalls an. Er aber hatte sie alle überholt. Auf einer Straße, die „seine Straße" war und auf der keiner von denen hätte fahren können. Er brauchte keinen Lebensmittelpunkt wie ihn die anderen hatten. Sein Lebensmittelpunkt lag an seinen Grenzen, wo er mit sich und der Welt alleine war.

15.36 Uhr, T′ Hemelrijk

Luc Lejeune leerte sein Bierglas. Die Aushilfskellnerin Sylvié lachte ihn an, als sie sich über den Tisch beugte, um seinen Teller abzuräumen. Luc hatte die ganze Zeit Harmonika gespielt und erst gegessen, als die anderen längst bei Zigaretten, Likör und Kaffee waren, und bei ihrem flämischen Lagerbier.

Er hatte nur einen Salat mit gebratenen Hähnchenbruststreifen bestellt, weil er am Abend bei seinen Eltern essen würde. Es war ein leichtes Gericht, wie Rennfahrer es zu sich nahmen. Die anderen am Tisch zogen ihn deshalb auf. „Wo bleiben die Spaghetti", sagten sie und lachten, weil er nicht auch noch Spaghetti bestellt hatte, das Grundnahrungsmittel der Radrennfahrer, mit dem sie ihre Kohlehydratspeicher füllten. Doch machten sie sich keineswegs über ihn lustig. Es war nur die in einen Scherz verwandelte Achtung vor jemandem, der sich in der Radsportwelt einen Namen gemacht hatte.

Sylvié war zu jung, um von Lucs Vergangenheit und seinem Ruf als Masseur zu wissen. Sie wollte ihn gegen den Spott der anderen verteidigen und erklärte, dass es gar kein Rennfahreressen sei, es sei bloß gesund. Daraufhin gab es ein Gelächter, und Sylvié hatte auf einmal ganz rote Wangen.

Luc gab Sylviés Lachen zurück. Als sie sich mit dem bepackten Tablett voller Geschirr und Gläsern zur Küche wandte, sagte er, sie solle sich ein Lied wünschen. Sie war verlegen und sagte, sie wisse keines. Daraufhin ließ der alte Eddy Verstoffels ein meckerndes Gelächter los und stimmte einen Hochzeitschoral an, den es in dem Marienkapellchen oben an der Muur oft genug zu hören gab. Sylvié kannte den Choral nicht. Das Lied sei ihr zu feierlich, erklärte sie. Sie wolle lieber etwas Fröhliches.

„Ich spiel dir was Fröhliches", rief Luc ihr auf dem Weg zur Küche nach. Sylvié gefiel ihm. Er mochte ihr frisches Gesicht und wie sie sich das dichte, blonde Haar geflochten hatte. Wenn sie sich wie eben über den Tisch beugte, sah man, dass sie runde, volle Brüste hatte. Sie wusste, dass man es sehen konnte und dass sie schön waren. Jedenfalls bewegt sie sich so, als ob sie's weiß, dachte Luc, und spürte wieder, wie sehr sie ihm gefiel.

„Gleich gibt's nur noch Walzer", rief er Sylvié nach. Sie sah über die Schulter zu ihm zurück. „Einen nach dem anderen", sagte Luc. Er sah ihr nach, wie sie mit dem vollen Tablett durch den Gastraum ging, am Schanktisch vorbei und gegen das Blech an der Schwingtür zur Küche trat, dass sie vor ihr aufflog.

Die ganze Zeit ließen sie den großen Bildschirm kaum einmal aus den Augen, der über dem Schanktisch an einem Metallgestänge von der Decke herabhing. Unten links am Bildschirm war das Wort „Achterfolgers" eingeblendet und oben rechts die Zeile „G2 3:59". Die Kamera zeigte jetzt die erste Verfolgergruppe mit Vermeulen, die soeben die fünf hinter Lokeren ausgerissenen Fahrer geschluckt hatte. Die andere Einblendung besagte, dass Ferdi Roesen immer noch vorne fuhr, jedoch nur noch 3:59 Minuten Vorsprung hatte.

Die Bildregie wechselte zur Motorradkamera hinter dem Feld. Der brandrote Materialwagen von Solo fuhr durch das Bild, weitere Mannschaftswagen folgten. Die Kamera wanderte weiter die Straße zurück, und dann sahen sie Roger Vermeire verschwommen im Dunst von Regen und Spritzwasser zwischen den Materialwagen auftauchen. Geschickt nutzte er den Windschatten und arbeitete sich von Wagen zu Wagen an das Ende der Spitzengruppe heran.

An den Tischen brach Applaus aus. Von der Strecke draußen schien der Applaus als Echo zurückzukommen, etwas verzögert, weil der Rundfunkreporter nicht so schnell war wie das Fernsehbild. An einem der Tische wurde das alte Schlachtlied auf die flämischen Velohelden angestimmt, das man so lange singen konnte, wie man Lust hatte, denn sein Text bestand nur aus einigen überlieferten Strophen über Briek Schotte zum Beispiel, Achiel Buysse oder Rik van Steenbergen, der Rest waren Stegreifverse.

Oben rechts auf dem Fernsehbild war jetzt „Gl 59 km" zu lesen. Die Spitzengruppe hatte demnach noch 59 Kilometer bis zum Ziel in Meerbeke; 197 Kilometer waren zurückgelegt. Bei Rennkilometer 199 begann die neunte Helling, der Boigneberg.

Das Fernsehbild wurde dunkel, bekam Streifen und fing an zu flackern. Der Reporter sprach von einer Gewitterfront, die sehr schnell heraufzöge, in Kürze würden die Fahrer in sie hineinfahren. Die Kamera schwenkte über das Land, und sie alle sahen die Front heraufziehen.

Die Strecke der Muur jedoch lag nach den Regenschauern wie gereinigt in einem schwelenden Nachmittagslicht. In seiner Klarheit und Intensität hatte das Licht etwas Feierliches. Hier war von der Gewitterfront nichts zu spüren, obwohl sie kaum mehr als fünfzehn Kilometer Luftlinie entfernt war. Vom Boigneberg bis zur Muur waren noch einundvierzig Rennkilometer zurückzulegen. In gut einer Stunde würde die Spitzengruppe in die Muur einfahren.

Luc Lejeune beobachtete, wie Roger an die Gruppe Vermeulen herankam. An seinem Pedaltritt, an der Linie, die sein Rücken beschrieb, und wie sein Kopf auf dem Hals saß, las er ab, dass er trotz der Attacke am Koppenberg und der fünfzehn Kilometer langen Verfolgungsjagd noch verhältnismäßig frisch war. Roger war keiner von den Typen, die zweihundert Kilometer lang glänzend aussehen und dann plötzlich innerhalb von fünf Kilometern zusammenfallen. Davor bewahrte ihn seine Biochemie. Jedenfalls, wenn er in Form war. Er schien heute genau die Form zu haben, die er brauchte.

Luc Lejeune hatte damals als erster erkannt, was in dem verschlossenen, für seine knapp zwanzig Jahre viel zu ernsten Jungen steckte. Verstappen hatte ihn bei einem Amateurrennen in Roeselare entdeckt, war sich jedoch noch nicht ganz sicher. Kurz erinnerte sich Lejeune an den Tag, als Verstappen mit ihm ins Mannschaftsquartier kam. Er ließ ihn eine Trainingsfahrt mit dem Team machen, bei der Verschueren ihm auf den Zahn fühlen sollte. Anschließend brachte er ihn zu ihm. Lass dich von Luc massieren, hatte er gesagt, dann fühlst du dich wieder frisch. Ich bin nicht kaputt, hatte Roger geantwortet.

Er, Luc, hatte lachen müssen, denn kaputt genug sah er aus. Er erinnerte sich an den finsteren Blick Rogers, weil er gelacht hatte. An den Widerwillen, mit dem er sich auf die Massagepritsche legte. Na schön, hatte er damals gedacht. Wie kaputt du bist, werden wir gleich sehen. Er erinnerte sich genau an den Impuls, der ihn damals den Mund halten ließ, als er ein Gespräch mit ihm beginnen wollte, um die Situation aufzulockern. Dies war ein verschlossener Junge, in dem wer weiß was vorging. Den musste man in Frieden lassen und abwarten.

Du hast recht, sagte er zu ihm, nachdem er ihn eine Viertelstunde massiert hatte, du bist nicht kaputt. So hatte ihr Vertrauensverhältnis begonnen. In manchen Augenblicken nach oder vor einem Rennen entstand zwischen ihnen eine Nähe, die beinahe Freundschaft war. Und weil Luc wusste, dass Roger keine Freunde hatte, nahm er es auch dafür. Es war eben die Art Freundschaft, die man mit Roger haben konnte. Und sie war unverbrüchlich. Das hatte er während ihrer vier gemeinsamen Jahre bei Stella erfahren.

Er wollte an diese Zeit nicht mehr denken. Er sah auf die Schwingtür zur Küche, durch die Sylvié gleich wieder hereinkommen würde.

Luc Lejeune hatte nicht nur Vermeires Aufstieg erlebt, er hatte auch seinen Anteil daran. Als dann tatsächlich der große Rennfahrer aus ihm geworden war, war er nicht mehr dabei. Als Roger die Tour de France gewann, hätte er längst wieder beim Team sein können, denn Roger hatte ihm nichts nachgetragen. Sonst hätte Wim nicht zweimal versucht, ihn zurückzuholen.

Aber da ist ja Sylvié! Sie kam durch die Schwingtür und hielt ein Tablett auf ihren erhobenen Händen. Luc Lejeune empfing einen wärmenden Impuls, als sie zu ihm herübersah. Er wollte nicht daran denken, wie die Zeit mit Roger zu Ende gegangen war.

Seine Jahre als Masseur bei Stella, das war Vergangenheit. Er hatte schon lange nicht mehr daran gedacht. Dann fiel ihm ein, dass er gerade erst vorgestern daran gedacht hatte, als er in der Nacht von Antwerpen zurückgekommen war. Er sah Sylvié zu, wie sie mit dem Tablett von Tisch zu Tisch ging, Gläser und Teller ablud und lachte und ihren Kopf drehte, dass der blonde Zopf über ihren Rücken flog, wenn die Gäste etwas zu ihr sagten.

Die Spitzengruppe näherte sich dem Boigneberg. Eine Graphik wurde eingeblendet, die das Profil der Helling zeigte: vierundfünfzig Meter Höhenunterschied auf 1050 Metern. Auf dem ersten Drittel des Abschnitts hatten die Fahrer zwei Drittel des Höhenunterschieds zu bewältigen, wodurch sich eine maximale Steigung von 12,4 Prozent ergab. Danach wurde es flacher. Es war ein idealer Punkt für einen Angriff. Roger würde sich jedoch erst einmal erholen müssen.

Immer wieder gab es wegen des Gewitters kurze Bildstörungen. Trotzdem bekamen sie auf dem Bildschirm den heftigen Regen mit. Den Donner aber, von dem der Reporter erzählte, konnten sie nicht hören. Ein Fahrer attackierte. Sie erfuhren gerade noch, dass es Jeff Vermeulen war, ehe die Bildleitung zusammenbrach.

Jemand sagte: „Siebenundfünfzig Kilometer vor dem Ziel. Bei diesem Wetter. Der muss verrückt sein." – „Der ist nur nervös", sagte ein anderer, „was meinst du Luc?" Lejeune meinte, dass er weder verrückt noch nervös sei. „Der will bloß Roger kaputt fahren. Roger ist gerade wieder herangekommen, und jetzt attackiert er, damit Roger keine Zeit hat, sich zu erholen." Außerdem sei die Attacke für ihn kein großes Risiko, weil er drei Leute aus dem eigenen Team in der Spitzengruppe habe. „Bis zur Muur lassen die niemanden mehr weg."

„Luc", sagte der alte Walter de Schoenmaker, der noch gegen Schotte und van Steenbergen gefahren war, „warum gehst du nicht zurück? Du warst der beste Masseur im ganzen Gewerbe. Jeder wusste das.“ Luc sah ihn an. „Du warst der Coppi der Masseure“, sagte der Alte. Luc lachte und sagte, glücklicherweise sei er nicht blind. Coppis berühmter Masseur Cavanna war blind. „Ich weiß nicht“, sagte de Schoenmaker, „für mich gehörst du da hin.“ – „Ich bin lieber hier und mache Musik“, sagte Luc Lejeune. Er erhob sich und griff nach seiner Harmonika.

Auf dem Bildschirm erschien ein Sprecher aus dem Brüsseler Fernsehstudio und erklärte, wegen des Gewitters sei die Bildleitung zusammengebrochen. Die Störung werde jedoch nur wenige Minuten dauern. Bis dahin zeige man die Situation an der Muur, wo Tausende von Radsportfans dicht an dicht an der Strecke stünden und feierten, trotz des schlechten Wetters. An der Muur waren vier Standkameras postiert, die in beinahe jeden Winkel der Strecke drangen. Auf jedem Meter der Muur konnte sich ein Drama ereignen.

Luc Lejeune ließ die Chöre seiner Harmonika rauschen. Über die Tische hinweg sah er auf die Menschen, von denen er die meisten entweder seit seiner oder seit ihrer Kindheit kannte. Manchmal beugte er sich ein wenig über den Fächer der Harmonika nach vorn, um durch den Dunst über den Tischen zum Schanktisch hinüber zu sehen. Sylvié belud ihr Tablett mit Gläsern, über deren Rand frisch gezapftes Lagerbier quoll. Er blickte wieder auf den Bildschirm. Die Radsportverrückten an der Muur feierten unter einer verhangenen Sonne im Regenlicht ihre Ronde.

Da sah er sie. Zwei, drei Sekunden. Es gab keinen Zweifel. Julie!

Es war wie ein Schlag. Alles um ihn herum war ausgelöscht. Von ferne hörte er noch seine Harmonika. Instinktiv wusste er, dass das Harmonikaspiel nicht abreißen durfte. Denn dann würde es still sein. So still, dass er es nicht ertragen könnte.

Er hörte sein eigenes Spiel, nur dass die Empfindungen daraus verschwunden waren. Mit ihnen war auch er selbst dem Raum verloren gegangen, in dem er sich befand. Seine Anwesenheit hatte sich für ihn selbst auf zwei physikalische Reize reduziert, die schwingende Membran in seinem Gehör und der Widerstand der Perlmuttknöpfe der Harmonika, über die seine Finger unentwegt auf und ab glitten.

Als Luc Lejeune sich selbst wieder spürte, waren neun Jahre wie ausgelöscht.

Es war Anfang März. Früher Nachmittag, sonnig. Das Meer glitzerte in der Bucht vor der bewaldeten Halbinsel bei Antibes. Von ferne hörte man das Geräusch der Autos auf der Küstenstraße von Nizza nach Cannes. Er war auf seinem Zimmer und probierte auf seiner Harmonika einige Harmonien aus. Das Team war am Vormittag zum Training hinausgefahren und würde erst gegen vier Uhr zurück sein. Auf dem Parkplatz der Hotelanlage saßen die Mechaniker über den Einzelteilen der zerlegten Ersatzmaschinen. Sie waren für zwei volle Wochen hier heruntergekommen, um sich an der bereits frühlingshaften Cote d´ Azur auf Paris – Nizza, das erste große Etappen-Rennen der neuen Saison, vorzubereiten. Deshalb hatten sie auch sämtliche Rennräder des Teams von Gent mitgenommen.

Er dachte daran, wie sich Roger gestern benommen hatte. Julie war mit dem Zug von Paris nach Nizza gekommen. Sie saßen beim Nachmittagskaffee, als sie mit dem Taxi im Hotel eintraf. Alle waren erfreut, sie zu sehen, sogar Wim Verstappen, obwohl Frauen im

Trainingslager eigentlich nichts zu suchen hatten. Alle freuten sich, bis auf Roger, den sie überraschen wollte. Jeder konnte sehen, dass er sie nicht hier haben wollte, und dann hatte er an der Rezeption für sie allen Ernstes ein Einbettzimmer geordert. Roger nahm die Vorbereitung auf Paris – Nizza furchtbar ernst. Es war der erste Baustein zu seinem Saisonziel, denn im Juli wollte er bei der Tour de France unter die ersten Drei fahren.

Julie tat ihm leid. Roger war ein Ungeheuer. Wann kommst du zurück, hatte sie gefragt, als das Team sich vor zweieinhalb Stunden zur Trainingsausfahrt auf dem Parkplatz versammelt hatte. Nach der Tour, hatte Roger geantwortet. Julies Gesicht war schon zu einem Lachen bereit, da begriff sie, dass er tatsächlich meinte, was er gesagt hatte. „Was ist?“, fragte Roger. „Du hast die Wohnungsschlüssel, du hast alles, was du brauchst. Mach nicht so′n Gesicht. Fahr nach Paris zurück. Wir müssen los.“

Sie sah ihnen nach, wie sie durch die Einfahrt fuhren und die Straße hinunter. Stand da in der Vormittagssonne auf dem Hotelparkplatz, starr und steif, als wäre sie mitten im Frühling an ihren Schatten auf den grauen Steinplatten festgefroren.

Luc Lejeune legte die Harmonika weg. Er wollte noch zu den Mechanikern hinuntergehen. Er teilte sich eine Suite am Ende des Flurs mit dem jungen Philippe und zwei weiteren Masseuren und Pflegern. Aus zwei der Zimmer hatten sie Behandlungszimmer gemacht und dort ihre Massagepritschen aufgebaut. Ein weiteres Zimmer diente Teamarzt Fabiani als Behandlungsraum. Auf dem Weg zum Fahrstuhl hörte er ein Geräusch. Er blieb stehen, horchte. Einer Eingebung folgend, ging er zu der Tür, hinter der das Geräusch war, legte sein Ohr an das

Holz. Nun hörte er es genau, ein leises, verschlucktes Weinen.

Er kehrte um und ging in sein Zimmer zurück, rief die Rezeption an und ließ sich mit dem Zimmer verbinden. Als sie hallo sagte, wusste er, dass seine Vermutung stimmte. „Hallo Julie“, sagte er. „Willst du …“ Er wusste noch gar nicht, was er sagen wollte. „Ja“, hörte er leise aus dem Hörer, und er sagte, dass er in ein paar Minuten vorbeikommen würde.

Er sah, dass sie sich das Gesicht gewaschen hatte, als sie die Tür öffnete. „Ich muss mal zwischendurch unten einen Kaffee trinken“, sagte er. „Den ganzen Tag dieser Geruch von den Massagemitteln.“ Er verzog das Gesicht. Sie erklärte, dass sie den Geruch möge. Er erinnere sie immer an ein heißes Bad. Das Aroma sei nicht schlecht, gab er zu, aber nicht wenn man sein halbes Leben darin verbrächte.

Sie sah immer noch traurig aus. „Stell dir vor, du sitzt jeden Tag zehn Stunden in einem Vollbad mit Latschenkieferöl, Kampfer und Menthol.“ Sie antwortete mit einem kleinen, verlorenen Lächeln. „Na also“, sagte er.

Unten beim Kaffee erklärte er ihr, sie dürfe sich das mit Roger nicht so zu Herzen nehmen. Ein Mensch sei so, wie er eben sei. Das bedeute nicht, dass er unfähig sei für Freundschaft, für Liebe oder dass er kein Verständnis habe für andere oder kein Mitgefühl. Es äußere sich bei ihm nur anders. „So was äußert sich doch bei jedem anders. Jeder reagiert auch anders darauf. Auch auf Liebe zum Beispiel. Und jeder geht anders mit solchen Dingen um.“ Sie sah ihn an. Mensch, dachte er. Und er sagte: „Sonst wären wir ja alle gleich.“

Luc freute sich, dass er darauf gekommen war. Jeder war eben anders. Damit konnte man leben. Julies gequältes Gesicht erinnerte ihn an einen Rennfahrer, der kurz vor der Passhöhe mit seinen Kräften am Ende war, aber nicht aufgeben wollte, sodass man ihn nur noch kurz über den Scheitelpunkt zu schieben brauchte. „Stell dir mal vor“, sagte er, „du wärst genauso wie Roger.“ Da musste sie sogar aus ihrem Kummer heraus lachen.

„Ich war doch noch nie in einem Trainingslager“, sagte Julie. „Als wir im August nach der Tour von Rennen zu Rennen gefahren sind, da war es so lustig. Wir hatten so viel Spaß, obwohl Roger alle drei Tage ein Rennen fahren musste.“

„Na ja“, sagte Luc.

„Ich weiß ja gar nicht, wie es in einem Trainingslager ist.“ Es schien, als wolle sie noch etwas dazu erklären. Dann sagte sie, dass sie im dem Hotelbett schlecht geschlafen habe und mit Kopfweh aufgewacht sei.

„Und jetzt?“ fragte Luc. „Immer noch Kopfweh?“

Sie nickte. „Mir tut alles weh. Der Rücken und hier oben.“ Sie griff an eine Stelle über dem Schlüsselbein. „Ich hab so schlecht in dem Bett gelegen.“

Er erhob sich, ging um den Tisch herum und trat hinter ihren Stuhl. Berührte eine Stelle an ihrer Schulter neben dem Hals. „Hier?“, fragte er. Sie nickte. Er strich mit zwei Fingern an ihrer Halswirbelsäule hinab bis zum Beginn der Brustwirbelsäule. Sie hielt den Kopf, als säße sie beim Friseur.

„Du bist total verspannt“, sagte Luc. „Wenn du willst, massier ich dich. Eine Viertelstunde genügt.“ Seine Daumen strichen fest an ihrer Nackenlinie zum Haaransatz hinauf. „Ich glaube, deine Kopfschmerzen kriegen wir weg.“

Als sie eintraten, bauschten sich die Vorhänge am Fenster von der Zugluft. Die Fenster im Massageraum standen offen zum Meer. Das Leinen auf den Massagepritschen leuchtete unter dem einfallenden Sonnenlicht so weiß, dass es in die Augen biss. Mit den Pritschen, den überall über das noble Mobiliar verteilten Schachteln, Tuben. Fläschchen, Verbandsmaterial erinnerte die Suite an ein Notlazarett.

„Hier sieht´s ja aus wie im Krankenhaus“, sagte Julie. „So was Ähnliches ist es ja auch“, erklärte Luc. „Wir sind hier das Krankenhaus vor dem Krankenhaus.“

Er wies auf die Massagepritsche zwischen den Fenstern. Julie setzte sich so behutsam auf das Leinen, als dürfe sie es nicht kraus machen. Er nickte ihr lachend zu, und sie schwang ihre Beine hinauf und legte sich lang auf den Rücken. Er wies auf ihre Jacke. Sie zog sie aus, blickte zu ihm hinüber, um zu sehen, was er jetzt mache. Er stand vor einer Kommode und rieb sich die Hände mit einer farblosen Flüssigkeit ein.

„Leg dich bitte auf den Bauch“, sagte Luc. Er trat zu ihr und beugte sich über sie. „Mach einfach die Augen zu und denk an nichts.“

Sie spürte seine Hände auf ihrem Hals, dann unter dem Kragen ihrer Bluse am Halsansatz. Der Stoff spannte. Sie stützte ihre Stirn ein wenig auf das schmale Leinenkissen und beugte den Hals, um seinen Händen unter der Bluse mehr Raum zu geben. „Kannst du den oberen Knopf aufmachen“? fragte Luc.

Mit einer Hand öffnete sie den oberen Knopf. Dann spürte sie wieder seine Hände links und rechts über ihrem Schlüsselbein. „Warte“, sagte sie und drehte sich leicht auf die Seite, um einen weiteren Knopf zu öffnen.

„Ich will deine Bluse nicht einsauen“, sagte Luc.

Ihr Nacken war schlank, aber kräftig. Halb entblößt unter dem heruntergezogenen Blusenkragen, waren ihre

Schultern überraschend schmal. Beinahe Kinderschultern.

Seine Hände arbeiteten mit professioneller Festigkeit und Bestimmtheit. Sie ignorierten den Impuls, der ihnen von den Augen zugeleitet wurde. Die Augen waren da freier, unvorsichtiger. Sie verbanden den nahezu unsichtbaren dunklen Nackenflaum, den sie erblickten, unmittelbar mit der Empfindung von Zartheit und Schmiegsamkeit, die sie von den Händen empfingen.

Aus der Bedenkenlosigkeit der Augen und der Zurückhaltung der Hände entstand eine Spannung, die sich Julie mitteilte. Nicht als physikalischer Reiz, dafür waren Lucs Hände zu kontrolliert. Eher als eine Art metaphysischer Schwingung, die ihren Ausgangspunkt in seinen Augen hatte. Schutzlos waren sie dem preisgegeben, was sie sahen und was sich gleichfalls schutzlos ihrem Blick preisgab.

So massierte er sie eine Weile auf einem von ihrer Bluse topographisch begrenzten Terrain. Vielleicht war es die sich ihr mitteilende Schwingung, vielleicht auch nur eine konkret auf die Passform einer Bluse zurückzuführende Empfindung von Enge, die ein freieres, nach Raum verlangendes Gefühl behinderte. Jedenfalls ermutigte eine vermutlich unbewusste Bewegung Julies, es war kaum mehr als ein Schauer, der von den oberen Halswirbeln bis in die Schulterblätter hinein lief, Luc zu einer Frage.

In seiner Stimme lag die gleiche professionelle Festigkeit und Bestimmtheit wie in seinen Händen, als er sie fragte, ob sie nicht die Bluse ausziehen wolle. Einen Augenblick, zu kurz um Bedenken aufzurufen, zögerte sie. Dann stützte sie sich auf ihre Ellenbogen, hob das Becken ein wenig und knöpfte die Bluse auf, zog sie mit einer Hand aus dem Bund ihres Rocks und schlüpfte mit einer leichten Drehung in den Schultergelenken erst aus dem einen, dann aus dem anderen Ärmel. Für einen Augenblick warf das Sonnenlicht den Schatten ihrer Brüste auf das Leinentuch. Sie legte sich wieder mit dem Bauch auf die Massagepritsche, damit er die Bluse von ihrem Rücken ziehen konnte.

Es war eine grüne Seidenbluse, leicht und kühl zwischen seinen Fingern, darunter ihr gebräunter schmaler Rücken. Sie trug keinen Büstenhalter.

Er massierte ihre verspannten Schulterblätter, als müsse er achtgeben, das Flügelpaar, das unter den zarten Knochen schlummern musste, nicht zu beschädigen.

Durch das Fenster schien die frühe Nachmittagssonne über Julies Rücken. Ihr Kinn auf die flach übereinander gelegten Hände gestützt, war sie unter dem Druck von Lucs Händen in einen erlösenden Halbdämmer gesunken. Der Horizont ihres Blicks reichte nicht über das weiße Gewebe des Lakens hinaus, vor dem sich eine nach vorne gerutschte schwarze Haarsträhne bog.

Luc spürte, wie ihr Körper allmählich nachgiebiger wurde, gerade so, als lehne er sich leicht gegen seine Fingerspitzen. Die strichen über den großen Kappenmuskel, Trapezius und Latissimus und etwas später auch abwärts über die Lungenflügel in Richtung der Hüften. Klar und bestimmt mit aufs feinste abgestimmten Sensoren, die durch die Muskulatur hindurch eine ihnen selbst noch unbekannte Botschaft an die Reizleitungen in Julies Nervenfasern übermittelten. Gleichzeitig waren sie darauf ausgerichtet, das geringste Echo von ihrem Körper zu registrieren und auszuwerten.

Es gab immer ein Echo. Er wusste das von den zahllosen Abstufungen der Erschöpfung, Entspannung, Erholung in Rennfahrermuskulaturen. So schwach es auch sein mochte, für ihn war es immer eindeutig. Als vermöchten die Sensoren unter seinen Fingerspitzen und Handflächen in den Muskelfasern der Fahrer zu lesen.

Das Echo jetzt jedoch war so leise, wie er noch niemals eines gespürt hatte. Eine Bewegung so sacht, dass nicht zu entscheiden war, ob sie vom Bewusstsein begleitet, also gewissermaßen sehend war. Oder ob es sich lediglich um eine blinde Regung des Körpers handelte, der sich erschöpft vom Kummer der vergangenen Nacht und von der Verletzung am Vormittag befreien wollte, indem er sich den Händen, die ihm Entspannung brachten, kaum merklich entgegenwölbte.

Das waren Überlegungen, die aus seinen Händen kamen. Als sie seinen Kopf erreichten, bemerkte Luc, dass er es sich nicht mehr verheimlichen konnte. Er wollte Julie. Indem er es sich eingestand, wurde ein weiteres, seit langem vergrabenes Eingeständnis bloßgelegt: Er hatte sie vom ersten Augenblick an gewollt, als Roger sie an jenem Abend an ihren Tisch unter den Platanen gebracht hatte.

Die ganze Zeit war das, gut geschützt von der Unmöglichkeit, in ihm verborgen gewesen. Die Unmöglichkeit galt noch immer. Unverrückbar stand sie zwischen Wunsch und Erfüllung. Eine Mauer, die ihn schützte, hinter der er sich gefahrlos dem Reiz einer Tatsache aussetzen durfte, nämlich dass er sie Roger gerne wegnehmen würde. Und während seine Hände weiterhin Julies bloßen Rücken mit professioneller Festigkeit und Bestimmtheit bearbeiteten, erinnerte er sich, wie sie ihn angesehen hatte, an jenem Abend auf dem Festplatz von Carpentras, als er den „Walsen voor Dromers“ spielte und an sein undeutliches Gefühl, etwas Unabsehbares habe gerade begonnen, seinen Lauf zu nehmen.

Seine Hände hatten immer weniger Lust, sich der professionellen Disziplin zu unterwerfen und auf den straffen Bahnen von Julies Rückenmuskulatur links und rechts der Wirbelsäule zu bleiben. Ein, zwei Mal waren sie schon aus der Balance von Festigkeit und Bestimmtheit herausgeglitten, nur ganz leicht und immer noch im Bereich dessen, was bei einer Massage zur Normalität gezählt werden durfte. Waren in Regionen geglitten, wo das Gewebe unter ihrer Haut seine Festigkeit verlor. Wo alles, was seine Hände nicht mehr als reines Muskelgewebe ertasteten, hinüberglitt in eine unabsehbare, verlockende Unbestimmtheit.

Da wusste er, dass der Augenblick gekommen war, sich wieder anderen Tatsachen zuzuwenden.

Sanft schüttelte er ihren Nacken. „Schlaf mir nicht ein.“ Julie dehnte sich und sagte, sie würde gerne noch ein paar Minuten so liegen bleiben. Er warf einen Blick auf ihren vom Massageöl glänzenden Rücken. Schmal und elastisch schwang er von der Linie des Halses zu dem Sinusbogen zwischen den Hüften, der kurz oberhalb des Rocksaums begann. Er erinnerte ihn an eine Violine. Ein zartes Streichinstrument. Und mit den Wirbelschatten ihres Rückgrats unter der gebräunten Haut als letztem Eindruck deckte er ein großes Frotteetuch über sie, damit sie nicht fror.

Zwei Stunden später kamen Roger und die anderen von der Trainingsfahrt zurück. Sie hatten ein hartes Programm durch die Seealpen zum Tenda-Pass hinter sich. Luc Lejeune saß mit den anderen Masseuren Philippe, Gerard und Alain am Tisch ihrer Unterkunft. Sie hatten sich Kaffee und Croissants heraufkommen lassen, hatten gegessen und getrunken und waren nun bereit, ausgewrungene Muskulaturen zu kneten.

„Mal sehen, wie unsere Jungs heute aussehen", sagte Gerard und erhob sich, um hinunterzugehen. Die beiden anderen standen ebenfalls auf. „Kommst du nicht mit, Luc?"

„Ich bleib hier. Die werden schon früh genug hier angekraucht kommen." Lachend gingen die anderen hinaus, um die Rennfahrer zu empfangen. Noch auf dem Korridor hörte er sie lachen. Nach dem Trainingsprogramm heute würden sie gleich allerhand zu tun bekommen.

Wieder alleine im Raum, war es schwieriger, nicht an Julie zu denken. Das Begehren war jetzt stärker als vorhin. In der Erinnerung gab es nichts, wodurch es gebremst werden konnte. Nun scholl der Lärm der Rennfahrer vom Korridor zu ihm herein. Gleich würden sie duschen, dann eine Kleinigkeit essen. In einer dreiviertel Stunde würde Roger bei ihm auf der Massagepritsche liegen. Seit der vergangenen Saison war es selbstverständlich, dass er für Rogers Pflege verantwortlich war. Die Tür ging auf, Philippe kam herein, mit ihm Verstappen.

„Luc", sagte Wim. „Du wirst gebraucht."

„Was ist los?"

„Sie krachen sich." Verstappen schnitt ein Gesicht.

„Wer? Julie?"

„Ja, und Roger", sagte Verstappen. „Er hatte geglaubt, dass sie schon auf dem Weg nach Paris ist. Und als er sie eben sah, hat es gekracht. Er will, dass sie sofort zurückfährt, aber sie will nicht." Er grinste. „Die Kleine. Die macht ihm ganz schön die Hölle heiß."

„So", sagte Luc.

„Sie hat ja sogar recht", sagte Verstappen. „Aber Ehekrach im Trainingslager, das fehlt gerade noch. Geh doch mal runter. Die stehen noch auf dem Parklatz. Wenn das einer in Ordnung bringen kann, dann du."

Auf dem Korridor kam ihm der alle Willy in't Ven entgegen. Er sah bekümmert aus. „Wollte gerade zu dir“, sagte Willy. „Die beiden da unten …“ Er schüttelte den Kopf und wies mit dem Daumen Richtung Parkplatz. Luc sagte, Wim habe es ihm schon erzählt. „Du kriegst das schon wieder gerade“, sagte Willy.

Lejeune ging die Treppe hinunter, um ein bisschen Zeit zum Nachdenken zu haben. Sie sahen beide gleichzeitig zu ihm hin, als er auf den Parkplatz hinaustrat. Er sah ihre Gesichter und erkannte, dass da nicht viel zu retten war.

„Luc!“, rief Roger. Julie sah ihm nur stumm entgegen.

„Luc, Julie muss zurück“, sagte Roger mit eisiger Ruhe. Julie biss sich auf die Unterlippe und blickte ihn nur an. „Kannst du sie nicht nach Nizza bringen? Dann erwischt sie noch den Abendzug. Ich lass mich dann von Philippe massieren. Wir haben ja genug Masseure.“

Lejeune sagte nichts. Er sah Julie an. Er sagte nichts zu ihr. Rogers „oder nicht?“ durchschnitt die Blicke von Luc und Julie. „Oder was?“, fragte Luc. „Ich sag doch, zum Bahnhof bringen“, sagte Roger. „Hier kann sie nicht bleiben.“ Luc Lejeune überlegte kurz, Julie zu bitten auf ihr Zimmer zu gehen, um Roger ein paar Wahrheiten zu erklären. Aber so, dass er sie kapierte.

Für einen Moment sagte niemand etwas, und dann brauchte auch niemand mehr etwas zu sagen, jedenfalls soweit es die Situation betraf, denn Julie drehte sich weg und lief über den Parkplatz ins Hotel.

„Jetzt wird sie auch noch hysterisch“, sagte Roger. „Nee“, sagte Luc, „das einzige, was hier hysterisch ist, ist die Situation. Und die ändern wir.“

„Danke“, sagte Roger. „Ich geh mal duschen. Ich bin total erledigt.“

Eine halbe Stunde später fuhren sie in einem der Stella-Mannschaftswagen über die Küstenstraße nach Nizza. Kurz hinter Antibes kamen sie auf einen Streckenabschnitt, auf dem bei der Tour de France einmal ein Einzelzeitfahren ausgetragen worden war. Luc erinnerte sich, dass Verschueren damals Zweiter geworden war. Roger hatte ihn später an den jungen Verschueren erinnert. Das war so lange her.

Er sah auf das Meer. Auf der anderen Seite stieg das frühlingsgrüne Land zu den rostbraunen Klippen empor. Es war schön. Das alles kannte er nur von den Radrennen. Jetzt sah er das Land auf einmal ganz anders. Julie saß neben ihm auf dem Beifahrersitz. Er stellte sich vor, sie führen zusammen in die Osterferien.

Julie hatte seit ihrer Abfahrt kein Wort gesagt. Stumm blickte sie geradeaus. Hin und wieder sah er kurz zu ihr hinüber. Er wusste nicht, was er ihr sagen sollte. Es gab nichts zu sagen. Es war, wie es war, und sie war darüber unglücklich. Was konnte man da sagen? Morgen oder übermorgen könnte man vielleicht damit anfangen, etwas zu sagen. Wohin sie wohl jetzt ging? Zurück nach Hause?

Dann fiel ihm ein, dass sie nicht vorhatte, Roger zu verlassen. Vielleicht fuhr sie einfach nach Paris zurück und wartete auf ihn. Zuzutrauen war es ihr. Er erinnerte sich, wie sie im Juli in Carpentras an ihrem Tisch gesessen hatte. Wie ihn die freudig-stille Erwartung auf ihrem Gesicht berührt hatte. Eine beinahe kindliche Glücksbereitschaft, die einen rührte, bis man darunter eine beunruhigende Radikalität im Gefühl erahnte.

An jenem Abend war ihm der Eindruck nicht klar gewesen. Nur dass da etwas war, das nicht zu ihrer schlichten Erscheinung passte. Erst später, als er im Bett lag und an sie dachte, wurde ihm das Beunruhigende deutlicher. Roger aber hatte keine Ahnung gehabt, wer ihn da anlachte. Die Kleine da, hatte Luc gedacht, die geht jeden Weg, wenn sie nur dahin kommt, wonach sie sich sehnt. Sie fuhren jetzt nach Nizza hinein. „Wir sind viel zu früh“, sagte er. Sie nickte und sah weiterhin so konzentriert geradeaus, als müsse sie sich die Reihenfolge der Häuser einprägen.

Vor einer Ampel betrachtete er sie von der Seite. Ob er sie je wiedersehen würde? Dann fiel ihm wieder ein, dass sie Roger ja gar nicht verlassen hatte.

Der Abendzug nach Paris fuhr erst in eineinhalb Stunden. In einem Bistro gegenüber dem Bahnhof tranken sie Kaffee. Julie sah nicht so aus, dass man ihr Fragen stellen sollte. Er fragte sie trotzdem: „Was willst du jetzt machen?“ Sie sah in den Verkehr auf der Straße und zuckte die Schultern.

„Julie“, sagte er, weil es sonst nichts für ihn zu sagen gab. Sie wandte den Kopf halb zu ihm. „Ich geh weg“, sagte sie. Er wollte ihr irgendetwas in der Art sagen, dass sie es nicht so tragisch nehmen sollte. Ihr den Druck erklären, unter dem Roger stand. Während er die Worte zusammensuchte, registrierte er eine ungeheuere Erleichterung.

„Ich würde das nicht jetzt entscheiden“, sagte Luc. „Warum fährst du nicht einfach erst mal nach Hause. Zurück nach Carpentras. Das Leben rennt dir schon nicht weg.“

„Ich will nicht nach Hause.“

„Nein“, sagte er.

Sie tranken ihren Kaffee und beobachteten den Verkehr und den Betrieb auf der Straße. Kaum jemand ging noch im Mantel. Die Luft war leicht, durchlässig, sodass alles, Geräusche, Gerüche, das Licht darin zu schweben schien. Nur an dem tiefen Leuchten aus den Blumenrabatten sah man, dass es Abend wurde. Er wartete, dass sie noch etwas darüber sagen würde, was sie nun vorhatte. Sie sagte nichts. „In Paris", begann er. Plötzlich wandte sie ihm ihr Gesicht ganz zu; zum ersten Mal, seit sie zusammen mit Roger auf dem Hotelparkplatz gestanden hatten. Er hielt inne. Dieses Gesicht! Er wollte nicht den Anblick ihres Gesichts verlieren. „Da leb dein eigenes Leben", sagte er. Sie nickte. „Ich geh weg", sagte sie noch einmal, mehr zu sich selbst als zu ihm.

„Willst du noch einen Kaffee?" Er winkte den Kellner heran und sagte: „Noch einmal dasselbe." Das Bistro hatte sich inzwischen gut gefüllt. Der Kellner war unfreundlich, weil sie nichts zu essen bestellten und den Tisch besetzten. Vier Kaffee in einer Stunde waren um diese Zeit kein gutes Geschäft in diesem Bistro.

Der Satz, den er gerade zu Julie gesagt hatte, war in ihm noch nicht zu Ende. Lebe dein eigenes Leben. Irgendwo in Paris. Eine eigene Massagepraxis. Ja, warum nicht? Schluss mit dieser brutalen Radsportwelt.

„Was willst du in Paris machen?" Julie zuckte die Schultern.

Es ist nur ein Schritt, dachte Luc. Ein einziger Schritt und alles wird anders. Ich bin jetzt Zweiundvierzig. In acht Jahren werde ich Fünfzig. Die vielen alten Mechaniker tauchten vor ihm auf, das Gesicht von dem grau gewordenen Willy. Die waren alle nie von dieser Radsportwelt losgekommen. Der Gedanke, dass es nur ein einziger Schritt war, erzeugte in seinem Kopf einen leichten Schwindel. „Von irgendwas wirst du leben müssen", sagte er. „Ich such mir Arbeit." Und er dachte, wann, wenn nicht jetzt?

Sie reagierte nicht auf das, was er gesagt hatte. Doch er hatte es nun einmal ausgesprochen. „Julie“, sagte er. „Ich könnte als Kellnerin arbeiten“, sagte sie. Und da sagte er es noch einmal. Er sah, dass es jetzt bei ihr angekommen war. Für einen Moment war ihm, als würde der Boden unter ihm fort gezogen. Dann sah er, wie sich ihr Gesicht veränderte. Ein ungläubiges Erstaunen. Es ging in ihrem Gesicht auf, wie der Mond aufgeht. Hell und voll und ganz ihm zugewandt.

„Das willst du wirklich für mich tun?“, fragte sie leise. „Für dich und für mich“, antwortete er.

Dann setzte er ihr die Situation auseinander. Es war ganz einfach. Eines ergab sich aus dem anderen. Nur einmal verspürte er beim Reden ein kurzes Erstaunen über sich selbst. Vor zehn Minuten war das alles noch undenkbar gewesen. Man musste nicht lange Pläne machen, man brauchte keine tiefgründigen Strategien. Man musste bloß die Logik einer Situation erfassen und ihr dann konsequent folgen.

Also würden sie den Abendzug fahren lassen und den Nachtexpress nehmen. Als erstes musste er ein Taxi bestellen. Wenn er in gut einer dreiviertel Stunde mit dem Stella-Wagen wieder am Hotel eintraf, würde das Taxi dort schon auf ihn warten. Er hatte nur ein paar Sachen zu packen. Philippe würde ihm helfen und dafür sorgen, dass bis morgen früh niemand Fragen stellte. „Und dann sind wir schon in Paris“, sagte er. „Dann ruf ich Wim an und erklär ihm alles. Masseure hat er genug.“

Ein Raunen über den Tischen holte Luc Lejeune ins Hemelrijk zurück. Die Bildleitung von der Strecke stand wieder, die Übertragung wurde fortgesetzt. Ein einzelner Fahrer war zu sehen, doch es war nicht Roesen, der allein an der Spitze fuhr. Es war Jeff Vermeulen. Die Informationszeile am Bildschirmrand sagte, dass Roesen 1:28 Minuten Vorsprung auf Vermeulen hatte, der wiederum 0:35 Minuten vor der Gruppe mit Vermeire lag.

Vermeulen musste gleich zu Beginn des Steilstücks am Boigneberg attackiert und sich abgesetzt haben. Auf dem Fernsehbild sahen sie jetzt, wie das Ortsschild von Schorisse hinter Vermeulen am Straßenrand zurückblieb. Jetzt hatte er noch einen Kilometer bis zur Helling Zehn, dem Foreest.

Fünfunddreißig Sekunden Vorsprung waren nicht viel, aber wenn man drei Mannschaftskameraden im Rücken hatte, die jeden bekämpften, der die Lücke zu schließen versuchte, konnten sie zu einem Bollwerk werden, das die anderen nur mit vereinten Kräften zu überwinden vermochten. Wenn jetzt niemand mit Roger zusammenarbeitete, war das Rennen für ihn verloren. Und zum ersten Mal tat es Luc Lejeune nicht leid.

Jedes Jahr hatte er gehofft, dass Roger diesmal seine Ronde gewinnen würde. Für Roger war die Flandern Rundfahrt ein Teil seines Lebens. Luc wusste das. Gerade weil seine eigenen Radsportträume sich so kläglich aufgelöst hatten, empfand er besonders schmerzlich, was es für einen Rennfahrer wie Roger Vermeire bedeutete, wenn er das Rennen nicht gewänne, um das seit seiner Jugend seine Träume kreisten. Noch auf dem Totenbett würde ihm dieser Sieg fehlen.

Aber vielleicht gewann er es heute. Die Bedingungen waren für ihn ideal. Noch lagen acht Hellingen vor ihnen. Alles mögliche konnte noch passieren. Es war ihm so egal. Da waren sie also wieder zusammen.

Er erinnerte sich, wie er eben Julie zwischen den anderen an der Muur gesehen hatte, keine zweihundert Meter von ihm entfernt. Er verfluchte die Fernsehübertragung. Ohne den Bildausfall hätte er es nie erfahren. Da waren sie also wieder zusammen. Roger hatte eben immer Glück. Seine Karriere ging allmählich zu Ende, und sie war wieder da. Damit er auch bloß die Kurve ins neue Leben kriegte. Seit wann sie wohl wieder zusammen waren? Es war ihm so egal. Es war ihm so egal, ob Roger Vermeire nun seine Ronde van Vlaanderen gewinnen würde oder nicht.

Das Duell

Roger Vermeire wusste nun, dass er alleine war und es bis zuletzt bleiben würde. Keiner würde ihm helfen. Vermeulen hatte sofort attackiert, als er kurz vor dem Boigneberg die Gruppe einholte. Ein Angriff genau in den herabprasselnden Gewitterregen hinein. Vermeire beobachtete, wie Broscards Leute den Vorstoß konterten, um Vermeulen nicht wegzulassen. Hatten sich also Solo und High Tech France doch nicht gegen ihn verbunden? Seine Hoffnung währte keine Minute. Vermeulen brach trotz der Konterattacke der Franzosen seinen Angriff nicht ab. Die High Tech-Fahrer richteten sich wieder im Sattel auf, nahmen das Tempo heraus und ließen Vermeulen wegfahren.

Sieben Kilometer weiter am Foreest hatte Vermeulen fünfunddreißig Sekunden Vorsprung. Am Ende der Helling waren es siebenundvierzig Sekunden. In Sint-Kornelis-Horebeke bei Rennkilometer 208 war der Vorsprung auf zweiundfünfzig Sekunden angewachsen. Einen Kilometer später fuhren sie am Steenberg in das letzte Kopfsteinpflasterstück vor der Muur hinein. Als es hinter ihnen lag, betrug Vermeulens Vorsprung neunundfünfzig Sekunden. Roger Vermeire horchte auf die Signale aus seinem Körper. Da war nichts. Alles wie immer. Nur dass er, wenn er dieses Mal nicht gewänne, wieder ein Jahr verloren hätte. Wieder ein Jahr warten. Aus den sich summierenden Sekunden, die Vermeulen gegen ihn heraus fuhr und den abnehmenden Kilometern bis zum Ziel trat ihm auf einmal seine Lebenszeit entgegen. Der Tag war nicht mehr fern, an dem die Summe seiner Zeit auf dem Rennrad so groß geworden sein würde, dass die Strecke, die noch vor ihm lag, sich dem Nullpunkt näherte.

Lualdi, Broscard, Niedstam, andere Fahrer, die nicht zum engen Favoritenkreis zählten, beobachteten ihn und warteten ab. Warteten darauf, dass er die Jagd auf Vermeulen begänne und sich dabei aufarbeiten würde.

Er hatte keine Wahl. Mit jedem Kilometer, der verrann, hatte er weniger Zeit, den Rückstand aufzuholen. Jeder Kilometer, der verrann, legte das Gewicht der Zeit auf die Waagschale von Vermeulen. Noch war genug Strecke übrig, um das Gewicht der verrinnenden Sekunden auf seine Seite zu bringen. Doch Kilometer um Kilometer fielen die verlorenen Sekunden schwerer ins Gewicht.

In der Ferne vor ihnen, wo das Gewitter gewesen war, brannte der Himmel in einem schwefligen Licht. Unter zerrissenen Wolkensegeln leuchtete es zu ihnen herüber und überzog vom Horizont her die aufgebrochene schwarze Erde mit Bronze. Irgendwo dort unter dem Himmel rückte unaufhaltsam der Punkt heran, an dem für die Verfolger das Gewicht der Zeit zu groß geworden sein würde für die verbleibende Strecke. Für Roger Vermeire, der alleine war, kam dieser Punkt mindestens zehn Kilometer früher, als für Lualdi mit seinen vier Helfern.

Sie hatten den Steenberg passiert. Noch siebenundvierzig Kilometer bis Meerbeke. Roesen, dachte Vermeire.

Ferdi Roesen war nur noch etwa eine Minute vor ihm und wartete, um ihm bis zur Muur als Helfer zur Seite zu stehen. Roesens Fluchtmanöver war das einzige, was von Verstappens Schlachtplan übrig geblieben war.

Vermeire sah zu Lualdi hinüber, dessen Leute an der Spitze das Tempo erhöht hatten, um Vermeulen nicht zu weit fort zu lassen. Lualdi machte eine Handbewegung, als befänden sie sich beide vor dem Tor eines Palasts, und er wolle ihm den Vortritt lassen. Mit seinen vier Mann hatte Lualdi es in der Hand, jederzeit das Loch zu Vermeulen zuzufahren.

Scheißkerl, dachte Vermeire. Bis zur Muur waren es noch einunddreißig Kilometer. Gleich hatte er Roesen an seiner Seite, doch es kam ihm vor, als würde er mit einem Bubenpaar gegen vier Asse pokern.

Sie passierten Sint-Maria-Horebeke und kehrten in einer Schleife nach Sint-Kornelis-Horebeke zurück. Vier Kilometer bis zur nächsten Helling Leberg. Im Gegenlicht lag das Land vor ihnen, als sei es aus der erdrückenden Massivität des Bodens heraus modelliert. Ein Erdwall, ein Gehöft, ein Trecker auf kahlem Feld. Auf einer kleinen Anhöhe wartete das Motorrad der Organisation. Unter ihren schwarzen Regenpelerinen, den schwarzen Lederkappen sahen die Motorradfahrer auf dem Hügelkamm vor dem messinggelben Himmelsstreifen wie Unglücksboten aus.

Jeff Vermeulen hatte jetzt 1:12 Minuten Vorsprung.

Über dem dunklen Strich des Entwässerungsgrabens hob sich gut hundert Meter voraus eine einzelne Gestalt vor dem Hintergrund einiger Häuser am Straßenrand ab. Augenblicke später erkannte Vermeire, dass die Gestalt ein abmontiertes Laufrad in die Höhe hielt. Roesen. Defekt.

Heran und vorbei. Kaum nahm er Roesens gequältes Gesicht wahr. Im Materialwagen von Stella hatte man von Roesens Defekt bereits über Rennfunk erfahren. Ein platt gefahrener Vorderreifen. Verstappen bremste den Wagen leicht an, ließ ihn rollen, so dass Willy in't Ven im Fahren mit Roesen das vordere Laufrad tauschen konnte. Willy zog das defekte Laufrad herein und sah dann noch einmal zurück. Roesen klemmte gerade das Rad in die Vordergabel, zog die Spanner fest und – doch da war er schon hinter der Kurve dem Blick entschwunden. Verstappen hatte gar nicht in den Rückspiegel gesehen. Roesen hatte für heute Feierabend. Der würde die Spitzengruppe nicht wiedersehen.

Der Leberg war siebenhundert Meter lang mit einer Steigung von vierzehn Prozent an der steilsten Stelle. Rennkilometer 214. Vermeulens Vorsprung war auf 1:19 Minuten angewachsen. Fünf Kilometer später setzte sich zum Ende der Steigung am Berendries, Rennkilometer 219, Lualdis Piani-Express in Bewegung, um sie alle zu überrollen. Stampfte über die Höhe und flog, als die Straße wieder eben wurde, aufgefächert wie ein Schwarm Wildgänse, in den Gegenwind hinein und mit 60 Stundenkilometer dem Ort Nederbrakel entgegen.

Vermeire fuhr in der hinteren Hälfte der Gruppe und beobachtete, wie die Fahrer von Solo und High Tech France ihre eigene Reihe aufmachten und sich an Lualdis Quartett vorbeischieben wollten. Sie wollten die Spitze erobern, um von dort das Tempo zu brechen. Sie fuhren in den Ort hinein. Menschen, Schreie, Fahnen, Häuserfassaden. Reflexe von Scheiben wischten vorbei, als der Pulk die enge Ortsdurchfahrt passierte, sich der Ecke näherte, wo die Straße fast rechtwinklig abknickte, um in die Felder zurückzuführen.

Lualdis Fahrer hatten rechts die Innenseite erobert, Vermeulens Team schwenkte von links quer über die Straße in die Kurve hinein, um den Radius zu verkürzen. Die Kurve wurde dadurch noch enger als sie ohnehin war. Sie wollten Lualdi und seine Leute gegen den Bordstein drängen, sodass sie bremsen und zurückbleiben mussten. Die Piani-Fahrer dachten nicht daran zu bremsen.

So flogen sie in die Kurve hinein. Keiner gab nach, bis auf das Hinterrad des vorderen Piani-Fahrers. In der Schräglage durch den verengten Kurvenradius verlor der Reifen auf der nassen Straße die Haftung. Lualdis Helfer stürzte aus seiner vertikalen Achse heraus und rutschte festgeschnallt auf seinem Rad mit der Wucht seiner Geschwindigkeit quer über das Pflaster zur linken Straßenseite hinüber. Was dabei geschah, sah aus, als wäre ein Diskus durch eine Partie Kegel gesegelt.

Vermeire sah einen länglichen Schatten vor sich tief über die Straße streichen und unter Trikots verschwinden, die sich in einem bizarren Taumel zusammenschoben. Mit den Händen am Lenker das Vorderrad hoch reißen, mit den Füßen in den Pedalen das Hinterrad hoch reißen. Für einen Moment schwebte er über dem gekrümmten Bein eines auf dem Asphalt liegenden Fahrers und flog durch das Unheil von ineinander verwundenen Leibern und Rädern auf dem Straßenbelag hindurch. Fuhr aus dem Ort hinaus und in den Gegenwind, in die leere, vor ihm liegende Straße hinein. Er sah sich nicht um. Fuhr gepeitscht von dem Schock, bis er sich abreagiert hatte. Als er sich schließlich umblickte, sah er, dass er alleine war.

Der Wind kam jetzt fast senkrecht von vorne und würde so bis zum Valkenberg bleiben. Vier Kilometer mit voller Kraft durch den Gegenwind und vor ihm ein nichtsahnender Gegner, der sich noch relativ sicher fühlte und nicht voll fuhr, um Kraft für die Muur und die letzten sechzehn Kilometer zu sparen.

Bei Rennkilometer 224 fuhr Roger Vermeire in den Valkenberg hinein, als Jeff Vermeulen achthundert Meter vor ihm gerade aus ihm herauskam. Am Ende der Helling war sein Rückstand von 1:19 Minuten am Berendries auf dreiundvierzig Sekunden zusammengeschmolzen.

51/0:43 stand auf der Schiefertafel, die Vermeulen einen Kilometer später vom Motorrad aus entgegengehalten wurde. 51 war die Startnummer von Vermeire. Das Rennen hatte sich zu einem Kampf Mann gegen Mann zugespitzt.

Vermeulen schaltete auf eine höhere Übersetzung, behielt jedoch seine hohe Trittfrequenz bei. Auf den folgenden drei Kilometern bis nach Brakel gewann Vermeire gerade noch zwei Sekunden. Der Adrenalinschub, unter dessen Druck Vermeulen die größere Übersetzung in Schwung hielt, rächte sich an der Helling Tenbosse bei Rennkilometer 230. In der Steigung wurde sein Tritt eckig und schwer. Er versuchte es durchzutreten, doch ehe er oben war, kam eine vollständige Taubheit über seine Oberschenkelmuskulatur. Noch in der Steigung musste er herunterschalten, verlor dabei Tempo und Schwung und ging aus dem Sattel, weil er im Wiegetritt neu beschleunigen musste. Roger Vermeire sah ihn gerade noch um die Biegung am Ende der Helling verschwinden. Er brauchte keine Schiefertafel, um zu wissen, dass sein Rückstand keine zwanzig Sekunden mehr betrug.

Bis zur Muur waren es noch zehn Kilometer. Vermeulen wollte vor Vermeire in die Muur hineinfahren. Vermeire wollte ihn bis zur Muur gestellt haben. Zehn Kilometer bedeuteten bei diesem Wetter etwa eine Viertelstunde Rennzeit.

In einem Radrennen zerbrach man den Gegner nicht wie beim Boxen durch unmittelbare Gewalt. Man konfrontierte ihn mit seiner eigenen Schwäche. Er war dazu verurteilt, sich gegen diese Schwäche aufzulehnen, und je heftiger und länger er sich gegen sie auflehnte, umso tiefer musste er leiden. In einem Radrennen ließ man den Gegner nicht leiden, indem man ihn schlug, sondern indem man allmählich zuerst seine Kraft, dann seinen Willen und schließlich seinen Stolz zerbrach.

Roger Vermeire war dabei, dies alles bei dem Mann zu zerbrechen, der als Veloheld von Flandern sein Nachfolger werden würde. Vermeire wusste, dass er es werden würde, wie es einst der große Gino Bartali wusste, als er zum ersten Mal ein Rennen gegen den jungen Fausto Coppi verloren hatte. Auch Bartali lehnte sich dagegen auf. Doch auf der Alpenetappe nach Briancon, als nur er und Coppi noch für den Toursieg in Frage kamen, weil alle anderen hoffnungslos abgehängt waren, zerbrach Coppi in der bei einem Rennfahrer von Charakter vorgegeben Reihenfolge zuerst Bartalis Kräfte, dann seinen Willen und schließlich seinen Stolz. Beim Aufstieg zum Col d´ Izoard richtete sich Bartali im Sattel auf und erklärte seinem jüngeren Rivalen, dass diese Tour de France ihm gehöre. Und er bat ihn, ihm an diesem Tag, der sein Geburtstag war, noch den Etappensieg zu schenken.

Jeder Rennfahrer kannte diese Geschichte, jeder erzählte sie weiter, und jedes Mal, wenn Vermeire sie wieder einmal irgendwo hörte, identifizierte er sich selbstverständlich mit Coppi. Auch jetzt, als sie ihm auf der breiten Allee Richtung Geraardsbergen kurz in den Kopf kam. Bartali war bei jener Tour de France fünfunddreißig Jahre alt geworden. Im nächsten Jahr wurde er selbst Fünfunddreißig. Er lehnte es ab, Gino Bartalis Rolle zu spielen. Und in Zalardinge, bei Rennkilometer 234 sah er zum ersten Mal Jeff Vermeulen auf demselben Straßenabschnitt, den auch er befuhr. Kaum mehr als einhundert Meter voraus.

In einer lang ausschwingenden Kurve warf Vermeulen einen Blick zurück, erblickte seinen Verfolger zwischen den kahlen Alleebäumen dicht hinter sich. Wenn er Vermeire herankommen ließe und sie sich die Führungsarbeit teilten, würde selbst Lualdi mit seiner Garde sie nicht mehr einfangen können. Er dachte nicht daran. Er hielt gegen.

Sie bogen sich über ihren Rädern. Das Gebläse ihrer Lungen färbte sich purpurrot. Das Pumpwerk ihrer Herzen schlug an die zweihundert Mal in der Minute und drückte dabei über fünfzig Liter Blut durch das Netzwerk der Adern. Ein Kilometer und noch einer und noch ein Kilometer. Auf den folgenden vier Kilometern Richtung Geraardsbergen erkannte Roger Vermeire mit Hilfe der Telefonmasten am Straßenrand, dass er nicht einen Meter an Vermeulen herankam.

Das maschinenhafte Gleichmaß, mit dem ihre Oberschenkel wie Kolben auf und nieder stampften und die Füße in den Pedalen um die Achse des Tretlagers kreisen ließen, hatte etwas Entmenschlichtes. Ein durch die Fortbewegung bloßgelegter mechanischer Willensakt, in dem die Rennfahrer alles Seelische abgestreift zu haben schienen. Sah man sie jedoch aus etwas größerer Entfernung über die Straße dahin fahren, so veränderte sich das Bild. Dann schienen sie unter ihrem gekrümmten Rumpf das Rad in fließender Stetigkeit schwerelos über den glänzenden Asphalt voran zu schieben. Wie etwas, das auf Wasser schwamm. Und aus dem Gewaltsamen trat etwas hervor, das schön und ästhetisch war.

Schwerelos flossen die Mittelstreifen der Allee unter ihren Rädern nach hinten weg, entfernten sich schwebend bis zu einem Punkt, wo sie im Wasserdunst über der Straße verschwanden, während die Beine unaufhörlich weitere Mittelstreifen heranstampften, als wollten sie mit der Kraft der in ihrem Körper arbeitenden Maschine, die Straße noch einmal neu erschaffen. Erst einem nahen Blick von vorne aus einem der Begleitwagen oder durch das Objektiv einer Kamera enthüllte sich, was hinter dieser Maschine stand: Der aufs Kreatürliche zurückgeworfene Mensch. Augen, in denen ein Ausdruck zwischen Aggression und Verzweiflung lag, ein halb geöffneter Mund, der nach Luft rang, sodass sich die Zähne entblößten und für Augenblicke der Eindruck eines irrsinnigen Lachens entstand.

Wie sie im gleichbleibenden Abstand von rund einhundert Metern über die Straße dahin rasten, wurden sie einander so ähnlich, als wären sie Brüder. Durch Geburt derselben Welt ausgesetzt. Sie horchten in ihren Körper hinein, den Energiestrom zu fühlen, sein Verrinnen zu berechnen anhand der noch vor ihnen liegenden Strecke, sodass sie mit dem letzten Blutstropfen gerade noch das Ziel erreichen würden. Die Unausweichlichkeit, den Punkt der totalen Erschöpfung erreichen und überwinden zu müssen, machte sie zu Schicksalsgenossen.

In der Agonie der totalen Erschöpfung ahnt der Körper den Tod voraus. Aber dann war da noch etwas. Etwas, das sich dem Tod widersetzte und sie im Sattel hielt. Das ihre Füße unaufhörlich auf der Kreisbahn um die Nabe des Tretlagers in Bewegung hielt. Bis das Rennen schließlich zu Ende war. Sie wieder einmal angekommen waren auf einer der zahllosen Zwischenstationen ihres Weges, gleichviel ob es Sieg oder Niederlage war.

Nach wie vor lagen etwa einhundert Meter zwischen Vermeulen vorne und dem ihn jagenden Vermeire. Nur noch zwei Kilometer bis zum Ortsschild Geraardsbergen. Er oder ich, dachte Roger. Er oder ich, hatte er oft von seinem Großvater gehört, wenn er ihm von den Schlachten erzählte. „Mit Gott“ stand auf der Gürtelschnalle, die sein Großvater als Soldat getragen hatte. Er hatte oft das Relief der Schrift betastet. Später erfuhr er, dass „mit Gott“ auch auf den Gürtelschnallen der deutschen Soldaten gestanden hatte – nur eben auf Deutsch. Sein Großvater hatte nie darüber gesprochen, ob Gott auf seiner Seite gewesen war. Immerhin hatte er überlebt. Trotzdem schien es ihm eine unsichere Losung zu sein. Beim Radrennen brauchte man sowieso keine Gürtelschnallen, und auch Gott brauchte er nur, um auf ihn zornig zu sein.

Die Muur

Roger Vermeire sah das Schild am Straßenrand heran schweben, das er so oft herbei gesehnt und ebenso oft verflucht hatte. Das Ortsschild von Geraardsbergen, das, je nachdem an welcher Stelle ihn das Glück wieder einmal verspottet hatte, stets zu früh oder zu spät gekommen war. Niemals war es in einem so günstigen Augenblick herangekommen wie heute, da Vermeulen nur noch sechs Sekunden vor ihm und die nächste Verfolgergruppe mehr als zweieinhalb Minuten hinter ihm lag. Zwei Kilometer waren es noch bis zur Muur, nur noch achtzehn bis zum Ziel in Meerbeke.

Wie eine Festung erhob sich der dunkle Kamm des Oudenbergs mit seinem Kreuzweg über die Steine aus dem flachen Land. Verschwand in einer Kurve, tauchte wieder auf, versank hinter den Dächern dicht am Straßenrand stehender Häuser und tauchte abermals auf. Jedesmal wenn Vermeire ihn wieder erblickte, hatte der bewaldete Kegel an Massivität und Größe zugenommen, als würde er mit seinem Schwerefeld die kleinen gekrümmten Gestalten zwischen den Alleebäumen unaufhaltsam über die Straße zu sich heran schleifen.

Die Straße stieg eine Rampe hinauf, die die Geleise der Eisenbahn überquerte. Kurz bevor sie die kleine Brücke über die hier kanalisierte Dender erreichten, sah Vermeire, wie die Gestalt vor ihm, die im Gleichmaß ihrer Fortbewegung seit nunmehr sieben Kilometern sein quälendes, unerreichbares Spiegelbild gewesen war, von einem Widerstand aus ihrem Inneren heraus gebrochen wurde. Der Bewegungsfluss des Körpers zerfiel wie eine Maschine, die sich unter Überdruck in ihre Einzelteile auflöste. Die Ellenbogen standen plötzlich heraus wie falsch eingehängte Pleuelstangen und unter dem ruckigen Hin und Her der Schultern schienen die Füße das Rad mit eckigen Tritten in die Straße zu hacken.

Er hatte ihn. Er gehörte ihm. Das Rennen gehörte ihm. Ein wilder, brennender Schrei saß ihm in der Brust, der nur deshalb nicht herauskam, weil seine Lungen jeden Kubikmilliliter Luft brauchten. Ein stummer, inbrünstiger Schrei, als riefe er den Engel an, der ihm in diesem Augenblick erschien. Ich bin's! Ich bin da! Seine Härte, seine Rücksichtslosigkeit, sein reueloser Verzicht auf Gemeinschaft, sein Verlangen, dass nichts anderes zählte, als das was geschah, Stärke und Selbstdisziplin, all das ging in diesem Moment in eine grenzenlose Erleichterung auf. Das Rennen gehörte ihm. Er würde seine Ronde gewinnen.

Er kannte das Gefühl. Auf der Alpenetappe, als er im Schneeregen über den 2645 Meter hohen Galibier Pass seine erste Tour de France gewann, hatte er es gehabt. Oder als, Jahre vorher, die klumpigen Fabriken der Außenbezirke von Lüttich vor ihm auftauchten und er begriff, dass er Lüttich – Bastogne – Lüttich, sein erstes klassisches Rennen gewinnen und in den Thronsaal gelangen würde, wo Briek Schotte, Sylvère Maes, Rik van Looy und alle die anderen Unvergesslichen saßen. Er saß nicht mit ihnen an einem Tisch, doch er war eingelassen worden. Wo immer sein Platz einmal sein würde – er gehörte dazu.

Als Kind, später als Junge, mochte er ähnliche Gefühlswallungen gehabt haben, denn er hatte ein jähes und heftiges Temperament, doch erinnerte er sich nicht mehr daran. Kein Engel hatte jemals einen Schrei in seiner Brust befreit. Sie blieben unerlöst und verdichteten sich zu einer Substanz, die aus Eindrücken, Verlangen, Vergeblichkeit, Schmerz, Zorn, Willen und einer finsteren Freude bestand. Bis er alt genug und die Substanz fest genug war, um von seinem als Krieger nieder gerungenen, doch unerschütterlich an seiner Unbesiegbarkeit festhaltenden Großvater zu einer Lebenshaltung geformt zu werden.

Auf dem Kamm einer wilden Welle von Emotion reitend, holte er Vermeulen ein. Er sah ihm kurz ins Gesicht – und fuhr vorbei. Fuhr davon, immer noch von der Welle getragen. Nur auf dem Rennrad gab er sich so seinen Gefühlen hin. Niemals gegenüber einem anderen Menschen. Und nichts trennte ihn tiefer von Julie als dies und gerade dann, wenn sie einander am nächsten und zur Hälfte eins geworden waren.

Für Momente war es stets ein bewusstlos machendes Glück gewesen. Doch sogleich setzte die Trennung ein, ein verwirrendes Gefühl von unerklärbarer Schuld und Scham, wenn sie unter seinen Stößen zu stöhnen begann. Ihm war unbehaglich, wenn ihre Hände seine Schultern streichelten, ihre Arme sich tief um seinen Nacken legten, um ihn zu sich herabzuziehen. Und ihr Gesicht dabei so nackt und bloß. Nackter, schamloser als ein Geschlecht.

Sie gab sich preis, und es machte ihr nichts aus. Ohne Scham überließ sie sich ihren Gefühlen und dem, der diese Gefühle in ihr erzeugte. Und auch ohne Furcht. Ihre Furchtlosigkeit war allerdings etwas, das ihm stets imponiert hatte. Doch indem sie sich preisgab, ging in seinen Augen ein Wert verloren. Als gäbe sie etwas her, das man niemals opfern durfte, einerlei ob einer Idee oder einem anderen Menschen. Dann tötete er den ihr gegenüber hilflosen Wurm in sich. Nahm sie, roh und hart, bockend wie ein schwarzer Büffel. Doch der Ausdruck auf ihrem Gesicht veränderte sich nicht. Nur der Druck ihrer Hände wurde fester, und er war erstaunt über die Kräfte, die in ihrem Körper steckten. Er wehrte sich. Trieb sich in sie hinein. Härter, fester, als wolle er sie verletzen, die sich ihm überließ und doch hinter ihren blutgeschwellten Lippen, ihren kleinen, feucht schimmernden Zähnen, unerreichbar war. Er mochte es nicht, und er wollte es nicht, und doch ging er jedes Mal wieder darin auf. Wurde zu einem, der sich selbst verlor, und den er, wenn es vorbei war, vergeblich zu verleugnen versuchte. In seinem Drang, sich zu retten, verachtete er sie. Verachtete sie mit jedem Augenblick mehr, bis seine Selbstachtung einigermaßen wiederhergestellt war.

Die Strecke wand sich, zusammengepresst von grauen Mietshausfassaden, durch Geraardsbergen. Er sah sich nicht mehr nach Vermeulen um. Hinter dem Durchlass zwischen den Häusern öffnete sich vor ihm der Marktplatz mit dem Kirchturm. Er zog das Rad über die teergeflickten Risse im Asphalt durch die Linkskurve, stieg aus dem Sattel und jagte das Rad mit einer Art wütender Begeisterung in eine letzte Beschleunigung und in das Kopfsteinpflaster hinein. Ein Spalier ausgestreckter Arme. Silhouetten von Gestalten, die sich in seinen Weg hinein krümmten und erst im letzten Augenblick vor ihm zurückwichen, wie in einer Geisterbahn, sobald der Wagen über die Kontaktschwelle fuhr. Ein scharfer Knick, und er fuhr aus der eben noch hell unter dem Regenhimmel liegenden Straße in die Düsternis des Hohlwegs durch den Klostergarten hinein. Das Martyrium der letzten dreihundert Meter begann.

Von den Steinen geschlagen, tanzte sein Rad in millimeterscharfen Sprüngen zwischen Sturz und Balance an einem schreienden Wall aus Leibern entlang. Die Steine schlugen durch den Rahmen auf seinen schmerzenden Körper ein. Er spürte ihre Schläge im Hintern, in den Beinen, Ellenbogen bis in die Schultergelenke und in den Nacken hinauf. Spürte sie bis in die Brust hinein, wo sie vom Schlag seines Herzens nicht mehr zu unterscheiden waren. Der Druck in seiner Brust wurde größer, nahm noch weiter zu, und gerade als er glaubte, es gleich nicht mehr ertragen zu können, wich der Druck von ihm, und ihm war, als flöge er die Muur hinauf. Getragen von einer Bewegung, die so wenig ihm selbst gehörte wie dem flämischen Löwen die Sprünge gehörten, die er durch die Wellen auf dem Tuch der vom Wind gezausten gelben Banner vollführte.

Und dann sah er nichts mehr.

An der Strecke liefen die Kofferradios, doch kein Mensch an der Muur hörte noch auf die Reportage, seit Roger Vermeire an Vermeulen vorbeigefahren war. Durch den Lärm des Windes in den Baumkronen horchten sie auf das unkonturierte, dumpfe, unten im Ort anschwellende Rauschen. In etwa zwei Minuten musste Vermeire in die Muur hineinfahren.

Julie starrte mit den anderen über die in fürchterlicher Ruhe daliegenden unbehauenen Pflastersteine zu der

Stelle hinunter, wo Roger gleich um die Kurve kommen und auf sie zu fahren musste. Allein, so wie sie ihn sich immer im Rennen vorgestellt hatte.

Das Rauschen von unten drückte nun in den Hohlweg hinein, komprimierte die Luft, plötzlich überlagert von einem Krach in ihrem Rücken, der die Ohren betäubte. Hinter sich erblickte sie den Hubschrauber über dem Hang des Klostergartens. Er stand so niedrig über den Baumkronen, dass der Luftstrom von den Rotorblättern die Zweige schüttelte.

Nun stand sie wieder an der sonnendurchglühten Passstraße am Mont Ventoux. In eine nur Sekunden währende Halluzination hineingepresst, sah sie Roger mit der blutenden Kopfwunde in ihrem Schoß, ihr Schlafzimmer, ihren Vater, die Avenue Mac Mahon, das Café Olympia, den Weg zur Familiengrabstelle, als sie ihren Vater begruben, die Ansichtskarte mit dem Kreuz, das ihre Mutter gemacht hatte.

Bilder aus zehn Jahren leuchteten auf und verloschen, als bohrte sich ihr von einer Schläfe zur anderen ein gläsernes Kaleidoskop durch den Schädel, in dem die Regel der Zeit aufgehoben war. Bis sich die Bilder durch den Blick aus Rogers Wohnung über die Bäume in der Avenue Mac Mahon in das matte Herbstgespinst des Himmels wieder mit der Gegenwart verbanden. Bald würde sie dort sein. Vielleicht schon morgen. Oder übermorgen. Eine schwindelerregende Freude ließ ihr Tränen in die Augen schießen.

Wie ein Feuer fraß sich der Lärm die Strecke dort hinauf, wo sie stand. Schreie, Applaus. Die Fahnen lösten sich aus dem Griff des Windes und schwangen über den Köpfen im Takt eines Chors, der seinen Namen rief. „Ro-ger-Ro-ger!“

Er kam um die Kurve, so dicht am Wall entlang, als hätten die Steine ihn aus sich herausgepresst. Er fuhr genau auf sie zu. Und weil sie jetzt nur noch denken konnte, was sie direkt vor Augen hatte, dachte sie: Er fährt genau auf mich zu. Sein starr über den Lenker nach vorn gerichteter Blick gab ihr jedes Recht zu denken: Gleich sieht er mich. Hier! Hier bin ich! Aus irgendeinem Grund vergaß sie, den Arm hochzureißen.

Man konnte nicht sagen, er schwankte. Tatsächlich schwankte er nicht über das Maß hinaus, mit dem ein gegen den Widerstand eines starken Gefälles kämpfender Radfahrer zwangsläufig über seinem Rad pendelt. Und selbst in der unmittelbar vorangehenden Sekunde zeigte sich nichts, woran man sich später hätte erinnern können. Nichts ließ ahnen, was nun geschah. Und als er, keine zehn Meter von der Stelle entfernt, an der Julie stand, plötzlich auf den Steinen lag, war es an diesem Abschnitt der Muur auf einmal so still, als habe die Wirklichkeit aufgehört zu existieren. Roger Vermeire lag halb unter dem Rahmen seines Rads auf den Steinen, merkwürdig still, wie gefangen in einen absurden Traum. Nur in dem sich über dem Pflaster ins Leere drehenden Vorderrad hatte sich noch ein Rest Realität verfangen. Mit einem Schrei durchbrach Julie die Absperrung und stürzte auf die Strecke. Flog die wenigen Schritte zu ihm hinunter mehr als dass sie rannte. Ehe irgendjemand in der Lage war sich zu rühren, hatte sie Rogers Kopf vom Pflaster in ihren Schoß hinauf gezogen.

Sie nahm das Auto nicht wahr, das unter Verstappens Dreiklangfanfare die Menschen vom Rand der Strecke scheuchte und, ein Vorderrad halb über dem Abhang, zum Stehen kam. Türenschlagen. Ein Motorrad. Dann kniete Wim Verstappen neben Julie auf dem Pflaster. Er sagte etwas. Zu ihr? Zu Roger? Sie verstand es nicht, sah nur, wie Verstappen seine Jacke vom Körper riss, sie auf den Boden breitete. Der alte Willy in't Ven war plötzlich da. Gemeinsam hoben sie Roger aus ihrem Schoß und legten ihn auf Verstappens Jacke an den Straßenrand. In einer jähen Bewegung, als fiele ihr erst jetzt ein, was sie längst hätte tun müssen, riss sie sich das rote Kopftuch von den Haaren und schob es unter Rogers Nacken. Ein weiteres Motorrad stoppte schlingernd auf den glatten Steinen. Der Rennarzt, aus dem Ambulanzwagen hinter der Spitzengruppe herangebracht, sprang mit einem Köfferchen vom Soziussitz.

Julie beobachtete, wie sich der Arzt neben Roger auf die Straße kniete und sich über ihn beugte. Er steckte ihm etwas in seinen halb geöffneten Mund. Dann begann er mit beiden Händen Rogers Brust zu massieren. Auf einmal war ihr Schrecken verschwunden. Das Bild einer ihrer lebhaftesten Erinnerungen erschien vor ihren Augen, und sie wusste bereits, wie es weiterging. Wie sie Roger gleich aufrichten würden, ein paar ungelenke Schritte von ihm über die Straße, und sie würden ihm ein Ersatzrad vom Dach des Materialwagens unter den Hintern schieben, auf dem er davon fahren würde. Wie damals vor ihrem Hof. Doch niemand holte ein Reserverad vom Wagendach, und Roger lag immer noch regungslos auf den Steinen.

Ein Polizist auf einem Motorrad sprach in sein Funkgerät. Sie hörte den alten Willy „den Hubschrauber, den Hubschrauber“ schreien. Der Arzt richtete sich auf. Sie konnte nicht hören, was er sagte, weil er ihr den Rücken zuwandte. Dann sah sie, wie sich die Gesichter von Verstappen und Willy in't Ven veränderten. Und da wusste sie es auch, obwohl es noch einen Moment dauerte, bis sie wusste, dass sie es wusste.

Im T'Hemelrijk hatte Luc Lejeune längst seine rote Harmonika weggelegt. Seit dem Sturz in Nederbrakel, als Roger sich auf die Verfolgung von Jeff Vermeulen gemacht hatte und ihr Duell begann, hatte er keinen Ton mehr gespielt. Es hätte auch gar keinen Sinn gehabt. Das Bild auf dem großen Fernseher unter der Decke war jetzt geteilt. Links sah man den Arzt Vermeires Brust bearbeiten, auf der rechten Bildhälfte fuhr Vermeulen die Muur hinauf. Gleich würde er die Stelle passieren, wo Vermeire auf dem Pflaster lag. Polizisten mit Motorradhelmen auf dem Kopf drängten die Menge zurück und bildeten mit ihren Körpern eine neue Streckenbegrenzung, um Vermeulen und die nun bald nachfolgenden Rennfahrer an der Unglücksstelle vorbeizuleiten.

Die Fernsehkamera hatte die Szene genau eingefangen, wie Roger ohne ersichtlichen Grund auf das Pflaster stürzte. Was ist denn jetzt? hatte Luc gedacht, völlig verwirrt, weil Roger liegen blieb. Dann sah er Julie über das Pflaster rennen, aber irgendwie war sie nicht mehr wichtig und dann kam schon der Materialwagen von Stella heran, und er sah, wie Verstappen, Philippe und Willy aus dem Wagen sprangen. Und noch einer. Renard. Was hatte denn der hier verloren?

Das Fernsehen wiederholte Rogers Sturz in Zeitlupe. Luc verfolgte jedes Detail in Rogers Bewegung, seinen Pedaltritt, wie das Rad vom Pflaster geschüttelt wurde, die Vibration in seinen Oberarmen, die abwechselnd heraustretenden Stränge der Oberschenkelmuskulatur, die Amplitude, in der sein Rumpf über dem Rahmen pendelte. Er konnte sogar am Sitz der Kette die Übersetzung erraten, mit der Roger die Steigung hinaufgefahren war. Nichts davon erklärte die plötzliche Neigung des Rads. Es kippte einfach unter ihm weg. Jäh verlassen von der antreibenden Kraft, sodass Rogers Rumpf für einen Moment wie in einem phantastischen Ablösungsprozess von seiner Rennmaschine noch senkrecht über sie in der Luft zu hängen schien.

Die Zeitlupe verschwand. Das Fernsehbild war wieder geteilt. Rechts richtete sich der Arzt über Roger auf, links fuhr Vermeulen weiter die Muur hinauf. Vor dem Hemelrijk schallten Rufe und Applaus in den Gastraum hinein, weil Vermeulen auftauchte. Und jetzt erst, über die zurückkehrende Realität des Rennens, war Luc in der Lage, seinem Impuls zu folgen. Er lief hinaus, rannte im Rücken des Menschenspaliers die Strecke hinunter, kämpfte und stieß sich durch die Menge dorthin, wo Roger lag. Zwei Polizisten versuchten, ihn festzuhalten. Verstappen bemerkte das Gedrängel, erkannte ihn und brüllte: „Luc! Durchlassen!“

Motorräder kamen herauf, gefolgt von der ersten Verfolgergruppe mit Lualdi und Niedstam. Die Menge schrie den Rennfahrern entgegen. Luc stand nun bei Verstappen. Verstappen sagte durch den Lärm zu ihm: „Der Arzt sagt, er war schon tot, ehe er das Pflaster berührte.“ Yves Renard, der daneben stand, sprach den Satz, der nicht für ihn bestimmt war, leise und halb abgewandt in seinen Kassettenrecorder, dazu weitere Details der Szene, um später alles richtig zusammensetzen zu können. Nachdem der Arzt aufgestanden war, hatte sich Julie wieder neben Rogers Gestalt hingekniet. Renard sah gar nicht mehr zu ihr hin.

In dem Augenblick, als Yves Renard aus dem Wagen gesprungen war und Roger auf dem Pflaster liegen sah, seinen Kopf in Julies Schoß, waren zwei simultane Erkenntnisse über ihn gekommen: Erstens die Bedeutung seiner Bandaufnahme des Gesprächs zwischen Verstappen und Teamarzt Fabiani und zweitens die Tatsache, dass Julie nicht zu ihm zurückkehren würde. Seine Gefühle schnappten zurück, rasteten in den Objektivierungsmechanismus ein, auf den er in mehr als zwanzig Jahren sein Bewusstsein getrimmt hatte.

Im Geiste war er jetzt bereits bei Rogers Biografie. Ihm war sofort klar, dass dies Anfang und Ende des Buchs sein musste. Um die Fülle der Details, die Atmosphäre an der Strecke festzuhalten, holte er seinen Kassettenrecorder hervor und sprach seine Beobachtungen, Gedanken, Eindrücke auf das Band. Er musste noch genau die Stelle wissen, wo Roger vom Rad gefallen war, und wandte sich deshalb an einige Zuschauer hinter der Absperrung. Man zeigte sie ihm, er prägte sie sich ein und sprach eine kurze Beschreibung in den Recorder. Weitere Motorräder kamen den Hohlweg herauf. Jetzt gefolgt von dem Hauptfeld, und wieder schrie die Menge den Rennfahrern entgegen, klatschte und schwenkte gelbe Papierfähnchen mit dem flämischen Löwen.

Verstappen, Willy in't Ven und Philippe stiegen wieder in den Stella-Wagen und reihten sich in die Schlange der Materialwagen hinter dem Hauptfeld ein. Renard war geblieben. Da standen sie nun bei dem toten Roger. Julie, Luc und Renard, abgeschirmt von Polizisten, im Lärm unter den wehenden gelben Bannern im Regenlicht, und ein jeder von ihnen sah auf seine Weise an den beiden anderen vorbei auf Roger.

Ein Sanitätswagen kam herauf. Er nahm beinahe die gesamte Breite des Hohlwegs ein. Stoppte, zwei Männer in orangefarbenen Overalls kletterten aus dem Führerhaus. Sie gingen um den Wagen herum, öffneten die Tür an der Rückseite und zogen eine Bahre heraus.

Luc sah zu Julie. Er fand sie traurig und schön wie eine Statue. Etwas Straffes war in ihr Gesicht getreten, seit er sie vor neun Jahren zum letzten Mal gesehen hatte. Eine Herbheit, die das mädchenhaft Süße veredelt hatte. „Julie", sagte er leise. Sie wandte den Kopf. „Julie", sagte er noch einmal. Sie machte eine undeutbare Handbewegung. Er ergriff ihre Hand, drückte sie sanft und ließ sie wieder los, ohne etwas gesagt zu haben. Einen Moment lang hing ihre Hand in der Luft, wie er sie gehalten hatte.

Renard war damit beschäftigt, das Geschehen auszumessen und festzuhalten. Die Sanitäter hoben Roger auf die Bahre. Renard beobachtete, wie der Ältere von beiden das rote Kopftuch unter Rogers Nacken hervorzog und es ihm über das Gesicht legte.

Der Dottore hat also recht behalten, dachte Renard. Ob Roger das Risiko gekannt hat? Ein Herzschlag. Er war schon tot, ehe er auf das Pflaster fiel, hat der Arzt gesagt. Aber dann … Kurz prüfte er den Gedanken, ehe er ihn auf das Band sprach, weil er ihn unbedingt verarbeiten musste: „Roger Vermeire starb in der Gewissheit, das Rennen seines Lebens endlich zu gewinnen." Eine Gruppe Nachzügler kam die Muur herauf. Renard ging ein paar Schritte hinunter, bis er über die Stelle hinweg, an der Roger gestürzt war, die Strecke hinaufsehen konnte. Er wollte nachempfinden, was Roger als Letztes gesehen hatte und sprach auch das als kurze Notiz auf das Band: „Als letztes sah er die Pflastersteine der Muur."

Die ganze Zeit lief das Band, fing die Atmosphäre ein, das Geräusch des Windes, Autos, Motorräder, Stimmen, Geschrei, Applaus, dazwischen seine eigene Stimme. Zu Hause würde er das alles zu einem bewegenden Kapitel zusammensetzen. Ihm war nicht bewusst, dass er im Zug vergessen hatte, die zurück gespulte Kassette mit dem

Verstappen-Interview und dem enthüllenden Gespräch zwischen Verstappen und Teamarzt Fabiani zu wechseln – und sie gerade überspielte.

Die Sanitäter schlossen die Ladetür und kletterten wieder in das Führerhaus. Der Wagen setzte sich in Bewegung. Leicht über den Achsen schwankend fuhr er über die groben Pflastersteine im Schritttempo die Muur hinauf.

„Ich sollte doch kommen", sagte Julie leise. Luc war nicht sicher, ob sie es zu ihm gesagt hatte. „Du solltest hierher kommen"? fragte er. Sie nickte und sah an ihm vorbei dem Sanitätsauto nach. Vereinzelt quälten sich immer noch Rennfahrer die Steigung hinauf.

„Er hat gewollt, dass ich komme." Luc verstand den Zusammenhang nicht. Er wartete. „Und jetzt ist er tot", sagte sie, „wo doch gerade..." Ihre Stimme versank, klanglos, als wäre sie nur eine Schwingung, die aus dem Modul einer umfassenden Leere kam. Sie schüttelte den Kopf. In ihrem Gesicht war kein Erschrecken mehr. Sie sah aus wie ein müdes, ratloses Kind.

„Er wollte, dass du hierher kommst?", wiederholte Luc ihre Worte. Es schien das einzige zu sein, was es in diesem Moment zu sagen gab.

„Ich sollte doch kommen", wiederholte sie nur.

„Wo wolltet ihr euch denn treffen?" Sie zuckte die Schultern. Die Menge an der Muur begann sich aufzulösen. „Er hätte mich schon geholt", sagte sie.

„Gewiss."

„Er hat gewollt, dass ich komme." Sie sah auf die Stelle, an der Roger gefallen war. Luc bemerkte, wie ein belebender Zug in ihr Gesicht trat. „Er muss mich gesehen haben", sagte sie. Sanftheit war jetzt in ihrer Stimme, beinahe etwas Versonnenes. Seit ihrem Aufschrei, mit dem sie auf die Strecke gestürzt war, war dies der erste Klang eines Gefühls in ihrer Stimme. „Er muss mich doch gesehen haben."

„Wo hast du denn gestanden"? fragte Luc. Sie reagierte nicht. Es war auch ganz egal, denn er begriff, was es für sie bedeutete. Auf einmal sah sie ihm mit einem angsterfüllen Zweifel ins Gesicht.

„Sicher", sagte Luc. Einen Augenblick zögerte er, es zu sagen, dann sah er wieder ihr in ängstlicher Hoffnung auf ihn gerichtetes Gesicht, und er sagte: „Du musst das Letzte gewesen sein, was er sah."

Einen Augenblick später kämpfte er mit einer Versuchung. Er sah auf die Uhr. Etwas mehr als zwanzig Minuten waren vergangen. Die Spitzengruppe musste jetzt Meerbeke erreichen. Er hätte es gewonnen, dachte er. Und dann war er darüber weg, ihr anzubieten, sie für die Nacht irgendwo unterzubringen. Er hatte an das Haus seiner Eltern gedacht.

„Was willst du jetzt machen?" Sie antwortete nicht. „Soll ich dich nach Meerbeke fahren?" Sie schüttelte den Kopf. „Ich fahre nach Paris zurück."

„Ja", sagte er. „Fahr nach Paris zurück."

Gefangen von dem Augenblick, bemerkten sie nicht, dass sie gerade voneinander Abschied nahmen. Irgendwie war auf einmal Raum zwischen ihnen. Halb abgewandt bewegten sie sich weiter voneinander fort. Dann ging jeder in seine Richtung davon. Nach ein paar Schritten blieb Luc stehen, wandte sich um und sah ihr nach, wie sie den Hohlweg hinunterschritt, dicht am Abhang des Klostergartens, damit sie nicht über die Steine gehen musste.

Er drehte sich um und stieg weiter die Muur zum Hemelrijk hinauf. Dort würden sie schon auf ihn warten. Die Menge vor dem Gasthaus hatte sich bereits zerstreut.

Drei Männer in Rennfahrerkleidung, die seit dem Mittag im Hemelrijk gewesen waren, kamen aus der Tür. Sie schwangen sich auf ihre an die Mauer gelehnten Räder und fuhren über die Straße, die die Rennfahrer genommen hatten, durch die Felder nach Hause. Das Rennen war vorbei.

Julie holte im Hotel ihren Handkoffer ab. Die Abenddämmerung hatte sich in das Regenlicht des Tages gemischt. Die Straße zum Bahnhof hinunter war noch belebt, als könnten sich die Menschen nach dem Festtag noch nicht entschließen, nach Hause zu gehen. Es war erst kurz nach Sechs. Irgendwann würde schon ein Zug nach Brüssel fahren, und von dort gab es immer Züge nach Paris. Ihr war eingefallen, dass sie noch eine Fahrkarte kaufen musste.

Vom Pflaster stieg Kühle auf. Der Wind, der den ganzen Tag hindurch so heftig geweht hatte, war abgeflaut und trocknete sanft ihr nasses Gesicht. Nach und nach war ihr Schritt, ohne dass es ihr bewusst war, bestimmter geworden. In jedem ihrer Schritte verfestigte sich derselbe Gedanke: Er hatte gewollt, dass sie zu ihm kam. Der Gedanke vermischte sich mit der Tatsache, dass Roger nun tot war. Als gehörte beides zusammen. Schmerz und Glück durchdrangen einander, und dabei begannen sie schon sich zu verwandeln.

Über den Eisenbahngeleisen zog sich ein neonfarbener Streifen Abendlicht durch den niedrigen Himmel. Die Beleuchtung von Cafés und Restaurants spiegelte sich auf dem Pflaster. Nach all dem Regen waren die Straßen glänzend und schwarz, gesprenkelt von den farbigen Schatten der Lichter.

Hinter den erleuchteten Fenstern hörte man Musik, und wenn eine Tür zu einem der Cafés geöffnet wurde, schwappten Stimmen und Gelächter auf die Straße hinaus, zusammen mit einem Schwall von jenem undefinierbaren Rauschen, das das Leben selber war.

Ein Zug kam über die Schienen heran, fuhr vorbei und füllte kurz die Leere zwischen dem dunklen Schotterdamm der Geleise und dem schmalen Lichtstreifen über dem Horizont. Sie musste immer wieder denken, dass Roger sie noch gesehen hatte. Wie sie dort stand und auf ihn wartete. Er hatte sie gerufen, und sie war gekommen. Am Ende war er doch zu ihr zurückgekehrt.

Julie würde nie erfahren, dass dies eine Illusion war. Was machte das schon. Es war das Leben.

Eine erfundene Geschichte muss für ihre innere Wahrhaftigkeit gelegentlich ihre eigenen Orte erschaffen. So sind der Friedhof von Sint Maria Lierde und das Gymnasium in Oudenaarde Erfindungen.
Die „Mauer von Geraardsbergen“ allerdings ist so real wie das Rennen „Flandern Rundfahrt“ selbst. Ebenso authentisch sind die Städte, Landschaft und Topographie der Rennstrecke, sowie historische Angaben und Personen.